名家名篇经典阅读

MINGJIA MINGPIAN JINGDIAN YUEDU

自由与梦想

《开学第一课》编写组 编

吉林出版集团　时代文艺出版社

图书在版编目（CIP）数据

自由与梦想 /《开学第一课》编写组 编. —长春：时代文艺出版社，2012.1
（中央电视台"开学第一课"全国中学生"超越梦想"选读精品）

ISBN 978-7-5387-3942-8

Ⅰ. ①自… Ⅱ. ①开… Ⅲ. ①世界文学—作品综合集 Ⅳ. I11

中国版本图书馆CIP数据核字（2011）第273717号

出 品 人　陈 琛
选题策划　苗欣宇
责任编辑　苗欣宇　田 野
装帧设计　孙 俪
排版制作　高 阳

本书著作权、版式和装帧设计受国际版权公约和中华人民共和国著作权法保护
本书所有文字、图片和示意图等专用使用权为时代文艺出版社所有
未事先获得时代文艺出版社许可
本书的任何部分不得以图表、电子、影印、缩拍、录音和其他任何手段
进行复制和转载，违者必究

自由与梦想

《开学第一课》编写组　编

出版发行 / 吉林出版集团 时代文艺出版社
地址 / 长春市泰来街1825号　吉林出版集团 时代文艺出版社　邮编 / 130011
总编办 / 0431-86012927　发行科 / 0431-86012939
网址 / www.shidaichina.com
印刷 / 三河市万龙印装有限公司
开本 / 700×980毫米　1/16　字数 / 178千字　印张 / 12
版次 / 2012年4月第1版　印次 / 2012年4月第1次印刷　定价 / 20.00元

本书作品版权由　北京版权代理有限责任公司　代理
地址 / 北京市海淀区知春路23号量子银座1403室　电话 / 010-82351004
图书如有印装错误　请寄回印厂调换

目 录

海姑娘和她儿子的故事……… 节选自《一千零一夜》/ 001
卖花女……………………………………… 三　毛 / 036
狗之晨……………………………………… 老　舍 / 046
我的小学教育……………………………… 沈从文 / 052
小意达的花儿……………………… [丹麦] 安徒生 / 060
王福绿……………………………………… 孙　犁 / 067
父亲是个兵………………………………… 邓一光 / 069
周庄遇痴…………………………………… 迟子建 / 110
采　蕨……………………………………… 沈从文 / 114
逃　跑……………………………………… 铁　凝 / 121
搬　家……………………………………… 苏　青 / 132
一家亲…………………………… [美] 玛格丽特·卡尔森 / 139
一个欧洲打工仔的王朝 …………………… 余泽民 / 143
寻找宁静…………………………………… 陆勇强 / 145
心　墙……………………………………… 刘　墉 / 146
陷阱里的机会……………………………… 高兴宇 / 148
听　雨……………………………………… 崔舸鸣 / 150

说花钱……………………………………贾平凹 / 152

哨　声………………………………[美] 罗伯特·博伊德 / 155

人人都有最美丽的十年　………[美] 凯瑟琳·奈特 / 156

和风不语，至爱无言………………………马　德 / 158

把阳光加入想象……………………………感　动 / 161

爱是一种心境………………………………祝　勇 / 162

爱到不再爱…………………………………城　玮 / 164

仰望忠诚………………………[澳] 保罗·詹尼斯 / 166

一场动人的演说……………………… [美] 史宾塞 / 170

逾越一朵花的距离…………………………感　动 / 173

最开明的爱………………………………吴淡如 / 174

最平凡的感动……………………………陈文海 / 175

有一种谎言，让我们泪流满面……………青　青 / 177

每一块都重要……………………………张小娴 / 182

巴掌厚的腊肉和巴掌大的蚊子……………郁达夫 / 183

无知的乐趣……………………… [英] 罗伯特·林德 / 186

海姑娘和她儿子的故事

节选自《一千零一夜》

海姑娘到王宫

古代波斯国有个叫赫鲁曼的国王,住在浮罗珊。他宫中虽有佳丽无数,但却无人能给他生下一男半女。有一天,他忽然想到自己已年过半百,还膝下无子,没有可以继承他王位的后代,把帝业世世代代相传下去,不由得十分忧愁苦闷。

赫鲁曼国王因为没有子嗣继承王位,正在烦恼不安的时候,一个侍卫匆匆跑来,启奏道:"陛下!王宫门前来了一个商人,身边还带着一个光彩照人的绝代佳人。"

"哦!去把那个商人和女郎召进宫来见我吧!"

侍卫遵命,把商人和女郎带到国王面前。

国王仔细一打量,见那女郎披着绣花的丝头篷,身段袅娜多姿,就像长矛般苗条、纤柔。商人见了国王,揭开女郎脸上的面纱,她的美丽光辉一下照亮了整个宫室,使王宫四处生辉。她梳着七根发辫,长发像马尾一样直垂腿下。国王不禁对这女郎苗条的身段和美丽的姿容看呆了,感到十分惊讶。他对商人说:

"老人家,这个姑娘你打算卖多少钱?"

"陛下,实不相瞒,我花了一千金币才把她从贩子手中买了过来。三年以来,我带着她四处游历,今天刚到贵国。光是她身上先后花费的,已足有三千金。现在,我只愿把她当作珍贵的礼物,献给陛下。"

国王听了，加倍赏赐了商人，付给他一万金。

商人收下赏赐，吻了国王的手，感激地向国王辞别。

国王把女郎托付给女仆，吩咐道："你们要好生服侍她，精心为她穿着打扮，再腾出一幢宫殿给她居住。"又让侍从把各种需要的家具什物搬入宫殿，供她享用。

女仆们按国王的吩咐，把女郎安置在一幢靠海的宫殿里。那里有几扇窗户面临大海，由此远眺，景致非常美丽。国王十分关心女郎，便亲身去宫中探望，但女郎毫无反应。她不懂得起身迎接国王。国王叹道："她好像没有受过教育，不懂凡俗礼仪。"他每次多看女郎一眼，就觉得她越发美丽可爱。她的面容好像满月一般，又像晴朗天空中的一轮太阳。国王对她的美貌十分惊异，忍不住赞美主的奇妙创造。他靠着女郎轻轻坐下，吩咐摆出丰盛的筵席，陪她吃喝。可是吃完以后，女郎仍是沉默不语。国王问她话，跟她拉家常，她也不答，只是低着头一言不发。只因为她姿色动人，国王才从不生她的气，心里想："赞美主！是他创造了这个绝色丽人，可唯一的遗憾是她从不说话，这未免美中不足。"后来他问左右的奴婢：

"她跟你们说话吗？"

海姑娘开口说话

"自打到这儿来，她还从未讲过一句话，也从不吩咐我们做任何事。"国王唤来一群宫娥彩女，让她们唱歌给女郎听，陪她玩耍，逗她说话。宫娥彩女按国王的吩咐，在女郎面前又唱又跳，想尽多种花样，逗得在场所有的人都哄堂大笑，但唯独女郎视而不见，听而不闻，一声不吭，缄默不语。

国王为此闷闷不乐，他暗自叹道："真是奇怪，这么标致漂亮的美女，为什么不说不笑呢？"但国王并没有灰心丧气。他对后宫佳丽看都不看一眼，只是一心陪伴女郎，从不离开她。就这样一个年头过去了。虽然女郎从未开口，但在国王看来，一年好像一日，他的爱慕之心从未消减，反而更浓厚了。有一天他对女郎说：

"可爱的人儿啊！我太爱你了！为了你我舍弃了一切嫔妃佳丽，把你当作我的生命和一切。我眼巴巴地等了整整一年，只望万能之神主恩赐，让你可怜可怜我，跟我说说话吧。

"你是聋是哑也该比个手势告诉我，好让我从此断绝听你谈话的念头。我只希望主赏我一个孩子，好继承我的王位。因为我虽已年过半百，可还是孤单一人，膝下冷清。我以主的名义向你起誓，如果你爱我，就请明明白白坦然相告吧。"

女郎看着地下出了一会儿神，像在寻思着什么。一会儿，她抬起头，丹唇轻启，露出微笑，突然说出话来："英勇圣明的陛下！告诉你吧。万能之神主已答应你的要求，使我怀有了身孕。现在十月怀胎已快满，就要分娩了，只是腹中胎儿是男是女尚不知晓。说实话，我要不是因为和你一起而有了身孕，无论如何也不会跟你讲话的。"

国王见女郎终于开口说话，顿时觉得整个宫殿都充满明丽的光辉。他惊喜若狂地吻着她的两手，无限地快慰，说道："赞美主，他终于让我双喜临门了。一喜是你开口说话，二喜是你将为我生儿育女。"于是他欢天喜地地奔向朝廷，在宝座上发号施令，命宰相取出十万金，广施救济，帮助孤寡老弱，以感谢主的赐福。

海姑娘的来历

宰相诚惶诚恐，赶快奉命行事。国王回到海姑娘宫中，坐在她身旁，说道："我的人啊！整整一年来，我和你白天黑夜生活在一起，从不分离，你却从不说话，直到今天才肯开金口。你这样做到底为什么呢？"

"陛下，我告诉你吧。你可知道，我是一个忧郁愁苦的可怜人啊。我的母亲、哥哥和家属都远在他乡异国，再无相见的希望了。"

国王听了她的谈话，深知她的意思，安慰她说："你说你可怜，并不完全正确，因为我的国家里的所有财富都可以供你驱使，我自己也心甘情愿为你做一切事。至于你的亲属离得太远，这也不用担心，他们在哪儿，我派人即刻去接他们来。"

"幸运的国王啊！你可知道，我叫海石榴花。家父本是海里一个国度的君主。因为他死后，留下的帝业为外族侵扰霸占，才害得我们家破人亡。我有一个哥哥，叫萨里哈。因为一件事我们各持己见，不断争吵，我就发誓要同陆地上的人结婚，然后飘洋过海。在一个朗月之夜，我坐在陆上的海滨，当时一个人从我身边走过，把我带回家里，调戏我并想要奸污我。我气得狠狠地打了他的脸，差一点要了他的命，所以他就把我卖给了那位把我献给陛下的善良的好心人。要不是因为你爱我，将整个身心都给了我，我早就从这个窗户跳到海里找我母亲去了，我会连一个钟头也不愿跟你呆在一起的。我现在既然已有孕在身，也就不好意思去见母亲了。如果我告诉他们，我被一位国王纳为妃子，养在宫中，被视为他的最爱，国王为我甚至抛弃了所有妃子和一切，他们定会怀疑我的话，以为我干了什么见不得人的事。"

国王听了海石榴花的一番肺腑之言，由衷地怜爱她，不禁深吻她的额角，说道："我的人儿，我的双眸啊！以主的名义起誓，我一时一刻一分一秒都离不开你。假若一天不见你，就非要了我的命不可。这怎么办才好呢？"

"陛下，我就快要生孩子了。那时，一定要有我的亲属在场不可。"

"他们在海里生活，不会被海水浸湿吗？"

"我们凭圣苏里曼戒指上刻着的护身符在海里生活，所以就像你们在陆上生活一样毫无困难。陛下，我求你答应我，让我的亲属来看望我，并请你向他们证明我说的一切属实。我告诉他们，是你收纳了我，又对我百般疼爱、厚待。希望他们眼见为实，并知道你是帝王的后代。"

"我的人儿啊！你高兴怎么办就怎么办吧。你要做的一切，我都答应你。"

"陛下，你可知道我们虽然生活在海里，但都睁着眼睛，观看万事万物，跟在陆地上可以看见天空的太阳、月亮和星星一样，毫无区别。只是海洋里有各式各样形形色色的人类，跟陆地上的人略有不同。告诉你吧，陆地上的东西，跟海里的东西比较起来，真是小巫见大巫呢！"

海石榴花的海王国亲属

国王听了，感到十分惊奇。海石榴花点着香炉，从身边掏出两块沉香，扔在炉中焚烧，又吹了一声口哨后，便喃喃自语起来。随着她的念祷，只见炉中冒出一股黑烟，很快弥散开去。国王对眼前的情景摸不着头脑，也弄不清她念了些什么，只听她说道：

"陛下，现在我母亲和我哥哥，以及叔伯姊妹们就要应邀上这儿来了。你快躲起来，好看一看他们的样子，借此见识一下宇宙万物的不同姿态和形象。"

国王依照她的话，立刻躲到一侧的密室里，注意观察她的一举一动。只见她一面烧香，一面念咒语，直念得海水翻腾不止，波涛汹涌澎湃。接着波涛朝两边划开，从中出现一个标致漂亮的小伙子，像一轮满月，红润丰光，明目皓齿，体态跟海石榴花相仿。在小伙子后面同时出现了一个老态龙钟的妇人，被五个月儿般美丽的姑娘族拥着。她们的模样跟海石榴花也差不多。她们在水面如行云流水，款款来到窗前。海石榴花顿时眉开眼笑地起身迎接。她们一见面便认出海石榴花，快步奔到宫里，紧紧抱着海石榴花，痛哭流涕地说道：

"海石榴花啊！四年了，你为什么一去就杳无音讯，对我们不闻不问？你在什么地方，我们一点也不知道。以主的名义起誓，你离开以后，我们吃不好睡不稳，因为想你，惦念你，我们整天整夜都伤心落泪。"

海石榴花吻她母亲、哥哥的手，也吻叔伯姊妹的手。于是大家将她团团围住，促膝谈心，询问她的情况和遭遇。她说：

"你们可知道，自从和你们分别后，我离开海洋，来到海滨，被一个男人带去卖给了一个商人，商人带我来到这座城市里，以一万金币的代价把我卖给了这里的国王。国王对我情深似海，为了我，他撇开了后宫佳丽无数。他对我的关怀痛爱到了废寝忘食的地步，甚至于忘了他自己和国政朝事呢。"

她哥哥听了妹妹的这番话，说道："赞美万能的主，他叫我们骨肉相见。现在我们希望妹妹你和我们一块儿回家去，和骨肉亲朋在一起生活。"

国王在密室里听到这番话，生怕海石榴花听哥哥的话而离弃自己，吓得神志都糊涂了，不知如何是好。正在他迷惘惧怕的时候，忽又听得海石榴花对哥哥说：

"以主的名义起誓，哥哥！买我的人是这个岛国的君主。他有权有势，头脑聪明，为人慷慨，性格纯善，又很富有。他对我关怀备至，体贴入微，好得不能再好了，只是他膝下无子。我到这里之后，从未听他说过一句怨言。他始终看重我，事事都尊重我的意见。

"他还给我创造十分优美的环境，让我享尽人间的富贵荣华。我们共同生活，过得很甜蜜，至使他再也离不开我。我要是离弃他，会致他于死地的。再说，自从我跟他相处以来，蒙他格外垂怜，令我对他情愫暗生。要我离开他，我也没法活了。坦率地说，如果父亲大人还健在的话，也不会比这个圣明的国王把我看得更高贵、更重要了。你们都已看见，现在我已有孕在身了。赞美万能之神主，他使我生为海王之女，现在又做了陆上最有权力的帝王之妻。但愿能更蒙万能的主保佑，加倍赏赐我。赐我一个男孩，让他能继承王位。"

海石榴花的哥哥和叔伯姊妹们听了她的谈话，甚感宽慰，满心欢喜地对她说："海石榴花啊！你在我们心目中的地位和我们对你的爱，你是再清楚不过的了。你是我们心中最尊贵的人。你要相信我们对你的身心和生活非常关心在意，所以，如果你不习惯这里的生活，就跟我们一块儿回家去；如果觉得这里很适合你，你过得舒适如意，那我们也就心满意足了。你尽可住下去吧。总之，我们一心一意只要你幸福快乐。这样，我们也就放心了。"

"以主的名义起誓，我不但幸福快乐，而且享尽了人间的荣华富贵呢。"

国王和海王国的人们

国王在密室里听了海石榴花的这番谈话，非常高兴，顿时安下心来。

他满怀感激的心情，益发钟情于海石榴花。他发现她像自己爱她那样钟情于自己，并且她也希望他俩白头偕老，生儿育女。

海石榴花立刻吩咐奴婢预备筵席，盛情款待自己的亲属。她自己也亲自下厨烹调，做出丰盛的饭菜和糕点、果品，并同亲属们一同用餐。席间亲友们对她说：

"海石榴花，你丈夫对我们还很陌生，我们也不了解他。我们没征得他的许可，便自作主张，到他宫里来作客，请你转达我们的谢意。遗憾的是，你拿他的东西招待我们，我们倒吃了个酒足饭饱，可还没和他相聚会面。真该怪你不把我们引见给他，让他同我们一块儿吃喝，说不定我们和他可以通过这一餐结交成朋友呢。"

他们说完，面有怒色，心有怨言，再也不吃不喝了。

国王在密室室中看到这种情景，吓得糊里糊涂，不知所措。还好，海石榴花临机应变，站了起来，好言相劝了几句，随后立刻来到国王躲藏的密室中，说道：

"陛下，我在亲属面前对你的感激和溢美之词，你听见了没有？他们说要带我回家去和家人团聚，你听见没有？"

"我都听见了，也都看见了。愿万能之神主赏赐你。主作证，今天是个吉祥之日。你终于明白了我对你的爱的程度。当然，你对我的一往深情也不用怀疑。"

"陛下，好心不是应得好报吗？你垂怜我，尊重我，把我看得至尊无上，使我知道你对我情深义重，体贴入微。为了我，你还不惜抛弃你以前的宠妃，不惜牺牲你需要的一切。在这样的眷顾下，我怎能忍心离开你，跟他们回家呢？现在恳请陛下随我来，见一见我的亲属们，向他们问好，同他们交好，结成亲密的友谊。陛下，由于我在母亲和亲属面前的赞美，他们对你怀有良好的印象，十分喜欢你，所以在回家前，一定要和你见上一面，特向你问候致意。他们要亲眼目睹你的风范，从此不再为我的命运担忧。"

"听明白了，遵命。我也巴望着和他们相见啊。"

于是国王离开密室，随海石榴花来到席间，和她的亲属们见面。国王先礼貌地向他们问候致意。他们随即站起来，亲热地欢迎他前来。于是国王坐在席间陪他们用餐，并留他们住宿，把他们视为上宾，大家在一起欢度了整整一个月，他们才向国王和海石榴花告辞归去。

海石榴花的儿子

　　海石榴花十月怀胎，终于生下一个男孩，也像满月一般美丽可爱。国王老年得子，喜出望外，整个国家为此普天同庆，上下同乐地热闹了六天。到了第七天，海石榴花的母亲、哥哥和叔伯姊妹们听说她生了太子，也前来庆贺。国王殷勤地接待他们，无限快慰地说道：

　　"你们来得正好，我正想等你们来给孩子取个名字呢。现在托你们的福，给他取个名字吧。"

　　他们给太子取名白鲁·巴卜。国王欣然同意，并把太子抱出来给他们看。他舅舅萨里哈把他抱在怀里，在宫中踱来踱去，过了一会儿便走出宫殿，飘行在海面上，看不见踪影了。

　　国王见太子被他舅父抱进海里去了，不由得伤心落泪。海石榴花见国王担心的样子，对他说：

　　"你放心吧，不用为你的儿子担忧害怕，我比你更心疼儿子呢。孩子和他舅父在一起，你用不着担心，他不会淹死在海里的。因为我哥哥知道分寸，如果对孩子不利，他是不会贸然行事的。向主起誓，他一会儿就会把孩子安全地带回来。"

　　海石榴花话音刚落，只见海面一阵波涛汹涌，海水一浪一浪翻腾着，萨里哈抱着太子，冉冉返回宫中。太子乖乖地安睡在他的怀抱里。萨里哈望着国王，说道："对不起，我把太子带到海里去，让他自小见识一下海里世界。也许你担心他的安危了吧。"

　　"是啊，我实在担心，以为他被淹死了呢。"

　　"陆上的国王啊，我们给他点了一种特有的眼药，还让他受了圣苏里曼戒指上的护身符的洗礼，因为我们每逢孩子诞生，都有此惯例。以后他再到海里去，你就不用怕他会淹死或遇到什么不测了。告诉你吧，我们在海里生活，跟你们在陆地上是一样的方便安全。"

说完，萨里哈把身边的一个袋子打开，倒出各种名贵的珍珠宝石，包括三百块翡翠，三百颗宝石，每颗有鸵鸟蛋那么大，奇光异彩，比太阳月亮更耀眼夺目。他对国王说："陛下，这些珍珠宝贝是我们第一次献给你的礼物。过去我们不知道海石榴花的下落，现在得知陛下对她恩宠有加，她贵为后妃，因而我们也算是陛下的亲戚了。我们情同家人，所以，带来这些礼物送给你，略表心意。若是主的意愿，以后每隔几天，我们就预备这样的一份礼物献给你。在我们海里，珍珠宝贝不计其数，超过陆上的沙石土壤呢。我们对这些珠宝的贵贱了若指掌，采集起来也很方便。"

国王见了那么多名贵的珍异奇宝，惊讶极了，他说："以主的名义起誓，这些珠宝中的任何一颗，就可以和我的江山媲美等值了。"他衷心感谢萨里哈的厚礼，回头对海石榴花说："承蒙你哥哥送给我这么多陆上罕见的名贵珍宝，我真是当之有愧，但恭敬不如从命。"

海石榴花对她哥哥的慷慨大方很感谢。

萨里哈说道："陛下，因为你对我们恩重在先，所以我们向你表示谢意是应当的。陛下抬举我妹妹，以及请我们来宫中欢度时日的大恩大德，即使让我们服侍你一千年，也不能借以相报。区区薄礼，比起皇恩浩荡来，可实在不值一提呢。"

国王十分感激萨里哈，再三挽留他们住下。

萨里哈母子和姊妹们在国王的盛情邀请下，又留在宫中，跟国王、王后一起欢乐地度过了四十天。到第四十一天，萨里哈来到国王面前，下跪在地上。国王问道：

"萨里哈，你这是做什么？"

"陛下的盛情款待，在下终身难忘。只可惜我们离家太久，也很挂念亲戚朋友，不能继续和妹妹一起蒙受恩宠。恳请陛下允许我们回家去吧。以主的名义起誓，我跟你们难舍难分，不过我们都是在海里出生长大的，实在没有办法习惯陆地上的生活。"

国王听了萨里哈的话，愿意满足他的要求。他挥泪送别萨里哈母子和他的姊妹们。分手之时，大家依依不舍，相对垂泪。萨里哈说道："陛下，过不久我们还要来拜访你呢。我们会随时和你保持联系的。以后每隔几天，我们便来打扰你们一次。"

他们说完，径向海中归去。

国王从此益发眷顾海石榴花，对她更加宠爱。海石榴花也贤能无比，相夫教子。太子的外祖母、舅舅和阿姨们隔不上几天，便出海到宫中来看望他们，和他们住上一、二个月，然后告辞，回到海里。

国王传位给太子

白鲁·巴卜太子渐渐长大了，身体越来越健壮。到了十五岁，已经长成一个标致漂亮，出类拔萃的小伙子。他精通学术，还擅长武艺，骑射、剑术样样精绝，并学成了公子王孙必精的各种技艺。因为他形象出众，学艺双绝，不仅名扬天下，而且令天下男女老少，有口皆碑。

国王十分疼爱太子，有意要将王位传给他。

一天，他召来满朝文武，跟他们商议王位继承的问题，要他们发誓，同意并维护白鲁·巴卜太子为王位继承人。文武官员一致同意，拥护国王的决定，并宣誓要辅佐、爱戴继承王位的太子。

赫鲁曼本来是个开明圣贤的国王。他平易近人，乐善好施，加上关心人民疾苦，深受百姓的拥护爱戴。在他和文武官员商议好传位给太子的第二天，白鲁·巴卜便举行登基典礼。

在城中巡游了一圈番，再回到王宫附近。由国王先下马，表示对太子的尊敬，再由朝中大臣轮流抬着地毯，缓缓进入正殿。国王和朝臣这才扶太子下马，登上宝座，然后众官员分两行垂手肃立，静听他的旨令。

自此，太子正式登基掌权。

白鲁·巴卜登基掌权以来，立刻开设法庭，为百姓排忧解难，鸣冤血耻。他执法如山、赏罚分明，为普通老百姓主持了公道，维护了正义，对作奸犯科的贪官污吏给予重罚，以达到杀一儆百的效果。

一天，他处理朝政一直到中午，才宣布退朝，离开宝座，和父王一起回到后宫。太后海石榴花见儿子头戴王冠，面如满月，立刻起身相迎，祝贺他少年有为，并诚意地替他们父子祈福求寿。

白鲁·巴卜每日退朝后，跟母亲闲聊一会儿，一直歇息到午后，就告辞离去，率领众臣一道，骑马来到校场操练，直至日落，才尽兴而归。他每天都骑马到校场操练演习，然后回宫开庭审判，替官宦和平民排忧解难。他公平持正，终日操劳，日理万机。

时间如白驹过隙，很快一年过去了。白鲁·巴卜打点好行装，率领大队人马外出打猎，同时出游各地，视察地方的治理情况。这样，他全力以赴，尽到了一个国王应尽的职责，并体现出高贵、勇敢、公正的品质。但不料他出游归来，老国王赫鲁曼不幸身染重病，已经到了无药可治的地步。老国王的病情日益严重，临死之前，把白鲁·巴卜召唤到床前，谆谆教导他，要好生奉养母亲，关心平民百姓，爱护将士大臣，同时又一次托付群臣们，齐心协力辅佐国王，治理国家大事，并信守拥戴国王的诺言。

老国王安排好了一切后事，没过几天，便与世长辞了。

白鲁·巴卜母子及满朝文武都为之悲哀恸哭，替他建筑皇陵，隆重安葬了老国王，再守孝致哀。萨里哈母子和他的姊妹们也前来吊孝、慰问，他们对太后说：

"海石榴花啊，主上虽然溘然而去，但他后继有人，留下了这个少有的强干的孩子。他是一头猛狮，也是一轮朗月。有白鲁·巴卜来继承大业，死也瞑目了。"

守满一个月的孝期，大臣们叩见白鲁·巴卜，说道："先王驾崩，陛下甚感悲凄也是人之常情，不过只有妇人才只知道伤心落泪。先王既已仙逝，陛下还请节哀，化悲痛为力量吧。再说有陛下继承大业，先王是放得下心的。"

经过大臣们的一番抚慰，国王暂时压下悲哀，来到澡堂熏香沐浴，重新戴上王冠，穿上镶珠嵌玉的锦绣宫服，被前呼后拥着回到宫中，坐在宝座上，重理国事，替民众排忧解难。

他又开始公正处理国事民讼。由于赏善罚恶，博得了人民的爱戴。

海石榴花商议儿子的亲事

白鲁·巴卜就这样任劳任怨，勤勤恳恳，又埋头苦干了一年。

在这个期间，他的海王国亲戚经常来看望他们母子，使他们生活舒适，精神也有依靠。

有一天夜里，他舅舅萨里哈来见海石榴花，海石榴花起身相迎，亲热地拥抱哥哥，请他坐在身边，问候道：

"哥哥，你身体可好？母亲和姊妹们也都好吧？"

"我们过得好极了，身体也很健康，不劳挂念。美中不足的是不能经常和你见面。"

海石榴花盛宴款待哥哥。

兄妹俩边吃边谈，慢慢谈到白鲁·巴卜的身上。认为他容貌英俊，知书达礼，勇敢成熟，已经是个大人了。当时白鲁·巴卜正在一旁，听到他母亲和舅舅把话题转到自己身上，便假装睡熟，暗中却尖着耳朵听他们谈话。只听他舅舅对他母亲说：

"你的儿子已经十七岁了，还没有成亲。我们怕他发生什么意外，会影响以后王位的继承，所以我想从海里诸国的帝王之女中，物色一个可以和他相配的公主，嫁给他为妻。"

"你说说看，你到底打算把谁嫁给他呀？我多少知道一些情况，也好斟酌。"

于是萨里哈一个接一个，如数家珍般数出那些公主的姓名。海石榴花听了，摇了摇头说："这些公主都不配作我的儿媳妇。我的儿媳妇应该是一个知书达礼、貌美如仙的姑娘，在宗教、家财、门第、身份方面，也要门当户对才行。"

"我已列出了一百多个公主，你却一个也看不上，现在我没有谁可以推荐了。不过妹妹，你去看看，他到底睡熟了没有？"

海石榴花走过去，试探了她儿子一下，觉得他睡熟了，说道："他真睡着了。你到底有什么想说的？怎么关心起他睡觉来了。"

"妹妹，你要知道，我已经有一个合适的人选了。如果国王还醒着，我怕说出来叫他听见，他会立刻钟情于那位公主的。到时候如果我们高攀不上，你我和你的儿子及满朝文武，就会为此感到很尴尬，那我们岂不是自讨苦吃？古人常说：爱情本是一点唾涎，扩散起来，却可能变成汪洋大海呢。"

"那个公主到底叫什么名字，是何来路，你说说看。海里各帝王的女儿以及其他名门闺秀我都认识。如果那个公主真是合适的人选，我一定不惜千金散尽，也要向她家里求亲。她是谁？告诉我吧。你别担心，我儿子睡着了。"

"我怕他还醒着呢。"

"那么，哥哥，你简单扼要地透露一点消息吧。不必顾虑他的存在。"

"妹妹，以主的名义起誓，国王瑟曼德尔的女儿赫兰公主就是你的最好人选。她有绝世的美貌，长相同白鲁·巴卜不相上下。她绝顶漂亮，绝顶聪明，绝顶可爱，海里和陆上没有人可以和她媲美。她有玫瑰色的腮颊，闪光的额头，珍珠般的牙齿，明亮的眼睛，真可谓闭月羞花，沉鱼落雁。她举目四盼可以羞退羚羊。她体态优美，使柳树折腰。因此，凡是见过她的人，都会拜倒在她的石榴裙下。"

"一点不错，哥哥。以主的名义起誓，我记得见过她不少次，幼年时代我还特别喜欢她。现在事过境迁，疏于来往。我整整有十八年没见她了。以主的名义起誓，的确只有她才配得上我的儿子呢。"

赫兰公主的传说白鲁·巴卜偷听了他母亲和舅父的谈话。萨里哈谈起国王瑟曼德尔的女儿赫兰公主，那一番动人的描绘被他深深铭刻在心上，于是，他顿生爱慕之心，心中燃起了爱情的火焰，他已深陷在情网之中，可他依然装出熟睡的样子。

萨里哈看了海石榴花一眼，说道："以主的名义起誓，妹妹，瑟曼德尔在众海王中虽然最懦弱无能，但却具有无上的权力，超过任何国王。现在让我们先去向赫兰公主的父亲求婚，再告诉国王这件事。如果公主的父亲接受我们的求亲，愿意跟我们联姻结亲，则感谢主的成人之美；要是他断然拒绝，不肯把女儿嫁给国王为妻，我们就见机行事，打消念头，重新给国王物色女子好了。"

"你考虑得十分周到，就这样办好了。"

萨里哈兄妹谈到这里，就各自安睡去了，可是白鲁·巴卜心中却燃起了熊熊的爱情之火。他一心一意爱恋着赫兰公主，但又不好意思向他母亲和舅舅吐露真相，只好强忍着，按捺住心中的爱火。

第二天清晨，白鲁·巴卜先陪舅舅一同沐浴、畅饮，而后陪母亲和舅舅共用早餐。吃完饭，洗过手，萨里哈站起来，向白鲁·巴卜母子告辞，说道："请两位允许我回家去吧。我已打扰了好些天，母亲还等我回家呢。"

"舅舅，请再住一天吧。"白鲁·巴卜执意挽留萨里哈，接着说道："来吧，舅舅，我们到花园里去走走。"于是甥舅两人一起到花园中散步漫游。

他们走入一处树荫下，坐着乘凉、休息。国王脑海中老是浮现出赫兰公主窈窕动人的身段和倩影，为此，他突然感到伤心，凄然吟道：

"爱情之火熊熊燃烧在我胸中，这是我日夜难解的相思情结。

如果有人问起：

万一你有幸和她相见，你会把她视为珍宝吗？

或者，你希望一杯清新的甜水？

我回答：

我定会把她看作最心爱之人。"

萨里哈听了白鲁·巴卜炽热的表白，无可奈何地搓着手，叹道："唉！主是唯一的万能的主，穆罕默德是他的使徒。事已如此，只盼伟大的主拯救了。"接着他问白鲁·巴卜："孩子，我跟你母亲关于赫兰公主的的谈话，你都听见了？"

"是，舅父，我全听见了，而且听了你们的谈话之后，我已疯狂地爱上了她。我的心如此眷恋她，以至于我已难以控制自己了。"

"陛下，让我们把这事告诉你母亲，求她同意我带你到海里去，向赫兰公主求婚。要是不先征得你母亲的同意，就擅自带你离去，叫你母子离开，她绝不会原谅我的。再说你走了，国家群龙无首，乱糟糟的，无人执掌朝政，她一定会不知所措。这江山可不能让它败在你手里呢。"

"舅舅，如果我去见母亲，跟她商量，她一定会阻止我的，所以我不会去见她，更不会和她商量。"他说着，伤心地苦苦哀求道："舅舅，让我跟你去吧。不必告诉我母亲。我们很快就会回来。"

萨里哈面对白鲁·巴卜的哀求，心肠顿时软下来，一时不知如何应付才好，叹息道：

"唉！既已如此，只盼主援助了！"当时他看出白鲁·巴卜不愿去见母亲，主意已定，心如磐石，只好脱下一个刻着主大名的戒指，递给白鲁·巴卜，吩咐道："你戴着这个戒指，就不会淹死在海里，或遭受海中怪物的袭击了。"

白鲁·巴卜接过戒指，戴在手指上，随舅父离开宫殿，潜入大海。他们一刻不停地赶路，一直到萨里哈宫中，正看见他外祖母和一些亲戚坐在一起拉家常。他俩过去吻他们的手。他外祖母起身相迎，亲热地把白鲁·巴卜搂在怀中，吻他的额头，说道：

"孩子，欢迎你来这里。你母亲自己怎么没有同来？她还好吗？"

"我母亲很好。她让我转达对你们的问候。"

接着，萨里哈把他和海石榴花关于瑟曼德尔国王的女儿赫兰公主的谈话，以及白鲁·巴卜耳闻赫兰公主的美名之后而倾心于她的事，详尽地说了一遍，最后说道："这次外甥随我前来，就是为了向瑟曼德尔国王求亲，预备娶赫兰公主为妻的。"

白鲁·巴卜的外祖母听了儿子的谈话，万分恐慌，勃然大怒道："儿啊！你怎么这样糊涂，怎么在他在面前也去提说赫兰公主呢！你明知道瑟曼德尔毫无头脑，是个顽固不化、蛮不讲理的家伙。他把女儿赫兰公主看作是自己的财物，让许多求婚的人都碰了壁，海里的许多公子王孙向他求亲，要娶赫兰公主，全都遭到蛮横的拒绝。他粗鲁地责骂别人，说什么：你们的长相、气派，根本配不上我的女儿。咱们出身高贵，又自尊自重，这样冒失地去向她求亲，如果像别人那样遭到拒绝，那可是自讨没趣了。"

"母亲，我跟海石榴花妹妹谈到赫兰公主，白鲁·巴卜听了，一心一意地爱上了她。他说：'我宁愿舍弃整个江山，也非要向她父亲求婚不可.'他还下定决心,非赫兰公主不娶,否则就独身。母亲,这桩事你说该怎么办呢?要知道,外甥除了比赫兰公主漂亮,而且他身为波斯国王之后,现在继承帝王大业,最有资格娶赫兰公主为妻。我决心带着珍珠宝贝和各种价值连城的名贵礼品,去见瑟曼德尔国王,替外甥向他求亲。如果他夸耀自己是一国之王,那么白鲁·巴卜也和他平起平坐呀;如果他夸耀赫兰公主美丽,那么白鲁·巴卜比她更漂亮英俊呢;如果他夸耀自己的王国强大,那么白鲁·巴卜的疆域比他的更辽阔,兵力比他的更强大。为了实现外甥的愿望,我即使冒着生命危险,也要为他穿针引线,在所不辞。要知道,解铃还需系铃人,是我把他推到爱情的苦恼中去的,我自然就该尽力让他尝到爱情的甜蜜。关于这桩事情,还望主相助于我们。"

"你要去就去吧,不过你要小心地说话,别得罪了那个愚不可及、不明黑白、不辩曲直的家伙,我怕你横遭不测呢。"

"是!母亲。"

萨里哈求亲失败萨

里哈备好了几皮袋最名贵的珠宝玉石,叫仆人带着,然后,他来到瑟曼德尔国王的宫殿门前,请求接见。国王答应接见他。他进宫去,跪在国王面前,吻了地面,毕恭毕敬地为国王祈福求寿。国王起身相迎,十分周到礼貌地请他坐下后,说道:

"承蒙光临,荣幸之极。好久不见,真是很挂念呀。今天你来求见,有何贵干?你有什么需求,告诉我吧,我定会满足你的。"

萨里哈站起来,再次跪下去,吻了地面,说道:"国王陛下,愿主和狮子般伟大的您成全我的需求。陛下的美名远扬,世人争相颂诵,况且陛下从善如流,又兼有慷慨、大度、宽容仁慈等美德,令万众仰慕爱戴。"说着他打开皮袋,取出珍宝,让国王一一过目,继续说道:"陛下可否体念下情,笑纳这些区区薄礼,使在下感到心安呢?"

"你为什么送我这些东西?先说清原因,告诉我你的要求。如果我力所能及,一定尽力去办,决不会让你空手而归。要是我心有余而力不足,那就没有办法了。万能之神主不让人做超出他们能力的事呀。"

萨里哈站起来，第三次跪下去吻了地面，说道："国王陛下，您完全能够满足我的愿望。因为我的要求不但是您力所能及的，而且全由您定夺掌握。我不是疯子，怎么会要求您做力所不及的事呢？俗话说得好：要知个中实情，须向智者讨教。说来说去，我到这儿来的强烈愿望，您是可以满足我的。"

"你尽管直说好了。清清楚楚地告诉我你的愿望和要求。"

"陛下，您要知道，我们希望和陛下联姻结亲，所以特来向您视为掌上明珠的赫兰公主求婚。"

国王听了萨里哈的话，立刻现出鄙薄不已的态度，毫无顾忌地哈哈大笑，几乎笑倒在地上。突然，他厉言正色，换了一副脸色，说："萨里哈，我本以为你是个有头脸、言行端正的有为青年，不料你竟口吐狂言，甘冒生命危险，大言不惭地向我的女儿求婚？难道你配娶她吗？可见你的头脑已糊涂到什么样了。你竟说出这种无稽之谈吗？"

"主保佑您，陛下。不过我不是为自己来向您求亲的。当然，如果我为自己向公主求婚，也不会不够格，因为两家本来是门当户对。先父贵为海里的诸王之一，只是到后来家道衰落，我们才变成您的藩属的。不过今天我是替白鲁·巴卜国王来向您求婚的。他父亲赫鲁曼是波斯国王，拥有至高无上的权力。如果您觉得自己贵为一国之君，那么白鲁·巴卜的疆域比您的更辽阔；如果您认为您的女儿生得美丽无比，那么白鲁·巴卜的相貌比她更漂亮，出身、门第都毫不逊色于她。他的英勇无敌，当今路人皆知。您如果接受我的要求，那么国王陛下，您算是促成了一桩好事。您要是自高自大，目中无人，对我们来说，是不公正的，等于让好事夭折。您的千金小姐赫兰公主迟早要嫁人，如果您决心替公主找到幸福的婚姻，那么让我的外甥白鲁·巴卜来做您的乘龙快婿，这是再合适不过的了。"

国王听了萨里哈这番话，一下子气昏了头，差一点被气死。他怒气冲冲地吼叫道："狗杂种！您你这样的人也胆敢大放厥词，也配向我的女儿求婚？你说你妹妹海石榴花的儿子配做她的丈夫，真是一派胡言，痴心妄想。你算什么东西？你妹妹？你外甥和他父亲又是些什么家伙？你们加在一起跟我的女儿相比，也连个屁都不如。你这个狗东西！不自量力，居然如此放肆地来向我求亲！"

他边骂边呼唤仆从，吩咐道："仆人们，给我杀死这个贱种！"

仆从遵命，拔出宝剑，就要杀萨里哈。他见势头不好，寡不敌众，拔腿就跑。刚跑出宫门，就见他的叔伯兄弟、亲戚朋友和家丁共一千多人，穿铠带甲，手持宝剑，磨拳擦掌地守候在王宫门外。他们奉老太太之令，前来援救萨里哈。

一见萨里哈，他们异口同声地问道："事情办得怎么样了？"

于是萨里哈把求婚的经过一五一十地告诉他们。

他们听了，气不过国王的鲁莽残暴，一怒之下，闯进王宫，只见昏君坐在宝座上还未消气，他的仆从卫队，一个个正悠闲自在，无事可做。直至他们冲杀到了国王面前，他才惊叫起来，大喊救命，训斥自己的仆从、卫队，道：

"该死的东西哟！还不快来保护我，快给我杀死这些狗东西。"

仆从、卫队慌慌张张，以一支乌合之众前来抵抗。只见宫中干戈相见，战斗激烈。国王的人终于败下阵来，死的死，伤的伤，逃的逃。

不一会儿胜负分明，瑟曼德尔国王束手就擒。

赫兰公主逃上岛屿

国王的女儿赫兰公主迷迷糊糊醒来，才知道父亲被抓走，他的下人被打伤、打死，吓得不知所措，就逃跑到一个荒岛的大树梢头躲藏起来。

当时国王的手下东逃西窜，狼狈之极。白鲁·巴卜看见他们惊惶失措的样子，一打听，才知道他舅父和国王之间大动了一场干戈，并且国王被抓走了。他心中很不放心，自言自语地叹道："唉！这全是我闯出来的大祸啊！谁叫我执意向公主求亲呀。"于是他畏惧而逃，以防惹火烧身。就在跌跌撞撞不知所措的时候，竟然鬼使神差，在命运的驱使下，逃到赫兰公主逃亡的那个荒岛上。他跑到赫兰公主藏身的那颗大树下面，气喘如牛地躺在地上，不停喘息。

公主和国王邂逅相遇

白鲁·巴卜气喘吁吁地躺在地上，眼睛看着树顶。突然间他目光和赫兰公主相遇了，他呆呆地看着公主。

她生得是那样的美丽，宛如天边的皓月一般。他深深地爱上了公主，口中不停地喃喃着："多么美妙的造化啊。这样美丽的形象只有主才能够创造。他是万能的主宰，他创造了整个宇宙。向主起誓，如果我没有猜错，那她一定是赫兰公主。她肯定听了战斗的消息，才逃到这儿来，躲在树顶上。如果她不是赫兰公主，那她的美貌一定在赫兰公主之上。"

他静下来想了一会，暗自决定："我一定要捉住她，问清楚她的情况。只要她真是赫兰公主，我就立刻向她求婚，这才是我的愿望哪。"

他吃力地站起来，对赫兰公主说："让我沉醉的姑娘啊！你究竟是谁？你怎么上这儿来的？"

赫兰公主看了白鲁·巴卜一眼，见他生得眉目清秀，面带可人的微笑，非常英俊，就答道："告诉你吧，真诚的年轻人，我本是瑟曼德尔国王的女儿赫兰公主。因为萨里哈打败了我父王的部队，抓走了我的父王，我才不得不逃到这儿来。我因为害怕死在乱军之中，这才怆惶逃命，也不知道我的父王现在怎么样了。"

白鲁·巴卜听了公主的回答，对自己与公主的巧遇非常惊奇，心里想："原来如此，既然她父亲已被擒，我的愿望看来可以实现了。"于是对她说："公主，请下来吧。都是为了我的缘故，才惹出这场风波，掀起了战争。你知道吗？我就是白鲁·巴卜国王。萨里哈是我的舅父。是他去你父亲面前，替我求婚的。为了你，我别乡背井，置国家大事于不顾，现在我们能够在这儿见面，真是天赐的机缘啊。现在请你下来，我和你立刻到你父亲的王宫里去，让我请求舅父释放你的父亲。这样我们就可以合法地结为夫妻了。"

赫兰公主听了白鲁·巴卜这一番诚恳的话，心里想："原来就是为了这个贱骨头才惹出这桩祸事，引起战争，致使父王被俘，牺牲了无数的百姓生命，还害得我无处藏身，不得不逃亡到这荒凉的岛上，受尽了痛苦的折磨。我要不是设法骗他，他就会不受惩罚，轻易达到他的目的呢。"于是她花言巧语地欺骗白鲁·巴卜，说道：

"我可爱的人啊，你就是白鲁·巴卜国王吗？海石榴花是你母亲吗？"

"不错，公主。"

"唉！如果我父王非要找一个比你更英俊潇洒的女婿，那他一定会失败的。主将惩罚了，非亡国不可，甚至可能惨死他乡呢。对着主起誓，我父王眼光短浅，太不聪明。对他的这种行为，我恳求陛下能够饶恕他。说实话，你如果真的爱慕我的话，那也比不上我的对你的爱。你先前对我的那种深沉的爱，现在已经深深地刻在我的心田，而且你对我的爱与我对你的爱相比，不过是十分之一罢了。"

赫兰公主施用魔法

赫兰公主从容地从树上下来，走到白鲁·巴卜面前，热情地拥抱他。白鲁·巴卜看着温情脉脉的赫兰公主，对她的爱更深了，并且非常信任她，说道：

"公主，向着主起誓，关于你的艳丽的容貌，我舅父萨里哈对我谈过的，连十分之一也不到呢。"

赫兰公主口中念念有词，然后向白鲁·巴卜脸上吹了一口气，说："把他变成一只白羽红嘴红脚的飞鸟吧。"她话音刚落，白鲁·巴卜一下就变成一只美丽的鸟儿，拍打着翅膀，扑扑地站起来，呆呆地望着赫兰公主。

赫兰公主看了一眼身边的女仆迈辛娜，说道："我向主起誓，如果不是父王落在他舅父手里，我非杀了他不可。这个倒霉家伙实在不可饶恕。这所有的灾难都是由他引起的。你给我带走他，把他送到那个旱岛上，扔在那儿，渴死他吧。"

女仆迈辛娜遵循公主的命令，把白鲁·巴卜送到旱岛上，扔下他。刚要离开那里，但她又有些于心不忍，想道："这么英俊的年轻人，实在不该让他渴死在旱岛上啊。"于是她把鸟儿带到一个有着茂密的果树林、并有一条河的大岛上，让他去自生自灭，这才返回到公主面前交差，说道：

"我已经遵照您的吩咐，把他扔在旱岛上了。"

萨里哈寻找国王白鲁·巴卜

赫兰捉住瑟曼德尔国王，杀死并赶走其余的人，接着就开始寻找赫兰公主，但是找遍了整个王宫，也没找到。无奈之下，他失望地回到家里，问他母亲：

"娘，白鲁·巴卜到哪儿去了？""儿啊，我没看见他，不知道他到哪儿去了。听说他知道你和瑟曼德尔国王打了起来，一害怕，就逃跑了。""娘！"萨里哈愁眉不展地说："我们把白鲁·巴卜弄丢了，真害怕他会遇到什么祸事呢。万一他被乱军或赫兰公主抓住，那我们还有什么脸去见妹妹呢？真糟透了。我可是瞒着妹妹把白鲁·巴卜带到这儿来的呀！"接着他派人到处寻找、打听。仆人们走遍各地，可是什么消息也打听不到，只好空手回来交差。

萨里哈听了，忧心如焚，更加忧愁苦闷了。

海石榴花听到儿子的消息

白鲁·巴卜被他舅父萨里哈带走后，海石榴花不知儿子的去向，坐卧不安。她在宫中等了几天，始终不见儿子回来，也没有任何消息。她开始忍不住了，急忙离开宫殿，回到海里娘家去，打探儿子的消息。

她母亲一看见她，不禁悲喜交集，一下子把她搂在怀里。海石榴花热烈地回吻母亲，然后就问儿子的消息。她母亲回答说：

"儿啊，他舅父是带他回来了，可后来他舅父去替他向瑟曼德尔国王求亲，国王不允，双方大打了一场。幸蒙主保佑，你哥哥打胜了，捉住了瑟曼德尔国王。消息传来，你儿子好像觉得自己惹了祸事，也没有告诉我们就悄悄溜走了。他走了就一直都没有回来,到现在一点音讯也没有。"海石榴花问起她哥哥的情况。她母亲告诉她:"他在瑟曼德尔宫中,占据了宝座,正派人分头寻找你的儿子和赫兰公主呢。"海石榴花忧心忡忡,非常担心儿子的安全,而且对她的哥哥不征求自己的同意,就把她的儿子带到海里,感到非常不满。她对母亲说:

"娘,我心里牵挂着国家大事哪,因为我上这儿来,宫里没有人知道。我若是回去迟了,万一出了什么岔子,就会影响王位继承的。现在我先赶回去,处理政事,静静地等候主来安排我儿的事吧。我认为这样做是必要的。你们可别忘了我的儿子,不要对他的失踪漠不关心。万一他有什么好歹,我就只有死了,因为没有他,我对这个世界就毫无留恋了。只有他活着,我才能感受到世界的美好呢。""好的,你放心回去吧。不必再为这件事牵心,我们会负责办好这件事的。"海石榴花满腹忧愁,痛哭着辞别母亲,转回宫里,觉得世界实在是太残酷了。

白鲁·巴卜被卖和遇救

赫兰公主施了魔法,把白鲁·巴卜变成了鸟儿,他被那善良的女仆送到那个林木葱郁,且有流水的大岛上,于是他饿了就采野果子充饥,渴了就饮河水,就这样过了好多年天,却不知该向什么地方去,加之又不会飞翔,就终日游游荡荡,不知所措。

一天,一个猎人到岛上来打猎,看见白鲁·巴卜变的这只白羽红嘴红脚的鸟儿很可爱,感到非常高兴,想道:"这只鸟美极了。像这样可爱的飞鸟,我还从未看见过呢。"于是把网一撒,捉住它,带到城中,心里想:"我卖掉它,就可以拿钱去好好生活了。""这只鸟你打算卖多少钱?"城里有人问他。

"你买去做什么用?""买去杀了吃。""这样美丽可爱的鸟儿,怎么能够忍心杀了吃它?"猎人想:"我要把它献给国王。国王会把它养在宫里欣赏。这样,国王会重赏我呢。再说我打了一辈子的猎,不论山中走兽,还是海里鱼虾,还从来没见过如此可爱的小东西。"于是猎人带着鸟儿去到宫中。国王一见，立刻被那白羽红嘴红脚的美丽小鸟所吸引，叫仆人向猎人收买。仆人奉命问猎人道：

"这只白鸟你卖不卖？""不卖，这是献给国王的礼物。"仆人捧着白鸟，来到国王面前，把猎人的话禀报国王。

国王收下礼物，赏猎人十个金币。猎人收了赏钱，跪下去吻了地面，然后起身退出。仆人把白鸟关在一个精美的鸟笼中，挂在宫里，供国王玩赏。国王办完公事，吩咐仆人道：

"那只白鸟在哪儿？把它给我带来，让我玩赏吧。向主起誓，那鸟儿简直美丽极了。"仆人带来白鸟，放在国王面前。

国王见白鸟对放在笼中的食物一点也不吃，感到奇怪，叹道："向主起誓，我不知它到底想吃什么，若是知道，我一定要弄来喂它。"于是吩咐仆人准备饮食。仆人摆出供国王吃喝的筵席。白鸟见了席中的肉食、糕点和水果，便从笼中一下飞了出来，吃喝起来。国王和宾客们都觉得奇怪。国王对左右说：

"吃这种饮食的鸟，我可是从未见过呢。"国王惊奇之余，命侍从去请王后出来观看。

侍从奉命去到后宫，对王后说："陛下请娘娘前去观看一件稀奇事。陛下刚买来一只可爱的白鸟。我们给陛下摆筵，那只鸟儿却像人一样，飞到桌上，啄食席中的各种食物。娘娘，你快去看，那鸟儿美丽极了。这真是世上少有的奇怪事啊。"听了侍从的报告，王后急急忙忙离开后宫，来到国王面前。她心怀好奇，见了白鸟，很认真地看起来。一看之下，突然捂着面孔，转身就走。国王忙起身，追了过去，说道：

"这里并没有外人呀！你为什么要捂着脸回避呢？""国王陛下，你买来的并不是飞鸟，他是个跟你一样的男人哩。""你别胡说了！你怎么这么爱开玩笑呢！它怎么会不是飞禽呢？""不，我没有同陛下说笑，这全都是事实。这只白鸟是白鲁·巴卜国王的化身，他父亲是波斯国王，名叫赫鲁曼，他母亲叫海石榴花。""咦？那他怎么会是这么个模样呢？""他被瑟曼德尔国王的女儿赫兰公主施了魔法。"王后讲述了这事件的经过。

听了王后的叙述，国王感到十分吃惊。原来王后是个擅长魔法的人，所以深知其中奥秘。国王对她说："我用我的生命起誓,你发发善心,解除他身上的魔法,不要让他再受苦受难了吧。那个凶残奸诈的赫兰公主是多么丑恶!简直丧尽天良!愿主惩罚她,砍掉她的双手。""你让人把白鲁·巴卜拿到贮藏室。"国王遵循王后的吩咐,让人把鸟儿放到贮藏室。王后把自己的脸蒙起来,端一碗水,来到贮藏室中喃喃地念了咒语,一面将水洒在他身上,一面说道:"凭着创造宇宙、分配衣食、寿限的主的意愿,你摆脱这个模样,恢复原形吧。"她刚一说完,那只白鸟突然抖了一下,摇身变成了人,回复了原来的模样。国王面前出现了一个举世无双的美少年。白鲁·巴卜恢复了人的形象,高兴地说道:"主是唯一的主宰,穆罕默德是他的使徒。赞美主,他创造人类,并给人们安排好了一切。"接着他吻着国王的手,替他祷告祝福。

国王亲切地吻他的额,说道:"白鲁·巴卜,把你的遭遇从头到尾地讲给我听吧。"白鲁·巴卜丝毫不保留地把自己的遭遇全都告诉国王。国王听了十分惊诧,说道:"白鲁·巴卜,主解救了你,解除了你身上的魔法。现在你打算干些什么呢?""国王陛下,恳求您开恩,给我准备一艘船、一些粮食,派几个仆人送我回家吧。我在外面漂流了这么久,再不回去,我的领地就保不住了。恳求陛下好事做到底,满足我的愿望吧。对您的恩典,我将永远铭记。"国王看他长相十分漂亮,又善长口才,欣然应允了他,说道:"好!我满足你的愿望。"白鲁·巴卜告别国王,同仆人们一起乘船回家,一路上平安无事地航行了十天,但是到了第十一天,暴风骤起,船被汹涌的巨浪冲得颠来颠去,水手操纵不住,终于触礁,撞得粉碎。白鲁·巴卜在灾难中心智灵敏,抓住一块木板紧紧地攀伏着,在风吹浪打中,漂流了三天。第四天,他被海浪冲到一个海岛边。他精疲力竭地爬上岸。只见岛上有一座城市,城墙一律是白色的,很高,房屋坚固别致。这时,他又累又饿,一见这个城市,顿感一阵安慰。

魔法城中的老头

白鲁·巴卜挣扎着,打算爬进城去,找个地方歇歇。可到了城门,许

多骡马和毛驴拦住他，一齐向他踢来，不准他进城。他没办法，只好又回到海边，游到城市后面，然后上岸。

这一回没什么拦他了。他来到城里，却不见一个人影，心里非常奇怪。

他漫无目的地走着，自言自语道："这座城市里没有国王，也没有老百姓，到底是谁在管辖呢？那些不让我进城的骡马毛驴怎么也不见踪影了？这究竟是怎么回事？"转了一阵儿，他碰到一个卖蔬菜水果的老头，便走过去向他打招呼。老头见他长相漂亮，便问道：

"孩子，你是哪里人？为什么到这儿来？"白鲁·巴卜把自己的遭遇告诉了老头。

老头听了，感到惊异，问道："孩子，你进城时没碰到什么吧？""城中空荡荡的没有一个人影，我正感觉奇怪呢。""孩子，快到我铺子里来。你这是在冒险呀。"白鲁·巴卜走进铺中坐下。老头给他拿来一些吃的东西，吩咐道："孩子，进里面去吃。赞美主，他把你从魔鬼的手中解救了出来。"白鲁·巴卜感到十分害怕，心神不宁地吃了饭，洗过手，呆呆地望着老头，说道："老人家，你刚说的到底是怎么一回事？你的话把我给吓坏了。""孩子，你不知道啊，这是一座被施了魔法的城市。城中的女王奸诈成性，她原本是一个魔法师，一个魔鬼。你看见的那些骡马毛驴，它们本是跟我们一样的人，是健全的外地人。在这座城市，凡是像是你这样的年轻人进城来，全都被那个魔法师女王逼去陪她食宿。玩弄40天后，她把他们用魔法变成骡、马或毛驴，就跟你在海滨所见的一样。当初你上岸要进城，它们因为关心、疼爱你，才拦阻你，不想让你像它们那样中女王的魔法。它们等于对你说：'千万别进去，免得魔法师看见你。'要是被她看见，一定会像对付他们那样对付你呢。魔法师是靠魔法统治这座城市的。她叫辽彼女王。"白鲁·巴卜听了老头的谈话，万分恐惧，像暴风中的竹子，颤抖着，说道："没想到我刚摆脱魔法带给我的灾难，现在又叫命运把我引到这个危险中来了。"他想着自己的遭遇和处境，极为伤心。老头仔细看着他，见他十分恐惧，对他说道：

"孩子，你到铺子前来坐着，注意看来往行人，也让他们看你。他们没有被施魔法，你不必害怕。女王和城中的居民都喜欢我，尊敬我，谁也不怀疑我。"白鲁·巴卜听从老头的安排,到铺子前坐下。只见许许多多的人来来往往,摩肩接踵。

人们看见他,都走到老头面前,围着问道:

"老人家,他是你的猎物吗?是你最近捕获的吗?""不,他是我的侄子。因为他父亲死了,我才叫他上这儿来,以免让我放心不下。""他真是一个聪明漂亮的小伙子,我们替他担心着呢。你老人家可得留点神,别叫女王碰见,把他抓走。""女王一向喜欢我,保护我,她不会那样做的。只要她知道孩子是我的侄子,就不会不尊重我,硬把他带走。"

白鲁·巴卜进宫陪女王

白鲁·巴卜跟老头住在一起生活得很好。在老头的关心疼爱下,平安度过了几个月。

一天,他跟往常一样坐在铺中,忽然有一千名穿着各式各样服装的侍卫,系着镶珠宝的腰带,佩着印度宝剑,骑着阿拉伯骏马,来到老头铺前,向他致敬一番,然后便回去了。接着又来了一千名如月亮般漂亮的女兵,穿着各种绣花镶珠的丝绸衣服,佩着宝剑。其中有个女官,骑着阿拉伯骏马,金鞍银镫,英姿飒爽。她们径直来到老头铺前,向他致意敬礼,然后列队回去。最后辽彼女王在一群卫士的簇拥下,姗姗来到老头铺前。她一眼就看见坐在铺中的白鲁·巴卜,见他长相十分漂亮可爱,不禁感到惊奇。她愣了一会,走进铺中,和白鲁·巴卜坐在一起,对老头说:

"你从哪儿弄来这么一个漂亮的小伙子?""他是我的侄子,刚到这儿还没多久呢。""让我把他带回宫去,陪我谈心吧。""你带他去,不会对他施魔法吧?""当然!我不会的。""那么请你发誓吧。"辽彼女王果然对老头发誓,决不伤害他,也不对他施魔法。接着她吩咐侍从给白鲁·巴卜预备一匹骏马,配上金鞍银镫,赏给老头一千金币,说道:"给你,拿去好好过日子吧。"然后她和白鲁·巴卜并骑回宫。

人们见了漂亮英俊的白鲁·巴卜与她同行,都怀着惋惜,窃窃私语道:"向主起誓,这漂亮的一个小伙子,真不该被那个该死的妖魔施以魔法呀。"白鲁·巴卜抱着听天由命的念头，虽然听见了旁人的窃窃私语，却始终十分镇静地跟着女王。

回到王宫门前，文武朝臣列队迎接他们。女王挥手之下，众官跪下吻了地面，然后依次退了下去。

白鲁·巴卜随女王和婢仆走进宫中，抬头一看，是一幢极为壮观的宫殿，屋顶和墙壁都是金子做的。花园中林木繁盛，小湖清澈。园中有着许多美丽活泼的鸟儿，在清脆悦耳的鸣唱着。白鲁·巴卜看到如此美景，心中感慨万千，暗自叹道："赞美仁慈宽厚的主，他甚至让崇拜邪恶之神的人也享受高贵。"在靠花园的窗前，摆有一张铺设十分柔软的象牙床。女王坐下后，让白鲁·巴卜坐在她身旁，然后传话摆宴。婢仆们闻声而动，端出镶嵌珠宝玉石的碗盏，里面盛着各种可口的珍馐美味。他们两人饱餐一顿，洗过手，婢仆们又摆上金、银、水晶盏和葡萄美酒、鲜花，带进十个手持乐器、面如皓月的歌女。女王斟了一杯，一饮而尽，然后给白鲁·巴卜斟酒。他们互相斟酒，互相劝饮，一会儿酒到半酣，歌女们才弹唱起来。白鲁·巴卜醉眼惺忪，仿佛整个宫殿都在舞蹈，不由陶醉在美酒佳人的环绕中，心旷神怡，手舞足蹈，忘了自己是漂泊流浪的异乡人。他心里想："这位女王实在温柔可爱，她的江山比我的国土更广袤，她人也比赫兰公主更娇美，我这一生都想跟她生活在一起。"他和女王一边喝酒，一边听歌女们弹唱。

天已经黑下来，他们仍不打算停止。女王命点燃灯火，焚烧香炉，趁着月色欢饮下去。

直至更残漏尽，才命婢仆给白鲁·巴卜铺床，扶他安睡，她自己也顺势和衣倒在象牙床上，很快就进入了甜蜜的梦乡。

宫中的见闻

第二天清晨，女王命人送上华丽鲜艳的衣服，服侍白鲁·巴卜穿上，然后她牵着白鲁·巴卜的手，双双来到大殿，摆上酒席，一起吃喝。饭后，宫女们收拾一番，端上酒肴鲜果，歌女们又来弹唱歌舞助兴。他俩一边饮酒作乐，一边欣赏歌舞，从日出到夜深，他俩觥筹交错，寻欢作乐。

这样日复一日，不知不觉过了四十天。第四十一天，女王向他问道："白鲁·巴卜，是我这儿好呢？还是你伯父的蔬菜铺好？""主作证，陛下，自然是你这儿好。我伯父是个贩蔬菜的，过的不过是穷汉生活而已。"女王听了，哈哈大笑，不禁得意洋洋，满心欢喜。

这天，白鲁·巴卜从梦中惊醒，身旁不见了女王踪影，便自言自语道："她上哪儿去了？"他十分迷惑不解，焦躁不安地等了一会，仍不见她回来，便暗自忖道："她到底上哪儿去了？"于是起身在宫中四处寻找，仍不见她在，心里想："也许她到园中去了吧。"于是三步并作两步，奔到园中，见河堤上站着一只白鸟，附近的一棵大树上，栖息着大大小小的、色彩各异的飞鸟。他伏下来潜过去偷窥。突然又有一只黑鸟飞到堤上，同白鸟争斗不休。一会儿白鸟摇身变成人形，他定睛一看，原来它就是女王辽彼。见了这一幕，他明白了那只黑鸟原来是中了魔法的人，而女王自己则变成白鸟，与他嬉玩。他不由心生妒忌，也很同情变作黑鸟的人，因此愈想愈气，一言不发冲回宫去。

过不多久，女王回到宫中，仍像往常一样，与他逗趣，似乎什么事也没发生过一般。他心中忿恨，只低着头一语不发。女王马上便察觉到他的心事，知道自己化为白鸟的隐秘已被白鲁·巴卜识破，可是女王仍装着没事似的，不跟他多讲。

白鲁·巴卜说道："陛下，我已经四十多天没见伯父的面，很想念他，我打算去铺子里看望他一下。""好吧！随你的心意吧。"白鲁·巴卜骑马来到蔬菜铺前。老头一见，起身迎接，拥抱着他问道："你跟那个女王过得怎么样？""我很快活，生活得也舒适，只是今天早晨发生了一件事：我醒来时，她不在，我寻找到花园……"他把在河堤上看见的事详细叙述了一遍。

老头听了，说道："你要多加提防。你可知道，那棵树上栖息的那些飞鸟，都是外地来的一些年轻人，个个都中了她的魔法。至于你看见的那只黑鸟，那本是辽彼女王的一个奴仆。女王把魔法施在他身上，让它变成黑鸟。过后，每当想念他时，女王就把自己变成白鸟去和他幽会。现在你知道了这一秘密，她一定会怀恨在心，定会找机会伤害你。不过有我在，她心有所忌，便不敢胡作非为的。你别害怕，我叫阿卜杜拉，世上没有比我更精于魔法的人了，但我只是在万不得已的时候，才施用魔法。过去，我曾多次破了那个妖魔的法术，从她手中解救出许多人的性命。凭魔力而言，她对我毫无办法，怕得要死。城里还有其他魔法师，他们都跟女王一样，对我都惧而远之。今天晚上她肯定会用魔法谋害你。明天你上这儿来，告诉我她的一举一动，让我教你对付她的办法，好粉碎她的阴谋。"

女王的阴谋

白鲁·巴卜按老头的安排，又提心吊胆地回到宫中。女王似乎为他的回来而高兴，立刻起身迎接，拉他坐在自己身边，百般殷勤。他们一次次欢宴，享用着精致的鲜果美酒，聊天畅饮，直喝到夜深人静。白鲁·巴卜被她灌得酩酊大醉，头痛欲裂，女王这才对她说：

"指火起誓，你肯老老实实回答我一个问题吗？你得保证说实话。""我保证，我的陛下。"白鲁·巴卜迷迷糊糊地说。

"你曾经到花园去找过我，并且一定见到过一只白鸟跟一只黑鸟在一起的情形吧。关于这桩事，我会详细地跟你解释。那只黑鸟本是我的一个仆人，当初我爱他爱得发狂，可是有一次他触犯了我，我一怒之下施魔法把他变成了黑鸟。直到今天，我还十分后悔当初太冲动，所以每当想念他时，就把自己变成白鸟，去和他相会。你肯定因为此事对我产生反感。以火、光、影、热起誓，我钟情于你，爱你已到了不可分离的地步，甚至认为没有你，宇宙便失去了光彩呢。""你已经把我气恼的原因说出来了。我当时确实为此气恼，好了，我们和好吧。"女王跟他温存了一番，闲谈了一会儿，便宽衣睡觉。可是半夜里，她却蹑手蹑脚地爬起来。白鲁·巴卜从梦中惊醒，又发现她鬼鬼祟祟，于是偷偷爬了起来，悄悄在暗中窥探女王的举动。只见她从一个红口袋中掏出一撮红色粉末，洒在地上，立时，地上便出现一条水流湍急的河流。接着她取出一把大麦，撒在土里，引河水灌溉，大麦眼看着发芽、开花，结出麦穗。她采集麦穗，磨成面粉，收藏起来。

做完这一切后，她似乎松了口气，回到床上，睡了下去。

白鲁·巴卜得到庇护

第二天清晨，白鲁·巴卜起床后便向女王提议，他想再去看望他的伯父，女王答应了。

于是他到老头那儿，叙述了昨夜的一切。老头听了，哈哈大笑，说道："主作证，那个使魔法的人在骗你呢！你不必担心，这不算什么。"于是他包好一磅面粉，递给白鲁·巴卜，吩咐道："给你，把它带回去。那个异教徒女王会看见这个的。如果她问你这是什么，你跟她说：'这不过是我一时兴起弄来的。'然后你把这个吃下肚。她会拿出自己磨的面粉让你吃，你假意答应着，暗地只吃我给你的面粉，千万别吃她的，一点儿也别碰，否则你就会中她的魔法，任由她摆布的。她靠她的面粉施魔法，你不吃她的面粉，她就有法难施，拿你毫无办法。她发现阴谋不能得逞，会巧辩说她是跟你开玩笑，说什么其实她对你一往情深之类的。这时，你也假意表示真心爱她，温柔地对待她，让她吃你的面粉，尝尝味道。她即使只尝一点儿我的面粉，就会中魔法。你就弄些清水洒在她脸上，这时你希望她变成什么东西，只消开口一念，她就会应声变成那种东西的。这样，你就可以摆脱她了。然后你立即到我这儿来，我再替你出个永远摆脱她的主意。"

女王辽彼中了魔法

白鲁·巴卜按老头的吩咐，一路跑回宫中。女王辽彼一见他，一边起身迎接，一边说道：

"我的心上人呀！你终于回来了。你耽搁了这么长时间，可把我等坏了。""我在伯父铺里闲聊，他还拿面粉招待我呢。瞧！就是这种。""我们有的是最好的面粉。"她说着，把白鲁·巴卜拿来的面粉扔在一个盘中，端出另一个盘子，里面盛有她自己的面粉，说道："尝一尝这种吧，比什么都好吃。"白鲁·巴卜埋下头，假意只顾吃。

女王以为他中计，吃了面粉，便取出水来洒他，喃喃地说道："你这个家伙，快变成一匹难看的独眼骡吧！"然而出乎意料之外，她的魔法竟然没一点效力，白鲁·巴卜仍然形貌如初，毫发无损。女王吃惊之余，赶紧走到他面前，吻他的前额，说道：

"我心爱的人呀！我在跟你开个玩笑呢。我这样爱你，才舍不得你变形呀。""主作证，我的陛下，我对此一点也不介意。我当然相信你的爱。来呀，咱们来尝我的面粉吧。"女王不假思索，为了假意表示爱情，抓起面粉便咽下肚去。马上，她明白自己上当了。

白鲁·巴卜从容捧起清水，洒在她脸上，说道：

"坏家伙，快变成一匹难看的母骡吧！"他刚一说完，女王应声变成了母骡。她看见自己现在的模样，泪流满面，用前蹄一个劲擦脸上的眼泪。白鲁·巴卜拿马勒去套她，她挣扎着。白鲁·巴卜一时无法，便跑去见老头，叙述发生的事情。老头起身，取出一个马勒，说道："拿这个马勒去套她。"白鲁·巴卜带着老头给的马勒，转身回宫。女王变成的骡子一见，便马上驯服下来，自己走到他面前。白鲁·巴卜套住她，骑着她走出宫殿，来到阿卜杜拉铺前。老头见了，走到她跟前，骂道："坏家伙！你作恶多端，今天是你应得的报应。"随后他吩咐白鲁·巴卜说："你不能继续留在城里了。你骑着她喜欢上哪儿就上哪儿去吧，但千万留神，别让任何人碰这根马缰。"白鲁·巴卜谢过阿卜杜拉老人，骑着母骡出了城。三天以后，他到了一座城镇附近，路上遇见一个模样和善的老人，对他说：

"孩子，你从哪儿来？""我从魔法城中来。那么今晚你到我家去住吧。我来招待你。"白鲁·巴卜接受老人的邀请，随他走去。这时路旁走来一个老妇人，她打量了一会儿那匹母骡，突然放声大哭，说道："主是唯一的主宰，这匹骡子很像我儿子那匹死了的骡子，我为失去它而终日悲伤呢。向主起誓，先生，你能把它卖给我吗？""主作证，老伯母，我不能卖它。""主作证，别拒绝我吧。如果我不给儿子买这匹骡子，他最终一定会伤心而死呢。"老妇人唠唠叨叨，一个劲地缠住他，非要买那匹骡子。

"如果你出到一千金币，我可以考虑给你。"白鲁·巴卜心里想："一个老妇人怎么可能有一千金币呢？"可是出乎他的意料，他刚一说完，老妇人毫不犹豫地从腰带里换出一千金币递过来。白鲁·巴卜眼看她把钱交在自己手里，迫不得已，便对她说："老伯母，我是跟你说笑玩儿的，这匹骡子是不能卖的。"在一旁等候的那个和善的老头听了白鲁·巴卜和老妇的交谈，郑重地警告他说："孩子，这是一座禁止说谎的城市。谁说谎骗人，会被处死的。"白鲁·巴卜大吃一惊，不由自主跳下骡来，把骡子交给老太婆。

老太婆牵走了骡子，卸下马勒，拿水洒在它身上，喃喃地说道："我的女儿啊，摆脱这个形象，赶快恢复你的原形吧。"她刚一说完，骡子猛然崩跳一阵，刹那变成了人形。辽彼女王恢复了她的原样。母女两大哭一场，紧紧拥抱着不放。

白鲁·巴卜这才明白老太婆是女王辽彼的母亲，自己已经受骗，拔腿要逃。这时，老太婆响亮地吹了一声口哨，一个顶天立地的魔鬼应声而至。

白鲁·巴卜吓得六神无主，动弹不得。

老太婆一纵身，骑上魔鬼，她女儿骑在后面。魔鬼把白鲁·巴卜抓住，腾空而起，只一刹那，便又回到魔法城的王宫。女王辽彼坐上宝座后，怒视着白鲁·巴卜，骂道：

"你这个混蛋！你到这儿来享尽荣华富贵，尝遍了美酒佳肴，可你竟然暗算我。现在我叫你也知道我的厉害。我从来不曾伤害过那老头，他却以怨报德，设计谋害我。没有人从中作祟，你这个坏蛋怎么能让我受如此的屈辱！"她说着取水洒在白鲁·巴卜身上，说道：

"蠢材！立刻给我变成一只最讨厌的飞鸟吧。"咒语刚说完，白鲁·巴卜应声变成一只丑陋的小鸟。辽彼女王把他关进笼中，不给他水喝，也不给他饭吃。幸亏宫里的一个女仆良心发现，背着女王暗地里拿吃的给他，他才得以苟延生命。

一天，这女仆还趁出宫办事，偷偷溜到蔬菜铺里，暗中传递消息，对阿卜杜拉说："女王辽彼正在残害你的侄子哪。"老头听了这消息，非常感激这女仆，对她说："如果把她撵下宝座，就让你来做女王吧。"

海石榴花赶到魔法城

阿卜杜拉吹了一声口哨，刹那间，一个长着四只翅膀的魔鬼现身。老头吩咐道："你是知道海石榴花居住的那座城市的。把这个姑娘送去吧，因为海石榴花和她母亲花蝴蝶是世上最精通魔法的人。"接着他又嘱咐道："到那儿后，你告诉她，白鲁·巴卜被女王辽彼施魔法变成飞鸟，囚禁起来了。"魔鬼背负着姑娘，很快就飞到了目的地，落在海石榴花的王宫顶上。

姑娘走入王宫，一直找到海石榴花，在她面前跪下去吻了地面，然后从头到尾，详细叙述了白鲁·巴卜的遭遇。海石榴花听了，非常感谢姑娘，命人热情招待她。然后向满朝文武大臣，通报白鲁·巴卜国王有了消息。不一会儿，喜讯传遍了京城。

海石榴花约请她母亲花蝴蝶、她哥哥萨里哈磨拳擦掌，做好准备。他们召集所有的神将、海兵，包括原来瑟曼德尔国王的属下，一起飞腾上天，一会儿就到达魔法城，占领了王宫。神兵神将转瞬便消灭了作恶多端的女王。海石榴花这才问姑娘：

"我的儿子在哪里？"姑娘递给海石榴花一个鸟笼，指着笼中的小鸟，说道："这就是你的儿子。"海石榴花从笼中捧出小鸟，用清水洒在它身上，说道："快恢复你的本来面目吧。"她刚说完，白鲁·巴卜摇身一变，恢复成人，跟先前一模一样，一点儿没有变化。他母亲走过去，把他紧紧搂在怀里，母子抱头痛哭。他外祖母花蝴蝶、舅父萨里哈和姨母们都流出喜悦的眼泪，一个个亲吻他，祝贺他脱离苦海。

此后，海石榴花又向阿卜杜拉表示谢意，把那宫女许配给他，并召集魔法城中的百姓官员，推举阿卜杜拉为魔法城的新国王。

白鲁·巴卜同赫兰公主结婚

海石榴花母女带着白鲁·巴卜和大队人马，辞别魔法城和阿卜杜拉，浩浩荡荡地凯旋回国，受到百姓们热烈欢迎。为了白鲁·巴卜国王平安归来，人们把城市打扮一番，狂欢了三天。白鲁·巴卜对他母亲说：

"娘，现在我应该结婚了。我们一家人好团聚在一起，欢欢喜喜、热热闹闹地生活。""儿啊，你的意见有道理。不过我还想再察访察访，看哪国的公主配做你的妻子。"他外祖母花蝴蝶和姨母们听了他们母子的这番谈话，齐声说："我们愿意替你到处看看，给你参谋一番，让你能娶到称心如意的王后。"于是大家就要分头出去，给他挑选妻子。海石榴花也差遣神魔，负着亲信女仆，让她们飞到各地暗中探访。

她嘱咐道："任何国君的女儿都不要放过，必须仔仔细细地察看，到底哪些公主品貌双优。"白鲁·巴卜见她们十分热心此事，便对母亲说："娘，这一切都没有用的。别麻烦这么多人了，因为别的女子我一个也看不上，只有赫兰公主才是我唯一想娶的女子。我只打算和她结婚。她像她的名字一样美丽动人，像宝石一样惹人喜爱。""好！我们就娶赫兰公主吧。"海石榴花说着，立刻叫人去请瑟曼德尔国王。

瑟曼德尔国王很快到来，拜见了海石榴花，并向白鲁·巴卜祝福、致意。白鲁·巴卜当面向他求亲。他欣然应诺。道：

"小女是陛下的丫头，让她到陛下身边永远伺候陛下好了。"他说着派侍从回国去接公主，并让侍从把这一切情况转告公主。

赫兰公主应命，立刻随侍从来到白鲁·巴卜国王宫中，一见父亲，她便扑在他怀里。她父亲对她说："女儿啊，你可知道，我把你的终身许配给这位英勇伟大、深受拥戴的白鲁·巴卜国王了。他又高贵、又善良，德行无可指摘，容貌标致俊秀。你们两人真是天生的一对，是命中注定的姻缘。""女儿遵命。如今乌云尽散，天空晴朗，我心中的离愁苦闷，也一样烟消云散。父王愿怎么安排，我就怎么做。我愿意做他的奴婢，终身侍奉他。"赫兰公主表示应允以后，海石榴花和瑟曼德尔国王非常高兴，马上准备仪式。大家请来法官和证人证婚，写婚约，举行定婚典礼。国王白鲁·巴卜为庆典大赦天下，开仓放粮救济鳏寡孤独，赏赐文武官员。喜讯传开，举国欢庆。举行结婚大典时，京城修饰一新，宫中备置了盛大的宴会，大宴宾客，与民同欢。

歌舞升平，庆祝了整整十天。

白鲁·巴卜重赏瑟曼德尔国王，让他回去和家人团聚。自此，他们成为眷属，常相往来，和平互助。从此国泰民安。在百姓的拥戴下，白鲁·巴卜幸福快乐地同妻子、家人生活在一起。

卖花女

三毛

我们的家居生活虽然不像古时陶渊明那么的悠然,可是我们结庐人境,而不闻车马喧,在二十世纪的今天,能够坚持做乡下人的傻瓜如我们,大概已不多见了。

我住在这儿并不是存心要学陶先生的样,亦没有在看南山时采菊花,我只是在这儿住着,做一只乡下老鼠。荷西更不知道陶先生是谁,他很热中于为五斗米折腰,问题是,这儿虽是外国,要吃米的人倒也很多,这五斗米,那五斗米一分配,我们哈弯了腰,能吃到的都很少。

人说:"穷在路边无人问,富在深山有远亲。"

我们是穷人,居然还敢去住在荒僻的海边,所以被人遗忘是相当自然的事。

在乡间住下来之后,自然没有贵人登门拜访,我们也乐得躲在这桃花源里享享清福,遂了我多年的心愿。

其实在这儿住久了,才会发觉,这个桃花源事实上并没有与世隔绝,一般人自是忘了我们,但是每天探进"源"内来的人还是很多,起码卖东西的小贩们,从来就扮着武陵人的角色,不放过对我们的进攻。

在我们这儿上门来兜售货物的人,称他们推销员是太文明了些,这群加纳利岛上来的西班牙人并不是为某个厂商来卖清洁剂,亦不是来销百科全书,更不是向你示范吸尘器。他们三天五天的登门拜访,所求售的,可能是一袋蕃茄,几条鱼,几斤水果,再不然几盆花,一打鸡蛋,一串玉米……我起初十分乐意向这些淳朴的乡民买东西,他们有的忠厚,有的狡猾,有的富,有的穷,可是生意一样的做,对我也方便了不少,不必开车去镇上买菜。

说起后来我们如何不肯再开门购物，拒人千里之外，实在是那个卖花老女人自己的过错。

写到这儿，我听见前院木棚被人推开的声音，转头瞄了外面一眼，马上冲过去，将正在看书的荷西用力推了一把，口里轻喊了一声："警报"，然后飞奔去将客厅通花园的门锁上，熄了厨房熬着的汤，再跟在荷西飞奔到洗澡间去，跳得太快，几乎把荷西挤到浴缸里去，正在这时，大门已经被人呼呼的乱拍了。

"开门啊！太太，先生！开门啊！"

我们把浴室的门轻轻关上，这个声音又绕到后面卧室的窗口去叫，打着玻璃窗，热情有劲的说："开门啊！开门啊！"

这个人把所有可以张望的玻璃窗都看完了，又回到客厅大门来，她对着门缝不屈不挠的叫着："太太，开门吧！我知道你在里面，你音乐在放着嘛！开门啦，我有话对你讲。""收音机忘记关了！"我对荷西说。

"那么讨厌，叫个不停，我出去叫她走。"荷西拉开门预备出去。

"不能去，你弄不过她的，每次只要一讲话我们就输了！""你说是哪一个？"

"卖花的嘛！你听不出？"

"嘘！我不出去了。"荷西一听是这个女人，缩了脖子，坐在抽水马桶上低头看起书来，我笑着拿了指甲刀挫手指，俩人躲着大气都不喘一下，任凭外面震天响的打着门。过了几分钟，门外不再响了，我轻手轻脚跑出去张望，回头叫了一声："警报解除。"荷西才慢慢的踱出来。

这两个天不怕地不怕的人，为什么被个卖花的老太婆吓得这种样子，实在也是那人的好本事。看着房间内大大小小完全枯干或半枯的盆景，我内心不得不佩服这个了不起的卖花女，跟她交手，我们从来没有赢过。

卖花女第一次出现时，我天真的将她当做一个可怜的乡下老婆婆，加上喜欢花草的缘故，我热烈的欢迎了她，家中的大门，毫不设防的在她面前打开了。

"这盆叶子多少钱？"我指着这老婆婆放在地上纸盒里的几棵植物之

一问着她。

"这盆吗？五百块。"说着她自说自话的将我指的那棵叶子搬出来放在我的桌上。

"那么贵？镇上才一百五哪！"我被她的价钱吓了一跳，不由得叫了起来。

"这儿不是镇上，太太。"她瞪了我一眼。

"可是我可以去镇上买啊！"我轻轻的说。

"你现在不是有一盆了吗？为什么还要去麻烦，咦。"她讨好的对我笑着。

"我没有说买啊！请你拿回去。"我把她的花放回到她的大纸盒里去。

"好了！好了！不要再说了。"她敏捷自动的把花盆又搬到刚刚的桌上去，看也不看我。

"我不要。"我硬楞楞的再把她的花搬到盒子里去还她。"你不要谁要？明明是你自己挑的。"她对我大吼一声，我退了一步，她的花又从盒子里飞上桌。

"你这价钱是不可能的，太贵了嘛！"

"我贵？我贵？"她好似被冤枉似的叫了起来，这时我才知道碰到厉害的家伙了。

"太太！你年轻，你坐在房子里享福，你有水有电，你不热，你不渴，你头上不顶着这个大盒子走路，你在听音乐，煮饭，你在做神仙。现在我这个穷老太婆，什么都没有，我上门来请你买一盆花，你居然说我贵，我付了那么大的代价，只请你买一盆，你说我贵在哪里？在哪里？"她一句一句逼问着我。

"咦！你这人真奇怪，你出来卖花又不是我出的主意，这个帐怎么算在我身上？"我也气了起来，完全不肯同情她。"你不想，当然不会跟你有关系，你想想看，想想看你的生活，再想我的生活，你是买是不买我的花？"

这个女人的老脸凑近了我，可怕的皱纹都扯动起来，眼露凶光，咬牙切齿。我一个人在家，被她弄得怕得要命。"你要卖，也得卖一个合理的价钱，那么贵，我是没有能力买的。"

"太太，我走路走了一早晨，饭也没有吃，水也没有喝，头晒晕了，脚走得青筋都起来了，你不用离开屋子一步，就可以有我送上门来的花草，你说这是贵吗？你忍心看我这样的年纪还在为生活挣扎吗？你这么年轻，住那么好的房子，你想过我们穷人吗？"

这个女人一句一句的控诉着我，总而言之，她所受的苦，都是我的错，我吓得不得了，不知自己居然是如此的罪人，我呆呆的望着她。

她穿着一件黑衣服，绑了一条黑头巾，背着一个塑料的皮包，脸上纹路印得很深，卷发在头巾下像一把干草似的喷出来。

"我不能买，我们不是有钱人。"我仍然坚持自己的立场，再度把她的花搬回到盒子里去。

没想到，归还了她一盆，她双手像变魔术似的在大纸盒里一掏，又拿出了两盆来放在我桌上。

"跟你说，这个价钱我是买不起的，你出去吧，不要再搞了。"我板下脸来把门拉着叫她走。

"我马上就出去，太太，你买下这两盆，我算你九百块了，自动减价，你买了我就走。"说着说着，她自说自话的坐了下来，她这是赖定了。

"你不要坐下，出去吧！我不买。"我叉着手望着她。这时她突然又换了一种表情，突然哭诉起来："太太，我有五个小孩，先生又生病，你一个孩子也没有，怎么知道有孩子穷人的苦……呜……。"

我被这个人突然的闹剧弄得莫名其妙，她的苦难，在我开门看花的时候，已经预备好要丢给我分担了。"我没有办法，你走吧！"我一点笑容都没有的望着她。"那么给我两百块钱，给我两百块我就走。"

"不给你。"

"给我一点水。"她又要求着，总之她是不肯走。

她要水我无法拒绝她，开了冰箱拿出一瓶水和一只杯子给她。

她喝了一口，就把瓶里的水，全部去浇她的花盆了，洒完了又叹着气，硬跟我对着。

"给我一条毯子也好，做做好事，一条毯子吧！""我没有毯子。"我已经愤怒起来了。

"没有毯子就买花吧！你总得做一样啊！"

我叹了口气，看看钟，荷西要回来吃饭了，没有时间再跟这人磨下去，进房开了抽屉拿出一张票子来。"拿去，我拿你一盆。"我交给她五百块，她居然不收，嘻皮笑脸的望着我。

"太太，九百块两盆。五百块一盆，你说哪一个划得来？""我已经买下了一盆，现在请你出去！"

"买两盆好啦！我一个早上还没做过生意，做做好事，买两盆好啦！求求你，太太！"

这真是得寸进尺，我气得脸都涨红了。

"你出去，我没有时间跟你扯。"

"咦！没有时间的人该算我才对，我急着做下面的生意，是太太你在耽搁时间，如果一开始你就买下了花，我们不会扯那么久的。"

我听她那么不讲道理，气得上去拉她。

"走！"我大叫着。

她这才慢吞吞的站起来，把装花的纸盒顶在头上，向我落落大方的一笑，说着："谢谢！太太，圣母保佑你，再见啦！"

我呼的关上了门，真是好似一世纪以后了，这个女人跟我天长地久的纠缠了半天，到头来我还是买了，这不正是她所说的：如果一开始你就买了，我们也不会扯那么久。总之都是我的错，她是有道理的。

拿起那盆强迫中奖的叶子，往水龙头下走去。

泥土一冲水，这花盆里唯一的花梗就往下倒，我越看越不对劲，这么小的盆子，怎么会长出几片如此不相称的大叶子来呢？

轻轻的把梗子拉一拉，它就从泥巴里冒出来了，这原来是一枝没有根的树枝，剪口犹新，明明是有人从树上剪下来插在花盆里骗人的嘛！

我丢下了树枝，马上跑出去找这个混帐，沿着马路没走多远，就看见这个女人坐在小公园的草地上吃东西，旁边还有一个三十岁左右的男人，大概是她的儿子，路边停了一辆中型的汽车，车里还有好几个大纸盒和几盆花。"咦！你不是说走路来的吗？"我故意问她，她居然像听不懂似的泰然。

"你的盆景没有根,是怎么回事?"我看着她吃的夹肉面包问着她。

"根?当然没有根嘛!多洒洒水根会长出来的,嘻!嘻!""你这个不要脸的女人!"我慢慢的瞪着她,对她说出我口中最重的话来,再怎么骂人我也不会了。

我这样骂着她,她好似聋了似的仍然笑嘻嘻的,那个像她儿子的人倒把头低了下去。

"要有根的价就不同了,你看这一盆多好看,一千二,怎么不早说嘛!"

我气得转身就走,这辈子被人捉弄得团团转还是生平第一次。我走了几步,这个女人又叫了起来:"太太!我下午再去你家,给你慢慢挑,都是有根的……"

"你不要再来了!"我向她大吼了一声,再也骂不出什么字来,对着这么一个老女人,我觉得像小孩子似的笨拙。

那个下午,我去寄了一封信,回来的路上碰到一个邻居太太,她问起我"糖醋排骨"的做法,我们就站在路上聊了一会儿,说完了话回来,才进门,就看见家中桌上突然又放了一盆跟早上一模一样的叶子。

我大吃一惊,预感到情势不好了,马上四处找荷西,屋子里没有人,绕到后院,看见他正拿了我早晨买下的那根树枝在往泥巴地里种。

"荷西,我不是跟你讲过白天那个女人,你怎么又会去上她的当,受她骗。她又来过了?"

"其实,她没有来骗我。"荷西叹了口气。

"她是骗子,她讲的都是假的,你……"

"她下午来没骗,我才又买下了一棵。"

"多少钱?我们在失业,你一定是疯了。"

"这个女人在你一出去就来了,她根本没有强迫我买,她只说,你对她好,给她水喝,后来她弄错了,卖了一盆没有根的叶子给你,现在她很后悔,恰好只剩下最后一盆了,所以回来半价算给我们,也算赔个礼,不要计较她。""多少钱?快说嘛!"

"一千二,半价六百块,以后会长好大的树,她说的。""你确定这棵有根？"我问荷西，他点点头。

我一手把那盆叶子扯过来，猛的一拉，这一天中第二根树枝落在我的手里，我一点都不奇怪，我奇怪的是荷西那个傻瓜把眼睛瞪得好大，嘴巴合不上了。

"你怎么弄得过她，她老了，好厉害的。"我们合力再把这第二根树枝插在后院土里，希望多洒洒水它会长出根来。

我们与这卖花女接触的第一回合和第二回合，她赢得很简单。

没过了几日，我在邻居家借缝衣机做些针线，这个卖花女闯了进来。

"啊！太太，我正要去找你，没想到你在这儿。"

她亲热的与我招呼着，我只好似笑非笑的点了点头。"鲁丝，不要买她的，她的盆景没有根。"我对邻居太太说。

"真的？"鲁丝奇怪的转身去问这卖花女。

"有根，怎么会没有根，那位太太弄错了，我不怪她，请你信任我，哪，你看这一盆怎么样？"卖花女马上举起一盆特美的叶子给鲁丝看。

"鲁丝，不要上她的当，你拔拔看嘛！"我又说。"给我拔拔看，如果有根，就买。"

"哎呀！太太，这会拔死的啊！买花怎么能拔的嘛！"

鲁丝笑着看着我。"不要买，叫她走。"我说着。"没有根的，我们不买。"鲁丝说。

"好，你不信任我，我也不能拔我的花给你看。这样好了，我收你们两位太太每人两百块订金，我留下两盆花，如果照你们说的没有根，那么下星期我再来时它们一定已经枯了，如果枯了，我就不收钱，怎么样？"

这个卖花女居然不要赖，不罗嗦，那日十分干脆了当。

鲁丝与我听她讲得十分合理，各人出了两百订金，留下了一盆花。

过了四五日，鲁丝来找我，她对我说："我的盆景叶子枯了，洒了好多水也不活！。

我说："我的也枯了，这一回那个女人不会来了。"

没想到她却准时来了，卖花女一来就打听她的花。"枯了，对不起，两百块钱订金还来。"我向她伸出手来。"咦！太太，我这棵花值五百块，万一枯了，我不向你要另外的三百块，是我们讲好的，你怎么不守信用？""可是我有两百订金给你啊？你忘了？"

"对啊！可是我当时也有碧绿的盆景给你，那是值五百的啊！你只付了两百，便宜了你。"

我被她翻来覆去一搞，又糊涂了，呆呆的望着她。"可是，现在谢了，枯了。你怎么说？"我问她。"我有什么好说，我只有搬回去，不拿你一毛钱，我只有守信用。"说着这个老太婆把枯了的盆景抱走了，留下我绕着手指头自言自语，缠不清楚。

这第三回合，我付了两百块，连个花盆都没有得到。

比较起所有来登门求售的，这个老太婆的实力是最凶悍的，一般男人完完全全不是她的样子。

"太太！日安！请问要鸡蛋吗？"

"蛋还有哪！过几天再来吧！"

"好！谢谢，再见！"

我注视着这些男人，觉得他们实在很忠厚，这样不纠不缠，一天的收入就差得多了。

有一次一个从来没有见过的中年男人来敲门。

"太太，要不要买锅？"他憔悴的脸好似大病的人一样。"锅？不要，再见！"我把他回掉了。

这个人居然痴得一句话都不再说，对我点了一下头，就扛着他一大堆凸凸凹凹的锅开步走了。

我望着他潦倒的背影，突然后悔起来，开了窗再叫他，他居然没听见，我锁了门，拿了钱追出去，他已经在下一条街了。

"喂！你的锅，拿下来看看。"

他要的价钱出乎意外的低，我买了五个大小一套的锅，也不过是两盆花的钱，给他钱时我对他说："那么老远的走路来，可以卖得跟市场一样价嘛！"

"本钱够了，日安！"这人小心的把钱装好，沉默的走了。

这是两种全然不同的类型，我自然是喜欢后者，可是看了这些卖东西的男人，我心里总会怅怅的好一会，不像对待卖花女那么的干脆。

卖花女常常来我们住的一带做生意，她每次来总会在我们家缠上半天。

有一天早晨她又来了，站在厨房窗外叫："太太，买花吗？""不要。"我对她大叫。

"今天的很好。"她探进头来。

"好坏都不能信你，算了吧！"我仍低头洗菜，不肯开门。"哪！送你一盆小花。"她突然从窗口递进来极小一盆指甲花，我呆住了。

"我不要你送我，请拿回去吧！"我伸出头去看她，她已经走远了，还愉快的向我挥挥手呢！

这盆指甲花虽是她不收钱的东西，却意外的开得好，一个星期后，花还不断的冒出来，我十分喜欢，小心的照顾它，等下次卖花女来时，我的态度自然好多了。

"花开得真好，这一次你没有骗我。"

"我从来没有骗过你，以前不过是你不会照顾花，所以它们枯死了，不是我的错。"她得意的说着。

"这盆花多少钱？"我问她。

"我送你的，太太，请以后替我介绍生意。"

"那不好，你做小生意怎么赔得起，我算钱给你。"我去拿了三百块钱出来，她已经逃掉了，我心里不知怎的对她突然产生了好感和歉意。

过了几日，荷西回家来，一抬头发觉家里多了一大棵爬藤的植物，吓了一大跳。

"三毛！"

"不要生气，这次千真万确有根的，我自动买下的。"我急忙解释着。

"多少钱？"

"她说分期付，一次五百，分四次付清。"

"小鱼钓大鱼，嗯！送一盆小的，卖一盆特大的。"荷西抓住小盆指甲花，作势把它丢到墙上去。

我张大了嘴，呆看着荷西，对啊！对啊！这个人还是赚走了我的钱，只是换了一种手腕而已，我为什么早没想到呀！对啊！

"荷西，我们约法三章，这个女人太厉害，她来，一不开门，二不开窗，三不回话。这几点一定要做到，不然我们是弄不过她的，消极抵抗，注意，消极抗抵，不要正面接触。"我一再的叮咛荷西和自己。

"话都不能讲吗？"

"不行。"我坚决的说。

"我就不信这个邪。"荷西喃喃的说。

星期六下午，我在午睡，荷西要去邻家替一位太太修洗衣机，他去了好久，回来时手上又拿了一小盆指甲花。"啊！英格送你的花？"我马上接过来。

荷西苦笑的望着我，摇摇头。

"你？"我惊望着他。

"是，是，卖花女在英格家，唉"

"荷西，你是白痴不成？"我怒喝着。

"我跟英格不熟，那个可怜的老女人，当着她的面，一再的哭穷，然后突然向我走来，说要再送我一小盆花，就跟她一向送我们的一样。"

"她说'一向'？"我问荷西。

"你想，我怎么好意思给英格误会，我们在占这个可怜老女人的便宜，我不得已就把钱掏出口袋了。"

"荷西，我不是一再告诉你不要跟她正面接触？""她今天没有跟我接触，她在找英格，我在修洗衣机，结果我突然输得连自己都莫名其妙。"

"你还敢再见这个世界上最伟大的推销员吗？荷西？"我轻轻的问他。

荷西狼狈的摇摇头，恐怖的反身把大门锁起来，悄悄的往窗外看了一眼，也轻轻的问着我："我们敢不敢再见这个天才？"

我大喊着："不敢啦！不敢啦！"一面把头抱起来不去看窗外。

从那天起，这个伟大的卖花女就没有再看到过我们，倒是我们，常常在窗帘后面发着抖景仰着她的风采呢！

狗之晨

老舍

东方既明，宇宙正在微笑，玫瑰的光吻红了东边的云。大黑在窝里伸了伸腿，似乎想起一件事，啊，也许是刚才作的那个梦，谁知道，好吧，再睡。门外有点脚步声！耳朵竖起，像雨后的两枝慈姑叶。嘴，可是，还舍不得项下那片暖，柔，有味的毛。眼睛睁开半个，听出来了，又是那个巡警，因为脚步特别笨重，闻过他的皮鞋，马粪味很大；大黑把耳朵落下去，似乎以为巡警是没有什么趣味的东西。但是，脚步到底是脚步声，还得听听；啊，走远了。算了吧，再睡。把嘴更往深里顶了顶，稍微一睁眼，只能看见自己的毛。

刚要一迷糊，哪来的一声猫叫？头马上便抬起来。在墙头上呢，一定。可是并没看到。纳闷：是那个黑白花的呢，还是那个狸子皮的？想起那狸子皮的，心中似乎不大起劲，狸子皮的抓破过大黑的鼻子，不光荣的事，少想为妙。还是那个黑白花的吧，那天不是大黑几乎把黑白花的堵在墙角么？这么一想，喉咙立刻痒了一下，向空中叫了两声。"安顿着，大黑！"屋中老太太这么喊。

大黑翻了翻眼珠，老太太总是不许大黑咬猫！可是不敢再作声，并且向屋子那边摇了摇尾巴。什么话呢，天天那盆热气腾腾的食是谁给大黑端来？老太太！即使她的意见不对也不能得罪她，什么话呢，大黑的灵魂是在她手里拿着呢。她不准大黑叫，大黑当然不再叫。假如不服从她，而她三天不给端那热腾腾的食来？大黑不敢再往下想了。

似乎受了刺激，再也睡不着，咬咬自己的尾巴，大概是有个狗蝇，讨厌的东西！窝里似乎不易找到尾巴，出去。在院里绕着圆圈找自己的尾巴，刚咬住，"不棱"，又被（谁？）夺了走，再绕着圈捉。有趣，不觉得嗓子里哼出些音调。"大黑！"

老太太真爱管闲事啊！好吧，夹起尾巴，到门洞去看看。坐在门洞，顺着门缝往外看，喝，四眼已经出来遛早了！四眼是老朋友：那天要不亏是四眼，大黑一定要输给二青的！二青那小子，处处是大黑的仇敌：抢骨头，闹恋爱，处处他和大黑过不去！假如那天他咬住大黑的耳朵？十分感激四眼！"四眼！"热情地叫着。四眼正在墙根找到包箱似的方便所在，刚要抬腿；"大黑，快来，到大院去跑一回？"

大黑焉有不同意之理，可是，门，门还关着呢！叫几声试试，也许老头就来开门。叫了几声，没用。再试试两爪，在门上抓了一回，门纹丝没动！

眼看着四眼独自向大院跑去！大黑真急了，向墙头叫了几声，虽然明知道自己没有上墙的本领。再向门外看看，四眼已经没影了。可是门外走着个叫化子，大黑借此为题，拚命的咬起来。大黑要是有个缺点，那就是好欺侮苦人。见汽车快躲，见穷人紧追，大黑几乎由习惯中形成这么两句格言。叫化子也没影了，大黑想象着狂咬一番，不如是好象不足以表示出自己的尊严，好在想象是不费什么实力的。

大概老头快来开门了，大黑猜摸着。这么一想，赶紧跑到后院去，以免大清早晨的就挨一顿骂。果然，刚到后院，就听见老头儿去开街门。大黑心中暗笑，觉得自己的智慧足以使生命十分有趣而平安。

等到老头又回到屋中，大黑轻轻的顺着墙根溜出去。出了街门，抖了抖身上的毛，向空中闻了闻，觉得精神十分焕发。然后又伸了个懒腰，就手儿在地上磨了磨脚指甲，后腿蹬起许多的土，沙沙的打在墙上，非常得意。在门前蹲坐起来，耳朵立着，坐着比站着身量高，加上两个竖立的耳朵，觉得自己很伟大而重要。

刚这么坐好，黄子由东边来了。黄子是这条胡同里的贵族，身量大，嘴是方的，叫的声音瓮声瓮气。大黑的耳朵渐渐往下落，心里嘀咕：还是坐着不动好呢，还是向黄子摆摆尾巴好呢，还是以进为退假装怒叫两声呢？他知道黄子的厉害，同时，又要顾及自己的尊严。他微微的回了回头，哦，没关系，坐在自己家门口还有什么危险？耳朵又微微的往上立，可是其余的地方都没敢动。

黄子过来了！在离大黑不远的一个墙角闻了闻，好象并没注意大黑。大黑心中同时对自己下了两道命令："跑！""别动！"

黄子又往前凑了凑，几乎是要挨着大黑了。大黑的胸部有些颤动。可是黄子还好似没看见大黑，昂然走过去。他远了，大黑开始觉得不是味道：为什么不乘着黄子没防备好而扑过去咬他一口？十分的可耻，那样的怕黄子。大黑越想越看不起自己。为发泄心中的怒气，开始向空中瞎叫。继而一想，万一把黄子叫回来呢？登时立起来，向东走去，这样便不会和黄子走个两碰头。

大黑不象黄子那样在道路当中卷起尾巴走。而是夹着尾巴顺墙根往前溜；这样，如遇上危险，至少屁股可以拿墙作后盾，减少后方的防务。在这里就可以看出大黑并不"大"；大黑的"大"和小花的"小"，都不许十分叫真的。可是他极重视这个"大"字，特别和他主人在一块的时候，主人一喊"大"黑，他便觉得自己至少有骆驼那么大，跟谁也敢拚一拚。就是主人不在眼前的时候，他也不敢承认自己是小。因为连不敢这么承认还不肯卷起尾巴走路呢，设若根本的自认渺小，那还敢出来走走吗。"大"字是他的主心骨。"大"字使他对小哈巴狗，瘦猫，叫花子，敢张口就咬；"大"字使他有时候对大狗——象黄子之类的——也敢露一露牙，和嗓子眼里细叫几声；而且主人在跟前的时候"大"字使他甚至于敢和黄子干一仗，虽明知必败，而不得不这样牺牲。狗的世界是不和平的，大黑专仗着这个"大"字去欺软怕硬的享受生命。

大黑的长象也不漂亮，而最足自馁的是没有黄子那样的一张方嘴。狗的女性们，把吻永远白送给方嘴；大黑的小尖嘴，猛看象个子粒不足的"老鸡头"，就是把舌头伸出多长，她们连向他笑一下都觉得有失尊严。这个，大黑在自思自叹的时候，不能不归罪于他的父母。虽然老太太常说，大黑的父亲是饭庄子的那个小驴似的老黑，他十分怀疑这个说法。况且谁是他的母亲？没人知道！大黑没有可靠的家谱作证，所以连和四眼谈话的时候，也不提家事，大黑十分伤心。更不敢照镜子，地上有汪水，他都躲开。对于大黑，顾影是不能引起自怜的。那条尾巴！细，软，毛儿不多，偏偏很长，就是卷起来也不威武，况且卷着还很费事，老得夹着！大黑到了大院。四眼并没在那里。大黑赶紧往四下看看，好在二青什么的全没在那里，心里安定了些。由走改为小跑，觉得痛快。好象二青也算不了什么，而且有和二青再打一架的必要。再和二青打的时候，顶好是咬住他一个地方，死不撒嘴，这样必能致胜。打倒了二青，再联络四眼战败黄子，大黑便可以称雄了。

远处有吠声，好几个狗一同叫呢。细听，有她的声音！她，小花！大黑向她伸过多少回舌头，摆过多少回尾巴，可是她，她连正眼瞧大黑一眼也不瞧！不是她的过错，战败二青和黄子，她自然会爱大黑的。大黑决定去看看，谁和小花一块唱恋歌呢。快跑。别，跑太快了，和黄子碰个头，可不得了；谨慎一些好。四六步的跑。

看见了：小花，喝，围着七八个，哪个也比大黑个子大，声音高！无望！不便于过去。可是四眼也在那边呢；四眼敢，大黑为何不敢？可是，四眼也个子不小哇，至少四眼的尾巴卷得有个样儿。有点恨四眼，虽然是好朋友。

大黑叫开了。虽然不敢过去，可是在远处示威总比那一天到晚闷在家里的小哈巴狗强多了。那边还有个小板凳狗，安然的在家门口坐着，连叫也不敢叫，大黑的身分增高了很多，凡事就怕比较。

那群大狗打起来了。打得真厉害，啊，四眼倒在底下了。哎呀四眼！哦，活该，到底他已闻了小花一鼻子。大黑的嫉妒把友谊完全忘了。看，四眼又起来了，扑过小花去了，大黑的心差点跳出来了，自己耗着转了个圆圈。啊，好！小花极骄慢的躲开四眼。好，小花，大黑痛快极了。

那群大狗打过这边来了，大黑一边看着一边退步，心里说：别叫四眼看见，假如一被看见，他求我帮忙，可就不好办了。往后退，眼睛呆看着小花，她今天特别的骄傲，好看。大黑恨自己！退得离小板凳狗不远了，唉，拿个小东西杀杀气吧！闻了小板凳一下，小板凳跳起来，善意的向大黑腿部一扑，似乎是要和大黑玩耍玩耍。大黑更生气了：谁和你个小东西玩呢？牙露出来，耳朵也立起来示威。小板凳真不知趣：轻轻抓了地几下，腰儿塌着，尾巴卷着直摆。大黑知道这个小东西是不怕他，嘴张开了，预备咬小东西的脖子。正在这个当儿，大狗们跑过来了。小板凳看着他们，小嘴儿撅着巴巴的叫起来，毫无惧意。大黑转过身来，几乎碰着黄子的哥哥，比黄子还大，鼻子上一大道白，这白鼻梁看着就可怕！大黑深恐小板凳的吠声引起他们的注意，而把大黑给围在当中。可是他们只顾追着小花，一群野马似的跑了过去，似乎谁也没有看到大黑。大黑的耻辱算是到了家，他还不如小板凳硬气呢！

　　似乎得设法叫小板凳看出大黑是和那群大狗为伍的。好吧，向前赶了两步，轻轻的叫了两声，瞭了小板凳一眼，似乎是说：你看，我也是小花的情人，你，小板凳，只配在这儿坐着。

　　风也似的，小花在前，他们在后紧随，又回来了！躲是来不及了，大黑的左右都是方嘴——都大得出奇！他们全身没有一根毛能舒坦的贴着肉皮子，全离心离骨的立起来。他的腿好象抽出了骨头，只剩下些皮和筋，而还要立着！他的尖嘴向四围纵纵着，只露出一对大牙。他的尾巴似乎要挤进肚皮里去。他的腰躬着，可是这样缩短，还掩不住两旁的筋骨。小花，好象是故意的，挤了他一下。他一点也不觉得舒服，急忙往后退。后腿碰着四眼的头。四眼并没招呼他。

　　一阵风似的，他们又跑远了。大黑哆嗦着把牙收回嘴中去，把腰平伸了伸，开始往家跑。后面小板凳追上来，一劲巴巴的叫。大黑回头龇了龇牙：干吗呀，你！似乎是说。

　　回到家中，看了看盆里，老太太还没把食端来。倒在台阶上，舐着腿上的毛。

　　"一边去！好狗不挡道，单在台阶上趴着！"老太太喊。翻了翻白眼，到墙根去卧着。心中安定了，开始设想：假如方才不害怕，他们也未必把我怎样了吧！后悔：小花挤了我一下，假使乘那个机会……决对不行，决对不行！那个小板凳！焉知小板凳不是个女性呢，竟自忘了看！谁和小板凳讲交情呢！

　　门外有人拍门。大黑立刻精神起来，等着老太太叫大黑。"大黑！"

　　大黑立刻叫起来，往下扑着叫，觉得自己十二分的重要威严。老太太去看门，大黑跟着，拚命的叫。

送信的。大黑在老太太脚前扑着往外咬。邮差安然不动。

老太太踢了大黑一腿:"怎这么讨厌,一边去!"

大黑不敢再叫,随着老太太进来,依旧卧在墙根。肚中发空,眼撩着食盆,把一切都忘了,好像大黑的生命存在与否只看那个黑盆里冒热气不冒!

我的小学教育

沈从文

木傀儡戏

二月八,土地菩萨生日,街头街尾,有得是戏!土地堂前头,只要剩下来约两丈宽窄的空地,闹台就可以打起来了。

这类木傀儡戏,与其说是为娱乐土地一对老夫妇,不如说是为逗全街的孩子欢心为合适。别的功果,譬如说,单是用胡椒面也得三十斤的打大醮,捐钱时,大多都是论家中贫富为多少的。惟有土地戏,却由募捐首士清查你家小孩子多少。像我们家有五个姊妹的,虽然明知到并不会比对门张家多谷多米,但是钱,总捐得格外多。不捐,那是不行的。小孩子看戏不看戏可不问。但若是你家中孩子比别人两倍多,出捐太少,在自己良心上说来,也不好意思。

戏虽在普通一般人家吃过早饭后才开场,很早很早,那个地方就会已被不知谁个打扫得干干净净了。惟有"土地堂前猪屎多",在平时,猪之类,爱在土地堂前卸脱它的粪便,几乎是成了通例的,唱戏日,大家临时就懂了公德心,知道妨碍了看戏是大家所抱怨的,于是,这一天,就把猪关禁起来了。你若高兴,早早的站在自己门前,总可以见到戏箱子过去,押箱子的我们不要问就可以知道是"管班"。每一口箱子由两个挑水的人抬着,箱子上有各样好看的金红漆花,有钉子,有金纸剪就"黄金万两"连连牵牵的吉利字,一把大牛尾锁把一些木头人物关闭着。呵,想象到那些花脸,旦角,尤其是爱做笑样子的小丑,鼻子上一片白粉豆腐干似的贴着,短短的胡子……而它们,这时是一起睡在那一只大木箱子里,将要做些什么?真可怜!我们又可以看到一批年老的伯娘婆婆,搬了凳子,预先去占坐位的。做生意的，如像本街光和的米豆腐担子，包娘的酸萝卜篮子，也颇早的就去把地盘找就了。

饭吃了，一十六个大字，照例的每日功课，在一种毫不用心随随便便的举动下，用淡淡的墨水描到一张老连纸上后，所候的就是"过午"那三十枚制钱了。关于钱的用处，那是预先就得支配的。所有花费账单大致如下：

面（或饺子）一碗，十二文。
甘蔗一节，三文。
酸萝卜（或蒜苗），五文。
四喜的凉糕，四文。
老强母亲的青粱甜酒，三文。
余三文作临时费。

凉糕，同高粱甜酒，母亲于出门时，总有三次以上嘱咐不得买吃的，但倘若是并无其他相当代替东西时，这两样，仍然是不忍放弃的。有时可以把甘蔗钱移来买三颗大李子，吃了西瓜则不吃凉糕。倘若是剩钱，那又怎么办？钱一多，那就只好拿来放到那类投机事业上去碰了！向抽签的去抽糖罗汉，有时运气好，也得颇大的糖土地。又可以直接去换钱，去同人赌骰子，掷"三子侯"。钱用完时，人倦了，纵然戏正有趣，回家也是时候了。遇到看戏日，是日家中为敬土地的缘故，菜必格外丰富。"土地怎不每月有一个生日呢？"用一种奇怪的眼睛瞅着桌上陈列的白煮母鸡，问妈，妈却无反应。待到白煮鸡只剩下些脚掌肋巴骨时，戏台边又见到嘴边还抹油的我们了。

在镇筸，一个石头镶嵌就的圆城圈子里住下来的人，是苗人占三分之一，外来迁入汉人占三分之二混合居住的。虽然多数苗子还住在城外，但风俗，性质，是几乎可以说已彼此同锡与铅样，融合成一锅后，彼此都同化了。时间是一世纪以上，因此，近来有一类人，就是那类说来俨然像骂人似的，所谓"杂种"，就很多很多。起初由总兵营一带，或更近贵州一带苗乡进到城中的,我们当然可以从他走路的步法上也看得出这是"老庚",纵然就把衣服全换。但要一个人,说出近来如吴家杨家这两族人究竟是属于哪一边,这是不容易也是不可能的!若果"苗女儿都特别美",这一个例可以通过,我们就只好说凡是吴家杨家女儿美的就是苗人了。但这不消说是一个笑话。或者他们两家人,自己就无从认识他的祖宗。

　　苗人们勇敢,好斗,朴质的行为,到近来乃形成了本地少年人一种普遍的德性。关于打架,少年人秉承了这种德性。每一天每一个晚间,除开落雨,每一条街上,都可以见到若干不上十二岁的小孩,徒手或执械,在街中心相殴相扑。这是实地练习,这是一种预备,一种为本街孩子光荣的预备!全街小孩子,恐怕是除非生了病,不在场的怕是无一个罢。他们把队伍分成两组,各由一较大的,较挨得起打的,头上有了成绩在孩子队中出过风头的,一个人在别处打了架回来为本街挣了面子的,领率统辖。统辖的称为官,在前清,这人是道台,是游击,到革命以后,城中有了团长旅长,于是他们街头也随到改变了。我曾做过七回都督,六弟则做过民政长。都督的义务是为兄弟伙凑钱备打架的南竹片。利益,则行动不怕别人欺侮,到处看戏有人护卫而已。

　　晚上,大家无事,正好集合到衙门口坪坝上一类较宽敞地方,练习打筋斗,拿顶,倒转手来走路。或者,把由自己刮削得光生生的南竹片子拿在手上,选对子出来,学苗子打堡子时那样拼命。命固不必拼,但,互相攻击,除开头脸,心窝,"麻雀",只在一些死肉上打下,可以炼磨成一个挨得起打的英雄好汉,那是事实罢。不愿用家伙的,所谓"文劲",仍可以由都督,选出两队相等的小傻子来,把手拉斜抱了别个的身,垂下屁股,互相扭缠,同一条蛇样,到某一个先跌到地上时为止,又再换人。此类比赛,范围有限,所以大家就把手牵成一个大圈儿,让两人在圈中来玩。都督一声吆喝,两个牛劲就使出了。倒下而不愿再起的,算是败了。败者为胜利的作一个揖,表示投降,另一场便又可以起头。也有那类英雄,用腰带绑其一手,以一手同人来斗的,也有两人与一人斗的。总之,此种练习,以起疱为止,流血也不过凶,不然,胜利者也觉没趣,因为没一个同街的啼哭回家,则胜利者的光荣,早已全失去了。

这一街与另一街必得成仇，不然，孩子们便找不出实际显示功夫的一天！遇到某街某弄，土地戏开场，他们就有得是乐了。先日相约下来，做个预备。行使通知的归都督，由都督下令团长去各家报告。各人自预备下应用的军器，这真是少不得的一件东西！固然，正式冲锋上，有由各方首领各选人才，出面单独角力用不着军器的时候，但，终少不了！少了军器，到说"各亮器械宽阔处去"时，恐怕气概就老不老早先馁下了。或是短短木棒，或是家中晒棉纱用的小竹筒，都可以。最好最正式的军器是"南竹块"。这东西，由一个小孩子打到另一小孩子身上时，任怎样有力，也不会大伤。且拿南竹片可以藏到袖中，孩子们学藤牌时，又可以充砍刀用，所以家中也不会禁止。缺少军器的可以到都督处去领取两枚小钱，到钱纸铺去，自己任意挑眩竹片在钱纸铺中，除了夹纸已成了废物，也幸有了这样一种销路，不然，会只有当柴烧了。

团长通知话语，大约如下：

"据探子报：#月#日，##街，唱土地戏#天，兄弟们应各备器械，前往台边占据地盘。奋勇当先，各自为战，莫为本街出丑，是所望于大家！"

此出于侵略一方面，能具侵略胆量者，至少总有几位角色，且有联络或征服其他团体三个以上的力量才敢正式宣布，不然，戏纵要看，也只好悄悄的，老老实实的，站在远远的地方观望罢了。戏属本街呢，传话当为"#月#日，本街#段唱木人头戏，热闹非凡，凡我弟兄，俱应于闹台锣鼓打过以前，执械戎装到场，把守台边。莫为别地痞子欺侮，致令权利失去！其军械不齐又不先来都督处领取款子的。罚如律。"

关于赏罚律，抄数则例示：

见敌远走者，罚钱一文。

被打起疱不哭哼者，赏钱一文。

在别处被二人以上围打不伤者，赏钱二文。

被人骂娘二句挑战不敢动手者，罚钱二文。

不是说到这一群小宝贝预约下来的事情么？在戏场开锣以前，空头唢呐还呜呜的吹时，本街的孩子们，三个五个，满面光辉，如生日是属于自己一样，吃得肚子饱饱的，迎上前去，就把戏台包围了。所谓台，可不是玩意儿，冠冕堂皇，真了不得呀。十多根如同臂膊大小的木杆竹竿，横七竖八的在一些麻绳子的束缚下绑好后，（远看正如一个立方体的灯笼架子）接着是用破破烂烂灰布青布帐篷一类套上去，照此一来，太阳可以不会再晒到鼓起嘴巴吹唢呐的老老秃顶了，一些木头傀儡也就很安静于一方阴影下老老实实休息着了。布篷套上后，已不再像灯笼架子，到后又得那类庙中用的幔子把打锣鼓一班人分隔到内房去，于是远远的看来，俨然也成了一个戏台模样。

把闹台过后，不久就是为某乡约，某保证，或是某老太太打加官的一套把戏。这真讨厌！在大戏台上，见到一个戴了面具，穿了红衣，随到"铛铛庆铛铛"的一起一落的步法走着，好久好久又才拿起那"加官赐福"或"一品当朝"的红布片子洒开一抖，已够腻人了，如今却由一个木头人再套上一个面具，也亏下面那个舞的人好意思！另一个人口中喊着为某老太太的加官呀，我们回过头去，只要选那人众中脸儿像猫的，必定就是她。她是快活极了，却不知我们都为她羞。不过，这加官打到自己家中的外祖母头上时，那便又当别论了，因为是这么一来，过午的钱，将因外祖母的高兴，把我们吃早饭时所预约下来的用费增加了。

有一类声音，是未经锣鼓敲打以前，就能听到的，就象：孥孥，你妈又怎不来！婆婆，又怎不把你的外孙也带来！代狗，这里要买盐葵花子！嫂嫂，这里有张空凳！……到歇晚台时，一切声音就都为拖曳板凳的吱吱格格声音吞噬了。也有不少小孩子尖锐的呼声，突出此一片嘈杂的音海，但终于抑下了，深深的陷到这类烂泥样的吵嚷中了，全场板凳移动声像一批顶小的顶坏的边响炮仗往你耳边炸。

到末了，剩下三五个顽皮的不知足的小孩子，用一种研究态度，把手指头塞到口里去，权当丁丁糖吮着，很殷勤的看到戏子们把一个一个木傀儡安置到大箱中去，又看到戏台的皮剥去后，依然恢复那灯笼架子的神气，又看到小叫化子，徘徊于灰色葵花子壳中找寻他不意中的幸运，好像一枚当十铜元，一条手巾，一个仅只咬去一半的甜梨。

唱戏人，在布围子里地下走动着，把木傀儡从暗中伸举起来，至齐傀儡膝部自己手掌为度，若在台边看戏，利益就太多了。在台边，则一面可以看戏，一面还可见到那个唱戏的人，手中耍着木头人，口上哼哼唧唧，且极其可笑的做出俨乎其然的神气，走着戏上人物的步法。一个场面上是旦脚，如象夺阿斗的糜夫人，则耍木头人的那一位，脚步也扭扭捏捏，走动时也正同一个小脚女人样，真可笑极了。揎开布篷，便又可以见到那打锣的，在空闲时把塞到耳朵边正燃着纸煤子吸烟，吹唢呐的，嘴巴胀鼓鼓的，同含了什么两枚核桃之类，又正如杀猪志成吹猪脚那一种派头。台边前，不怕太阳晒，也是一个舒服处。还有一件顶讨便宜的事，就是随意去扳动那些脑后一颗钉挂在绳子上休息的傀儡时，戏子见到也从不呵叱！因为这中还有一个规矩，这规矩是戏在哪一街演唱时，则那一街的孩子，在大人们许可的法律中，成了戏台周围唯一的霸有者了。在霸有者所享有的权利有如此其多，当然给了小孩若干强烈的诱惑。帝国主义者之侵略，既无从去禁止另一街为这诱惑已弄得心痒痒的之强项君子，因此一来，保护主权与野心家的战争，便随时都可以发生了。

　　败了，大家无声无息的退下，把救兵搬来时，又用力夺回。或保留此仇，待他日报复。胜了，所谓野心家，怀了失败的羞耻，也不再看别人街上唱的戏，都督带领弟兄，垂头丧气回家去，这耻辱也保留下来，等另一机会去了。为竞争存活起见，这之间用得着临时联邦政策。毗邻一街，若无深仇，则可合力排除强权，成功后，把帝国主义者打倒后，则让出戏台前地位三分之一来作携手御外侮的报酬。也有本街孩子极少，犹能抵抗外来之人侵略主权的，此则全赖本街中之大孩子。此类大孩子，当年亦必曾作统领，有名于全城，一切孩子们所敬服，又能持中不偏，才足以济。大孩子初不必帮同作战，或用别的力来相助，所要的是公理的执行。遇他方的孩子，行使侵略，来占戏台，本街小孩子诉苦于大孩子时，大孩子即作主人，再找一二好事喜斗之徒，为执行评证，使两街孩子，到离戏场较远，不致扰乱唱戏的空地方去，排队成列，各择一人，出面来殴扑，不准哭，不准喊，不准用铁器伤人，不准从旁帮忙。跌下的，若有力再战，仍可起身作第二次比赛。第一对胜败分明后，又选第二对，第三第四继其后，以尽本街小孩子为止。到后，总评其胜负。若本街实不敌，则让戏台之一面或两面，作媾和割地议；若胜，则对方虽人多，亦不必退缩。因较大之公证人在旁，败者亦只好携手跑去，再不好意思看戏了。要报仇么？下次有得是机会，横顺土地戏是这里那里直要唱二个月以上的，并且土地戏以外也不是无时间。

在打架时，是会要影响到戏的演奏么？我才说到，那请放心，决不会到那样！他们约下来，在解决以前，是不能靠近目的地的。人人都是那样文明，混战独战总得到大田坪里，或有沙土地方去。大坪坝空阔，平顺，免得误打别的老实小孩们，敌不过而又不甘认败的，且可以在田坪中小跑，如鸡溜头时一样。至于沙子地方，则纵跌猛的摔倒时，不至把身子跌伤，且衣服脏了也容易干净。也不知是有意还是自然哩，在城中，一块大坪，沙子软软的同棉絮样的地方，就很多！不论他是如何，孩子们，会选地方打架，那是用不着夸张也用不着隐饰的了。

不光是看戏。正月，到小教场去看迎春；三月间，去到城头放风筝；五月，看划船；六月，上山捉蛐蛐，下河洗澡；七月，烧包；八月，看月；九月，登高；十月，打陀螺；十二月，初三牲盘子上庙敬神；平常日子，上学，买菜，请客，送丧，你若是一个人，又不同你妈，又不同你爸，你又是结下了许多仇的一个人，那真危险！你一出街头，就得准备。起疱是最小的礼物，你至少应准备接受比起疱分量还重一点的东西。闪不知，一个人会从你身边擦过去，那个手拐子，凶凶的，一下就会撞你倒地做个饿狗抢屎的姿势！来撞你的总不止一人。他们无非也是上学，买菜，一类家中职务。他若是一人，明知不是你对手，远远的他见你来，早拔脚跑了。但可以欺的，他总不会轻轻放过。他们都是为人欺苦够了的人，时时想到报复，想到把自己仇人踹到泥里头去。对仇人，没有可报复的方法时，则到处找更其怯弱的人来出气。他们见了你时，有意无意的，走过你的身边，装装自己爸爸夜里吃多了酒的醉模样，口中哼哼唧唧，把手撑到腰间，故意将拐子作了力来触撞你软地方。撞了你后，且胡胡的用鼻子说着："怎么，撞人呀！"不理是为一个不愿眼前吃亏的上策。忍不住时，抬起头去，两人目光一相接，那他便更其调皮起来！他将对你不客气的笑，这笑中，你可以省得他所有的轻蔑来。或者，他更近一步，拢到你身边来，扬起捏着的拳，恐吓似的很快的轻轻落到你背上。你不做声，还是低了头再走,那第二步的撩逗又出来了。他将把脚步拖缓下来,待你刚要走近他身边时,笑笑的脸相,充满难堪的恶意,故意若才见到你的神气:"喔,我道是谁呀!若高兴打架,就请把篮子放下罢。"

这只能心里说打架是不高兴的事。虽然在另一个地方,你明知这人是不敢多事的,但如今是到了他的大门左右,一声喊,帮忙的来打狗扑羊的不知就有许多,所以"狗仗屋前"的他,便分外威风起来了。挑战的话大致不外后五种:录下以见一斑。

1 肏他妈,谁爱打架就来呀!
2 卖屁股的,慢走一点,大家上笔架城去!
3 哪个是大角色,我卵也不信,今天试试!
4 大家来看!这里来一个小鬼!
5 小旦脚,小旦脚,听不真么,我是说你呀!

骂,让他点罢,眼前亏好汉是不吃的。你一回嘴,情形准糟。欺凌过路人,这是多数方面一种固有权利,这权利也正如官家拦路抽税样。同是不合理,同是被刻薄,而又应当忍受之事,不然,也许损失还大。并且,此事在你自己,或者先时于你街上,就已把这税收得,这时不过是退一笔不要利息的借款罢了。

关于两街中也有这么一条,"不欺单身上学孩子",但这义务,这国际公德,也看都督的角色而定,若都督不行,那是无从勒弟兄们遵守的。

木傀儡戏中常有两个小丑,用头相碰,揉做一团的戏,因此,孩子们争斗中,也有了一派,专用头同人相碰。但这一派属于硬劲一流,胜利的仍然有同样的吃亏,所以人数总不多,到后来,简直就把这门战略勾除了。

小意达的花儿

[丹麦] 安徒生

"我的可怜的花儿都已经死了!"小意达说,"昨天晚上他们还是那么美丽,现在他们的叶子却都垂下来了,枯萎了。他们为什么要这样呢?"她问一个坐在沙发上的学生。因为她很喜欢他。他会讲一些非常美丽的故事,会剪出一些很有趣的图案:小姑娘在一颗心房里跳舞的图案、花朵的图案,还有门可以自动开启的一个大宫殿的图案。他是一个快乐的学生。

"为什么花儿今天显得这样没有精神呢?"她又问,同时把一束已经枯萎了的花指给他看。

"你可知道他们做了什么事情!"学生问,"这些花儿昨夜去参加了一个跳舞会啦,因此他们今天把头垂下来了。"

"可是花儿并不会跳舞呀,"小意达说。

"嗨,他们可会跳啦,"学生说,"天一黑,我们去睡了以后,他们就兴高采烈地围着跳起来。差不多每天晚上他们都有一个舞会。"

"小孩子可不可以去参加这个舞会呢?"

"当然可以的,"学生说,"小小的雏菊和铃兰花都可以的。"

"这些顶美丽的花儿在什么地方跳舞呢?"小意达问。

"你到城门外的那座大宫殿里去过吗?国王在夏天就搬到那儿去住,那儿有最美丽的花园,里面有各种颜色的花。你看到过那些天鹅吗?当你要抛给它们面包屑的时候,它们就向你游来。美丽的舞会就是在那儿举行的,你相信我的话吧。"

"我昨天就和我的妈妈到那个花园里去过,"小意达说,"可是那儿树上的叶子全都落光了,而且一朵花儿都没有!它们到什么地方去了呀?"

我在夏天看到过那么多的花。"

"它们都搬进宫里去了呀,"学生说,"你要知道,等到国王和他的臣仆们迁到城里去了以后,这些花儿就马上从花园跑进宫里去,在那儿欢乐地玩起来。你应该看看它们的那副样儿才好。那两朵顶美丽的玫瑰花自己坐上王位,做起花王和花后来。所有的红鸡冠花都排在两边站着,弯着腰行礼,它们就是花王的侍从。各种好看的花儿都来了,于是一个盛大的舞会就开始了。蓝色的紫罗兰就是小小的海军学生,它们把风信子和番红花称为小姐,跟她们一起跳起舞来。郁金香和高大的卷丹花就是老太太。她们在旁监督,要舞会开得好,要大家都守规矩。"

"不过,"小意达问,"这些花儿在国王的宫里跳起舞来,难道就没有人来干涉它们吗?"

"因为没有谁真正知道这件事情呀,"学生说,"当然喽,有时那位年老的宫殿管理人夜间到那里去,因为他得在那里守夜。他带着一大把钥匙。可是当花儿一听到钥匙响的时候,它们马上就静下来,躲到那些长窗帘后面去,只是把头偷偷地伸出来。那位老管理人只是说:'我闻到这儿有点花香。'但是他却看不见它们。"

"这真是滑稽得很!"小意达说,拍着双手,"不过我可不可以瞧瞧这些花儿呢?"

"可以的,"学生说,"你再去的时候,只须记住偷偷地朝窗子里看一眼,就可以瞧见它们。今天我就是这样做的。有一朵长长的黄水仙花懒洋洋地躺在沙发上,她满以为自己是一位宫廷的贵妇人呢!"

"植物园的花儿也可以到那儿去吗?它们能走那么远的路吗?"

"能的,这点你可以放心,"学生说,"如果它们愿意的话,它们还可以飞呢。你看到过那些红的、黄的、白的蝴蝶吗?它们看起来差不多像花朵一样,它们本来也是花朵。它们曾经从花枝上高高地跳向空中,拍着它们的花瓣,好像这就是小小的翅膀似的。这么着,它们就飞起来啦。因为它们很有礼貌,所以得到许可也能在白天飞,它们不必再回到家里去,死死地呆在花枝上了。这样,它们的花瓣最后也就变成真正的翅膀了。这些东西你已经亲眼看过。很可能植物园的花儿从来没有到国王的宫里去过，而且很可能它们完全不知道那儿晚间是多么有趣。唔，我现在可以教你一件事，准叫那位住在这附近的植物学教授感到非常惊奇。你认识他，不是么？下次你走到他的花园里去的时候，请你带一个信给一朵花儿，说是宫里有人在开一个盛大的舞会。那么这朵花就会转告所有别的花儿，于是它们就会全部飞走的。等那位教授走到花园来的时候，他将一朵花也看不见。他决不会猜得出花儿都跑到什么地方去了。"

"不过，花儿怎么会互相传话呢？花儿是不会讲话的呀。"

"当然咯，它们是不会讲话的，"学生回答说，"不过它们会做表情呀。你一定注意到，当风在微微吹动着的时候，花儿就点起头来，把它们所有的绿叶子全都摇动着。这些姿势它们都明白，跟讲话一样。"

"那位教授能懂得它们的表情吗？"小意达问。

"当然懂得。有一天早晨他走进他的花园，看到一棵有刺的大荨麻正在那儿用它的叶子对美丽的红荷兰石竹花打着手势。它是在说：'你是那么美丽，我多么爱你呀！'可是老教授看不惯这类事儿，所以他就马上在荨麻的叶子上打了一巴拿，因为叶子就是它的手指。不过这样他就刺痛了自己，所以从此以后他再也不敢碰一下荨麻了。"

"这倒很滑稽，"小意达说，同时大笑起来。

"居然把这样的怪想头灌进一个孩子的脑子里去！"一位怪讨厌的枢密顾问官说。他这时恰好来拜访，坐在一个沙发上。他不太喜欢这个学生，当他一看到这个学生剪出一些滑稽好笑的图案时，他就要发牢骚。这些图案有时剪的是一个人吊在绞架上，手里捧着一颗心，表示他曾偷过许多人的心；有时剪的是一个老巫婆，把自己的丈夫放在鼻梁上，骑着一把扫帚飞行。这位枢密顾问官看不惯这类东西，所以常常喜欢说刚才那样的话："居然把这样的怪想头灌进一个孩子的脑子里去，全是些没有道理的幻想！"

不过，学生所讲的关于花儿的事情，小意达感到非常有趣，她在这个问题上想了很久。花儿垂下了头，是因为它们跳了通宵的舞，很疲倦了，无疑地，它们是病倒了。所以她就把它们带到她的别的一些玩具那儿去。这些玩具是放在一个很好看的小桌子上的，抽屉里面装的全是她心爱的东西。她的玩具娃娃苏菲亚正睡在玩偶的床里，不过小意达对她说："苏菲亚啦,你真应该起来了。今晚你应该设法在抽屉里睡才好。可怜的花儿全都病了,它们应该睡在你的床上。这样它们也许就可以好起来。"于是她就把这玩偶移开。可是苏菲亚显出很不高兴的样子,一句话也不说。她因为不能睡在自己的床上,就生起气来了。

小意达把花儿放到玩偶的床上,用小被子把它们盖好。她还告诉它们说,现在必须安安静静地睡觉,她自己得去为它们泡一壶茶来喝,使得它们的身体可以复原,明天可以起床。同时她把窗帘拉拢,严严地遮住它们的床,免得太阳射着它们的眼睛。

这一整夜她老是想着那个学生告诉她的事情。当她自己要上床去睡的时候,她不得不先在拉拢了的窗帘后面瞧瞧。沿着窗子陈列着她母亲的一些美丽的花儿——有风信子,也有番红花。她悄悄地低声对它们说:"我知道今晚你们要去参加一个舞会。"可是这些花儿装做一句话也听不懂,连一片叶儿也不动一下。可是小意达自己心里有数。

她上了床以后,静静地躺了很久。她想,要是能够看到这些可爱的花儿在国王的宫殿里跳舞,那该多有趣啊!"我不知道我的花儿真的到那儿去过没有?"于是她就睡着了。夜里她又醒来,她梦见那些花儿和那个学生——那位枢密顾问官常常责备他,说他把一些无聊的怪想头灌到她的脑子里。小意达睡的房间是很静的,灯还在桌子上亮着,爸爸和妈妈已经睡着了。

"我不知道我的花儿现在是不是仍旧睡在苏菲亚的床上?"她对自己说,"我多么希望知道啊!"她把头稍微抬起一点,对那半掩着的房门看了一眼。她的花儿和她的所有的玩具都放在门外。她静静地听着,这时好像听到了外面房间里有个人在弹钢琴,弹得很美,很轻柔,她从来没有听过这样的琴声。

"现在花儿一定在那儿跳起舞来了!"她说,"哦,上帝,我是多么想瞧瞧它们啊!"可是她不敢起床,因为她怕惊醒了她的爸爸和妈妈。

"我只希望它们到这儿来!"她说。可是花儿并不走进来,音乐还是继续在演奏着,非常悦耳。她再也忍不住了,因为这一切是太美了。她爬出小床,静静地走到门那儿,朝着外边那个房间偷偷地望。啊,她所瞧见的那幅景象是多么有趣啊!

那个房间里没有点灯，但是仍然很亮，因为月光射进窗子，正照在地板的中央。房间里亮得差不多像白天一样，所有的风信子和番红花排成两行在地板上站着。窗槛上现在一朵花儿也没有了，只有一些空空的花盆。各种花儿在地板上团团地舞起来，它们是那么娇美。它们形成一条整齐的、长长的舞链；它们把绿色的长叶子联结起来，扭动着腰肢；钢琴旁边坐着一朵高大的黄百合花。小意达在夏天看到过他一次，因为她记得很清楚，那个学生曾经说过，"这朵花儿多么像莉妮小姐啊！"那时大家都笑他。不过现在小意达的确觉得这朵高大的黄花像那位小姐。她弹钢琴的样子跟她一模一样——把她那鹅蛋形的黄脸庞一忽儿偏向这边，一忽儿又偏向那边，同时还不时点点头，合着这美妙音乐打拍子！

一朵花都没有注意到小意达。她看到一朵很大的蓝色早春花跳到桌子的中央来。玩具就放在那上面。它一直走到那个玩偶的床旁边去，把窗帘向两边拉开。那些生病的花儿正躺在床上，但是它们马上站起来，向一些别的花儿点着头，表示它们也想参加跳舞。那个年老的扫烟囱的玩偶站了起来，它的下嘴唇有一个缺口，它对这些美丽的花儿鞠了个躬，这些花儿一点也不像害病的样子。它们跳下床来，跟其他的花儿混在一起，非常快乐。

这时好像有一件什么东西从桌上落了下来。小意达朝那儿望去，那原来是别人送给她过狂欢节的一根桦木条①。它从桌子上跳了下来！它也以为它是这些花儿中的一员。它的样子也是很可爱的。一个小小的蜡人骑在它的身上。蜡人头上戴着一顶宽大的帽子，跟枢密顾问官所戴的那顶差不多。这桦木条用它的三条红腿子径直跳到花群中去，重重地在地板上跺着脚，因为它在跳波兰的玛祖卡舞②啦。可是别的花儿没有办法跳这种舞，因为它们的身段很轻，不能够那样跺脚。

骑在桦木条上的那个蜡人忽然变得又高又大了。他像一阵旋风似地扑向纸花那儿去，说："居然把这样的怪想头灌进一个孩子的脑子里去！全是些没有道理的幻想！"这蜡人跟那位戴宽帽子的枢密顾问官一模一样，而且他的那副面孔也是跟顾问官一样发黄和生气。可是那些纸花在他的瘦腿上打了一下，于是他缩做一团，又变成了一个渺小的蜡人。瞧他那副神气倒是满有趣的！小意达忍不住要大笑起来了。桦木条继续跳着他的舞，弄得这位枢密顾问官也不得不跳了。现在不管他变得粗大也好，瘦长也好，或者仍然是一个戴大黑帽子的黄蜡人也好，完全没有关系。这时一些别的花儿，尤其是曾经在玩偶的床上睡过一阵子的那几朵花儿，对他说了句恭维话，于是那根桦木条也就停下让他休息了。

这时抽屉里忽然起了一阵很大的敲击声——小意达的玩偶苏菲亚跟其他许多的玩具都睡在里面。那个扫烟囱的人赶快跑到桌子旁边去，直直地趴在地上，拱起腰把抽屉顶出了一点。这时苏菲亚坐起来，向四周望了一眼，非常惊奇。

"这儿一定有一个舞会，"她说，"为什么没有人告诉我呢？"

"你愿意跟我跳舞么？"扫烟囱的人说。

"你倒是一个蛮漂亮的舞伴啦！"她回答说，把背掉向他。

于是她在抽屉上坐下来。她以为一定会有一朵花儿来请她跳舞的。可是什么花儿也没有来。因此她就故意咳嗽了几声："咳！咳！咳！"然而还是没有花儿来请她。扫烟囱的人这时独个儿在跳，而且跳得还不坏哩。

苏菲亚看着没有什么花儿来理她，就故意从抽屉上倒下来，一直落到地板上，发出很大的响声。所有的花儿都跑过来，围着她，问她是不是跌伤了。这些花儿——尤其是曾经在她床上睡过的花儿——对她都非常亲切。可是她一点也没有跌伤。小意达的花儿都因为睡过那张很舒服的床而对她表示谢意。它们把她捧得很高，请她到月亮正照着的地板中央来，和她一起跳舞。所有其余的花儿在她周围围成一个圆圈。现在苏菲亚可高兴了！她说它们可以随便用她的床，她自己睡在抽屉里也不碍事。

可是花儿们说："我们从心里感谢你，不过我们活不了多久。明天我们就要死了。但是请你告诉小意达，叫她把我们埋葬在花园里——那个金丝雀也是躺在那儿的。到明年夏天，我们就又可以活转来，长得更美丽了。"

"不成，你们决不能死去！"苏菲亚说。她把这些花儿吻了一下。

这时客厅的门忽然开了。一大群美丽的花儿跳着舞走进来。小意达想不出它们是从什么地方来的。它们一定是国王宫殿里的那些花儿。最先进来的是两朵鲜艳的玫瑰花。它们都戴着一顶金皇冠——原来它们就是花王和花后啦。随后就跟进来了一群美丽的紫罗兰花和荷兰石竹花。它们向各方面致敬。它们还带来了一个乐队。大朵的罂粟花和牡丹花使劲地吹着豆荚，把脸都吹红了。蓝色的风信子和小小的白色雪形花发出丁当丁当的响声，好像它们身上戴有铃似的。这音乐真有些滑稽！不一会儿，许多别的花儿也来了，它们一起跳着舞。蓝色的堇菜花、粉红的樱草花、雏菊花、铃兰花都来了。这些花儿互相接着吻。它们看起来真是美极了！

最后这些花儿互相道着晚安。于是小意达也上床去睡了。她所见到的这一切情景，又在她的梦里出现了。

当她第二天起来的时候，她急忙跑到小桌子那儿去，看看花儿是不是仍然还在。她把遮着小床的幔帐向两边拉开。是的，花儿全在，可是比起昨天来，它们显得更憔悴了。苏菲亚仍然躺在抽屉里——是小意达把她送上床的。她的样子好像还没有睡醒似的。

"你还记得你要和我说的话么？"小意达问。不过苏菲亚的样子显得很傻。她一句话也不说。

"你太不好了！"小意达说，"但是它们还是跟你一起跳了舞啦。"

于是她取出一个小小的纸盒子，上面绘了一些美丽的鸟儿。她把这盒子打开，把死了的花儿都装了进去。

"这就是你们的漂亮的棺材！"她说，"等我那住在挪威的两位表兄弟来看我的时候，他们会帮助我把你们葬在花园里的，好叫你们在来年夏天再长出来，成为更美丽的花朵。"

挪威的表兄弟是两个活泼的孩子。一个叫约那斯。一个叫亚多尔夫。他们的父亲送给了他们两张弓，他们把这东西也一起带来给小意达看。她把那些已经死去了的可怜的花儿的故事全部告诉给他们。他们就来为这些花儿举行葬礼。这两个孩子肩上背着弓，走在前面；小意达托着那装着死去的花儿的美丽匣子，走在后面。他们在花园里掘了一个小小的坟墓。小意达先吻了吻这些花，然后把它们连匣子一起埋在土里。约那斯和亚多尔夫在坟上射着箭，作为敬礼，因为他们既没有枪，又没有炮。

[注释]
①狂欢节的桦木条（Fastelasns-Riset）是一根涂着彩色的桦木棍子；丹麦的小孩子把它拿来当作马骑。
②玛祖卡舞是一种轻快活泼的波兰舞。

王福绿

孙犁

因为她的丈夫叫邢福红，我们便叫她王福绿了。

我住在她家的对过一间小房里，同在一个北山坡上。一天，阴着天，我坐在房子里抽着恶劣的烟草，已经成了小媳妇，足有三个月了，然而年纪还不过十五六岁，在各方面还是表现着孩子气的女人，呆呆地站在一棵嫩小的桃树下面了。

这女人直望着远方。我跟了这女人的动作回忆起关于她的家庭、生活上的一些传说来。离这里二十里地，有一个镇子，爹爹和哥哥做着打铁的活计。

这孩子便是在火红的炉灶旁边，看着火烧红的铁块，听着叮当的锤打，看着火星的飞迸，长大起来。在三岁上，便死去了母亲，这孩子不知道悲哀，而爹爹是知道的。爹爹每天早晨，用熟练的手给她穿上裤子，系上带子，便放她在风箱盖上，叫拉风箱的哥哥逗她玩，叫她听风箱呼打呼打的声响笑……爹爹最怕她哭。

去年，遭了敌人的烧杀，爹爹和哥哥，便也不能安静住在那个镇上了。他们背着、担着家具，从这里走到那里，做着零碎活，冬天，爹爹便下决心，给她找了个婆家。

爹爹，夜里敲打着铁铲，卖了去，给她换了一条洋布格花棉裤，因为买的不够长，下面又接了一截裤筒……

自从她嫁了以后，爹爹来看过她两次。

第二次，是前几天来的，爹爹拿了一把鹤嘴锄，送给了婆家，算是陪送女儿罢。当这被烟熏黑了脸，衣服上带着许多火烧的小洞的老人走了以后，她的丈夫邢福红跑到我这里来了，我问他：

"你丈人来了呢，叫人家吃的什么？"

"吃的不错呀，萝卜条菜。"

"人家给你们拿来了个鹤嘴锄呢……"

"谁稀罕他那个，麻烦的很，你，你知道吗，他想要我们的粮食呢！"

我不明白这个，他一五一十地说起来，他丈人给他们送来鹤嘴锄，可是还肩上背了个"背褡"，这"背褡"据邢福红的母亲推测："一定是想换些粮食走的！"

"你们给了他粮食吗？"

"谁给他，我们还没的吃哩！"

我就想起那老者，如果真的怀着这么颗心走来，那就该怀着颗什么样的心走回去了……

又一回，这女人的哥哥来看她，那个细长而有点颠跛的青年人，在邢福红家院里梯子上整靠了一个上午……

邢福红的爹坐在房顶上抽烟，邢福红的娘坐在房子里，邢福红来到我房子里，有一句没一句地闲扯。

然而，我始终望着那个细长而有点颠跛的人垂着头……

当下午，这个哥哥告辞要走，而已经走到斜坡的时候，妹妹不知从什么地方跑来，送下去……

回来，这女人的两眼红红的了。

这女人，据我看聪明而良善，我每天看见她围绕着婆婆，跟在后面，问着一些事情，她有时拉着小弟弟到坡下面去，有时捧着饭，喂着妹妹……

我常看见她，领着弟妹们，而当弟妹们不走时，她便默然地蹲下身去，等到那孩子伏在她的背上，她便一闪斜身子走起来，走过去了……

父亲是个兵

邓一光

父亲不是兵已经很久了。1992年父亲和一大批老兵一起摘掉了帽徽领章，彻底告别了职业军人生涯，成为一名普通得和大街上踯躅而行的退休工人没有什么两样的老百姓。父亲因此而得到军委三总部颁发的一枚勋章。那枚勋章，据说含金量极高。

六十年代末期，那时候父亲五十多岁，身强力壮，思维敏捷，刚从南京军事学院高级指挥学习班毕业。父亲的各科目成绩非常优秀，他为这个得意万分，他说他过去在部队里扫盲时学习成绩就特别出色，他说他就算一天书也没读过又怎么样？他说那些知识分子算个鸡巴！不知道是弄错了还是根本就没弄错，父亲在拿到毕业证书后没几天就接到了离职修养的命令。一个月后，父亲带着他的妻子和五个孩子搬进了雾城重庆市一位彭姓买办留下的一座幽静的花园，从此再也没有走进过军营。父亲的身体很健康，直到三十年后的今天，他的身体状况依然良好。

父亲断断续续不戴领章帽徽的时间至少有十五年。十五年的时间绝对不算短。虽然父亲摘掉领章帽徽之后仍然穿着军装，那样子却有点不伦不类。我一直认为军装的威风神气，完全是领章帽徽，那身国防绿实在呆板压抑得很。

父亲永远穿着军装，风纪扣扣得一丝不苟，在那最热的季节里，他也从不解开扣子。一任黑水白汗浸透军装。父亲也不是没有便服。七十年代后期母亲为父亲做过两套中山装，买的是最好的呢料，请的是最好的裁缝，衣服做好后，我见父亲试过，样子很呆板，一点也不像父亲。好在父亲并不常穿，他根本就不穿。那两套质量不错的中山装，后来基本上成为虫子和樟脑球的战场了。

父亲脱去了军装，已经不是兵了。但是时不常的还有是兵的叔叔伯伯到家里来看望他。他们大多来自很远的地方，匆匆地来，匆匆地走。那些年轻的或大或小的兵走时都对送出大门的我说：你的父亲，他是真正的兵。

父亲脱去军装的那一天，他把自己一个人关在屋里待了很久。那一天，广州军区一位少将来干休所颁发勋章。那枚勋章家里人谁也没有看到过，仿佛它在一开始就被父亲埋葬了。父亲这一生得到过许多的奖章，其中他最看重的是红星勋章，独立自由勋章和八一勋章，这三枚勋章分别放在三只小盒里，小盒里铺着枣红色的金丝绒，许多年之后，它们已失去了新鲜的光泽。父亲一直闭口不提他最后得到的那枚勋章。母亲曾经问过这件事。母亲说："老头，你是不是领了一块金牌？"母亲之所以这么问，并没有别的什么意思。母亲在很多方面和老式的家庭主妇没有什么两样，对鸡毛蒜皮的小事爱咋咋呼呼，而对严肃的话题却漫不经心，何况院子里都在传说，那枚勋章和以往的勋章不一样，是用纯金铸的，很值些钱。母亲对金子谈不上什么爱好。母亲年轻的时候热衷于工作，上了年纪以后迷上了老年迪斯科，另外还有中国画。母亲的葡萄画得炉火纯青，可见在大器晚成方面齐白石并非是唯一的奇迹。对于那枚勋章，母亲只是普通的好奇罢了。

母亲这么问，当时父亲说了一句很粗鲁的话，准确地说，那是一句骂人的话。母亲听了很生气。母亲仅仅是生气，也不能把父亲怎么样。这件事说到底本来就不关她什么事，她就是想吵架也没有理由。母亲是中专生，中专生属于知识分子，知识分子吵架是要有理由的。

父亲那一天一直把自己关在屋里，他待在屋里一声不吭。出来吃过一顿饭，什么话也不说，也不怎么向他一向喜欢的红烧肘子伸筷子，吃过饭之后又回自己的房间去了，把门咣当一声碰上。但也没有发生什么别的事。那天母亲去老年大学上课，回来晚了，回来以后就忙着做疙瘩汤。我对母亲说："爸爸今天脱军装，咱们是不是买点菜回来，家里庆贺一下？"母亲诧异地看我一眼，说："那是为什么？又不是逢年过节。"我想解释一下。我想说，对于父亲，今天比一百个年加起来还重要。但是我最终还是没有说。在母亲看来，父亲穿什么都是一回事，除了军装洗起来比较容易一些，别的没有什么损失。至少在母亲眼里，父亲脱军装算不上什么节气。

那天的天气差不多是一年中最好的，暖洋洋的。太阳在很长一段时间里都挂在那里一动不动，有点小北风，但也只能把院子里的干葡萄叶子吹到水沟里去，仅此而已。

父亲扛枪当兵这件事不是偶然，可以说它是顺理成章的。那个年头贫瘠的鄂东大别山区成了农民的天下，有好几种政治力量都派出火种手到千里大别山来煽风点火，使庄稼不景气的乡下呈现出另外一种欣欣向荣的朝气。农民们不知道点火的人要干什么，却知道自己想得到什么。一无所有的人无论怎样折腾都无所谓失去，这就使他们有了源源不断的动力和无所畏惧的勇气。父亲那时还是个半大的孩子，多半是为了聚众的习性，父亲参加了少年赤卫军，为成年人的武装组织做一些打杂的事，这些事带有一些打破常规的刺激。父亲那个时候没有参加白极会、红枪会、保安团或别的什么组织同样是必然，因为父亲的大哥是苏维埃政权的村主席，父亲少小年纪，自然不会和自己的大哥对着干的。父亲站岗放哨送信只是业余的，更多的时候父亲是在为一个比较富裕的远房亲戚喂牛，另外在农忙时节还得为主人打短工，年薪一石糙米。父亲喂两头牛，他承认那个活并不重，喂两头牛而且能挣得一石糙米使得父亲在家中有一种不吃白饭的自得。

促使父亲最终成为造反者的原因并非是赤贫，而是自尊心。那个富裕的远房亲戚对雇工们十分祥和，冬天的时候他们一块儿蹲在太阳下笑眯眯地抽着旱烟袋说话，说女人的邪话，吃吃地笑，那幅情景是很让人心暖的。那个富裕的远房亲戚和雇工们一起干活，他总是抢重活干。富裕的远房亲戚生了四个儿子，全都能干牛马活，又和人合开了一爿粉房，生产白而细的粉丝，这才是他致富的原因。对于这种原因没有人会觉得不应该。

那一年的阳光十分充足，十几把锋快的镰刀昼夜不息地割刈也没能抵挡住见天熟透的谷粒一片片地洒落在泥里。主人十分焦急，赶着一家老小和十几个雇工没日没夜地忙活在地里。人们疯了似地用钢镰割倒稻秸，把它们拉屎似的东一堆西一堆扛进晒坝。那些天晒坝里黄尘滚滚，慄濛然不见天日。人们大颗大颗地淌着汗水，不停地咳嗽，朝粮食堆里吐痰。主人站在地垄边大声地吆喝着："伙计们，尽力割呀！今晚有烧酒蒸肉犒劳！"主人说话算话，当晚果然就有烧酒蒸肉。醇香的烧酒里兑了不少水，喝起来甜丝丝的像是浸泡过麦芽，让人止不住地一边喝一边打喷嚏。雇工们都说酒是好酒。可是主人却不该让大伙儿吃蒸肉。不是大伙儿不想吃，相反的，大家都非常想吃，简直想吃极了。并不是一年到头都可以吃到蒸肉的，也不是每一家都可以端出蒸肉这道菜的。但是主人确实不该把那样的蒸肉端出来给雇工们吃。蒸肉一块块足有四指膘，白花花颤巍巍卧在喷香的霉干菜上，让喝酒的人眼珠子一个个几乎掉了出来。雇工们整齐地咳起嗽来，把嘴里的烧酒咳得像下雨一样。主人热情地说："吃吧，快吃吧。"大伙儿就迫不及待地伸出筷子。慌乱中好几双筷子在空中碰到一起，弄得吱哩咔嚓一阵乱响。主人的两个儿媳妇在一旁看了，躲到一旁嗤嗤地笑。父亲在忙乱之中挟到了一筷子干巴巴的霉干菜，这使他十分沮丧。父亲的第二筷子准确多了。父亲当时想，他的速度比打人们慢了一拍，等于他吃完第一块肉，别人就该吃第二块肉了，这个念头让父亲在一瞬间显得灰心失望。可是父亲并没有在吃第二块肉的时候赶上大家。父亲并没有吃第二块肉。父亲连第一块肉也没能吃下。并非父亲一个人，所有的雇工都没能对付了他们挟进自己碗里的那块肉。那碗样子十分诱人的蒸肉根本就没有蒸熟，它只不过是被主人象征性地放在蒸笼里蒸了一下，完全还是生猪肉。主人笑眯眯地站在一旁招呼说："吃呀，怎么不吃了？都愣着做什么，都吃。这足足一碗肉，够你们撑的。"雇工中打头的脸上带着尴尬的笑代表大家对主人说："七爹，不是我们不吃，我们想吃。我们想吃但没法吃。肉没烂呢。"主人听了很生气。主人说："这是什么话。你这是什么话。肉当然没有烂。肉当然不能烂。肉怎么能烂呢？要烂了，你们这些馋鬼，你们寻思一下也是不会的，叼住就滑溜进肚里了，哪里会知道肉是什么样的味道呢？"

父亲从来没有说过那块嚼不烂的生猪肉是促使他造反的原因，这只不过是我的猜测。1932年秋天被还乡团通缉追杀的不只是我父亲一家人，还有不少人名字都在名单上，这些人中间有一些人并没有逃走，他们在别的什么地方躲上几天，到来年开春的时候就陆陆续续地回去了。他们中间有些人至今还好好地活着。父亲跑出家去参加红军，肯定有着类似自尊心受到了强烈伤害的原因。事过五十年之后，我随父亲回到顺河老家，父亲带着我去拜访过一位老人。老人是我家一位亲戚，论辈分我该叫七爷。七爷的绰号叫"地主"，因为他在五十多年前曾当过红四军经营处的军需主任，管过整箩的银洋和烟土，大家就这么叫他。1932年秋天七爷随撤退的队伍走出了几百里地，他放心不下将要临产的妻子，心里惦念着妻子给他生儿子还是生丫头，又跑了回来。七爷并没有被杀死，以后就守着老婆孩子种地过日子，一过就是五十年。我随父亲去看七爷的时候七爷正蹲在屋檐下挖鼻屎，唾水拉长线似地糊了一身。一个五十岁左右猥琐的汉子抱着一只鸡婆在捉鸡虱子，看见我们走来就傻乎乎地冲我们笑。我想他大概就是七爷当年放心不下的那个宝贝儿子吧。

在我们那个家族中，父亲是加入闹红队伍中年纪最小的，他只是看到他的两个哥哥，几个叔伯堂兄和他的七叔都这么忙碌着，他们在腰里扎着子弹袋的样子十分威武。父亲作为一个正在长大的男人是十分羡慕这份威武的。

我的大伯是东冲村的村苏维埃主席，三次反围剿的时候带着村赤卫队参加了红军，成为一名红军营长。我的二伯是麻城县独立团的敌工干事，专干铲奸肃反的事，两年后他万万没有想到自己也成了肃反的对象，做了自己同志的刀下之鬼。

大伯随着红四军撤离了鄂豫皖苏区，同时走的还有那几位堂伯堂叔，二伯的独立团此时正急急地躲进杨真山中。乘顺区满是穿着狗屎黄军装的皖系十七师的兵，还有头上缠着红布条的河南光山杨大山的三枪会会众。十七师的兵和三枪会的人在进入乘顺的当天就大开杀戒，到次年开春时整个乘顺地区有十几万人被杀掉，被杀掉的人有时候没人收尸，就被抛入举水河中喂了鱼，有人亲眼看到举水河中跃出足有小牛犊大的鱼来。

一位亲戚从镇上看女儿回到村里，带回了对东冲村三十八名红匪通缉的消息，我的大伯是头一个，二伯和父亲都在其中，悬赏的价码足以让任何一个种田人动心。父亲当天夜里离开了家乡，想投奔他的大哥。他第八天追上了红四军，成为军部手枪队的一名战士。父亲却最终没有见到他的大哥。一九三三年三月,在巴中保卫战中,大伯奉命带一个营驰援,死在战场上了。

父亲也没有再见到我的爷爷。1950年当父亲怀里揣着一沓银元坐着一只小船渡过举水河,踏上家乡的小路时,我爷爷的坟头已经开过一茬白色的苦艾花了。

父亲的倔犟脾气使我们一家人都吃尽了苦头,尤其是他偏狭的恋乡情结,几乎毁了我的整个前途。

父亲在他休息后的第十五个年头开始念叨他的"归去来兮"经。在这之前,他一直没有放弃过重新工作的期望。他一直以为那一纸休息的命令只是暂时的,他还有复出的希望。他就那么等待着,苦苦而又痴心不改地等待着。他等那份根本没有出现的命令等了整整十五年。父亲在重新工作无望后决定回到他出生的地方。他要回到他的麻城老家去,做农民或者做寓公。这个念头十分强烈地统治了我们家十年,直到父亲的预谋得以实现。父亲在休息前一直做军事指挥员,没有搞过政工,虽然在一九四五年国共和谈破裂以后父亲曾在极短的时间里当过几天参谋长,但这并不能说明他就懂得谋略。父亲的谋略才能是在他休息之后才被挖掘出来的。他那时有了大量的时间和精力来总结自己,同时也有大量未曾释放的欲念需要疏导,这就使父亲由一位勇士痛苦地变成了一位智者。父亲当然并不仅仅是自己回家乡,他还要把全家都弄回老家去。父亲甚至希望他的孩子中有一个能和他一道回到老家那根本就不怎么长草的土地上去种庄稼。在我的其他几位兄弟姊妹都当了兵之后,父亲把希望的目光对准了我。我在中学毕业后成了一名知识青年这件事使父亲的希望有了实现的可能。父亲怂恿我回老家当知青。父亲说:"当农民哪儿不能当?守在四川这个穷地方干什么?"我说:"四川怎么是穷地方,四川是天府之国。"父亲不屑地反驳我说:"天府在哪儿?之国在哪儿?你拿出来我看看,连个鱼也吃不上,还什么天府之国。回家乡去,家乡的鱼吃得你哭!"父亲这么说。他不但说,还付诸于考察,为此他专门带着我回了一趟麻城。

我发现一踏上家乡的路,父亲的忧郁心情就一扫而光。小船载着我们渡过举水河的时候,父亲敞开大衣双手叉腰昂首挺胸站在船头上,他心情极好地指点着告诉我，他在哪个沙丘上偷吃过四婶的花生，被爷爷打过屁股；他在哪个深潭里摸过鱼虾，差点没淹死。父亲敞开肺腑大口地呼吸着河面上腥潮的空气。父亲快乐地说："妈的，这儿一点也没变，还是老样子。"父亲眨巴眨巴眼小声对我说："小子，回家第一件事就是让你饱饱地吃一顿鲜鱼，不是一条鱼是一顿吃它几十条。"父亲从称呼他"三爹"的摇船后生的渔篓中拎出一大挂鱼，对小伙子说："剖干净，洗一洗，回头给我送去。"我看到那些一寸来长的柳条鱼，哈哈大笑起来。我觉得父亲他实在是一个懂得幽默的人。

在爷爷留下的那栋干打垒小院外面，父亲被一个小石子绊了一下，差一点跌倒。父亲把他的皮大衣往我怀里一塞，跌跌撞撞往里走，一边大声叫道："嫂子！嫂子！我回来了！"我的瞎了一双老眼的大婶战战兢兢地扶着门框走出，什么也看不见说："是三毛？是三毛吗？三毛你回来了？"父亲冲过院子，抢前一步挽住了大婶，父亲就在二月的阳光下，在老邓家遍地麦秸鸡屎的老宅的屋檐下，扑通一声给大婶跪下了。大婶说："三毛快起来，三毛你快起来。"父亲说："不！"父亲他眼眶里涌满了泪水。父亲他就这么跪着，说什么也不肯起来。

我被那个场面给镇住了。热血一股股地往我脸上涌。我的父亲一生硬骨，他打了数百仗，负过多次伤，至今他的颅顶还残留着一粒黄豆大的弹片，腿肚里还有一粒子弹。一九三四年万源保卫战中，父亲中了三发子弹，三次被打倒在地，三次都爬了起来，血人似地在火海中跌撞冲杀，成为红四军美谈。我的父亲他从来没对人说过软话，他直到八十岁的时候仍然大跨步地走路，腰板挺得笔直。

大婶是大伯离开家乡前娶进门的。大婶那年十七岁，是东冲村最俊气的妹子。大伯离开家乡的时候并不知道大婶已经有了身孕。在这之后的几十年里，大婶始终盼望着大伯有一天能回到家来看一眼他的骨肉。在邓氏家族三个虎背熊腰的年轻后生亡命它乡之后，一个十七岁的小媳妇就脱下红色的新嫁衣，一声不响地走出她的新房，默默地操持起一家老小的苦日子。这个十七岁的小媳妇起早贪黑，没日没夜劳作，地里的活屋里的活全得靠她一个人。她有的时候累得晕倒在地里，但她从来不对自己的公婆说。她毫无怨言地为邓家养小送老，把大伯的父母一个个安葬了，又把大伯的儿子一口口喂大了，然后为他娶来了媳妇，再安静地守在哔剥作响的灯火前，等待儿媳妇生产下大伯的孙子。这个当年十七岁的小媳妇偶尔也在黄昏的时候悄悄独自到村头的河边去等着，用她那么美丽的眼睛默默遥望着北边的那条大道。大伯当年是从那条大道上走的，他并不知道他的十七岁的女人在许多黄昏用怎样美丽而忧伤的目光期待着他的归来。她就那么把她的眼睛一天天地盼瞎了。但是大伯始终没有回来，连他的遗骨也葬在不知晓的异乡了。

父亲说，你的大婶她是咱们老邓家的功臣。

回到邓家老宅使父亲一直压抑着的情感得以释解。在许多场合，父亲都表现得像一个孩子。父亲在长久地给大婶下跪后站起来，对站在院子里怯怯地望着他的侄儿媳妇大声说："明珍，给我杀鸡！给我杀最肥的鸡！"我的堂嫂那年五十多岁了，看起来，她比我的母亲还要显老。我的堂嫂恐慌地看着父亲的目光在搜寻着院子里那几只茫然无知的鸡婆，小声说："都是生蛋的鸡呢。"父亲说："吃就吃生蛋的鸡，不生蛋的鸡谁吃？"父亲说完顽皮地看着大婶笑，一副很得意的样子。我很同情堂嫂，在父亲去爷爷奶奶坟地的时候，我给了堂嫂五块钱，让她去别家买两只鸡来。但这种阴谋没有得逞。父亲在喝过第一勺滚烫的鸡汤之后狐疑地皱了皱眉头，抬起眼盯着堂嫂说："这味不对。这不是老邓家的鸡！"堂嫂吓得满脸惊恐，差一点打翻了汤碗。以后有好几天，堂嫂都躲着父亲，她一看见父亲就忍不住要全身发抖。

父亲回到家后一共办了三件事。头一件是给爷爷奶奶上坟。父亲去上坟，没有带我去。这是一件至今令我疑惑不解的事。无论于情于理，我从千里之外回到祖籍，我是邓家的一个子孙，说什么都该去给祖宗烧炷香，磕个头的。可是父亲却不叫我去。父亲换下了军装，带着一把长柄锄，他在走出大门的时候深深地吸了一口气。父亲在二月的阳光下给我的大婶下跪，他在他这一生中只给这么一个女人下跪，这个意义当然是非同寻常的。他是在替爷爷奶奶、替他的大哥、替他的二哥、替老邓家所有的男人下跪。父亲在邓家的老宅满是麦秸鸡屎的屋檐下推金山倒玉柱扑通一声跪

下去，无论是祖坟里还是异乡别土里的邓氏亡魂都长长地叹了一口气，从此安宁。父亲走出院子，独自一人去了祖坟，在那里整整待了一天。父亲在那里做了一些什么没人知道。我不相信父亲只做些拔草培土的事情。这不是他。我总觉得，父亲和邓家祖坟之间，一定还有一些别的什么秘密，而这些秘密，父亲是打算恪守到最后的，甚至连他曾一度信赖且寄托过重望的我，他也不打算告诉。

父亲做的第二件事是召集了邓氏家族中最亲近的人开了一个会。会是在夜里开的，这样就显得有点神秘。父亲要我来主持这个家族会议。这是父亲带我回乡阴谋中的主体部分。父亲对邓家的颓败和自甘衰败十分痛心，他处心积虑地要让邓家的威风重新得到发扬。他固执地认为，一切的不尽如人意都是由于邓家人缺乏一个有胆有识并且有文化的组织者。这是一个至关重要的人物，而这个人物的最佳人选就是他的第二个儿子我。父亲的阴谋在他强大和刚愎自负的自我中一步步得以实现。如果不是因为一个偶然场合中我得知父亲准备在家乡为我找一个身体结实的媳妇，让我在家乡死心塌地安家落户，那么他的一整套计划早就实现了。父亲差一点毁了我。他让我回家来组织和发动那些一点也不争气的邓姓农民。他斩钉截铁地说："农民和你想象的不一样。农民什么也不是，他就是农民！"按照父亲的战略意图，我的文化知识和无牵无挂足以造成一种新的势力，它能为愚昧、自私自利目光短浅的邓家人提供一个新的家族核心。这很像几十年前发生在家乡的那场轰轰烈烈的大革命，它是需要有想法的人来充当火种手的。父亲肯定地认为，如果不出差错，他的二儿子将在他的有生之年夺取大队支部书记或者大队长的位置，如果这样，拿他的话来说："邓家人就有救了。"父亲回乡怀着再度闹革命的强烈念头，他甚至为新一代造反者带去了他们的领袖。父亲正是怀着这样的复杂心情大声叱骂他的那些堂兄弟和叔伯侄儿们，挨个儿指着鼻子把他们骂得狗血淋头。父亲血压升高，心跳加剧，有一个时候他差一点倒了下去。而我的那些堂叔堂兄们则一边点头哈腰，一边唯恐落后地一支接一支吸着父亲带回去的"红牡丹"牌香烟，直到把它们全部吸光。我的直觉告诉我，他们谁也没有认真去听父亲骂了一些什么，他们也不管父亲为什么要骂，但即使这样，因为有了"红牡丹",他们是很喜欢听父亲训话的。

　　父亲干的第三件事最具有传奇色彩,它让我再度看到了父亲身上被岁月尘土掩埋了很久的光辉。我不由得肃然起敬。我吃惊地发现,父亲他作为一名军人的全部良好素质并没有消磨掉,它们只不过是悄悄潜伏着,等待着一切可能充分发挥的机会。

　　一百吨日本尿素在运往管理区的途中被一大群手执扁担打杵的东冲村人劫住了。司机从驾驶台里钻出来大声喊道:"你们要干什么?你们疯啦?!"没有人听他的,东冲村男男女女老老少少举着扁担挑着箩筐没命地往前拥,从车上拖下成袋的化肥再把它们运走。在整个事件中指挥者只有一个,那就是我的父亲。

　　老区永远是贫困潦倒的,否则革命的火种就无法最早在老区燃烧起来。老区在老区人成为理论上的主人之后仍然顽固地保持着它的贫困潦倒,贞洁似地守护着这一份荣誉。老区对于源源不断送到的各种救济物资采取了一种心安理得的接纳方式。整整两代人,几十万人的生命轰然倒下,把它们烧成灰,洒进土地里,土地也是可以变得肥沃起来。但这并不是父亲指挥那次抢劫化肥车的理论依据。父亲没有理论,他只有几十年屡试不爽的经验,那就是革命靠自觉。父亲从心底深处痛恨家乡人那种与前辈完全不同的逆来顺受和心平气和。打仗死掉了几十万人,难道造反的骨气也死掉了吗?既然管理区的那些土皇帝们不把化肥指标分给东冲村,那就抢嘛!

　　几百名脸上涂了锅底黑的农民突然之间出现在公路两旁,令司机和押送管理区技术员大惊失色,他们怎么也不会相信,打死也不会相信,在共产党领导的地方会出现这种揭竿而起拦路行劫的暴民行为。父亲完全像指挥一场战斗一样向大队干部布置了这场"化肥劫案"。一辆牛拉车歪倒在公路当中,赶牛车的小伙子躺在车上呼呼大睡,长长一溜化肥车只能停在公路上。司机目瞪口呆地看着疯了似的农民一拥而上,身手矫健地攀上汽车,踢死猪娃似地往车下踢化肥袋。车下的人则配合默契,肩扛箩挑,迅速将战利品运下公路,顺着羊肠子一般的田埂消失掉。空气中弥漫着浓烈刺鼻的尿素味,同时弥漫的还有老区久违了的同仇敌忾精神。司机如果对历史稍微有点兴趣,他就会发现,这个场面和五十年前发生在这一带的众多事件有着十分相似的共同之处,他还会领悟一个道理,农民一旦被组织起来,就会发挥出最大的积极性和创造性。遗憾的是司机根本没能领悟这一点,除了节油标兵之外,他在哪一方面都表现平平。他只会一个劲地在那里喊:"你们这是干什么?你们疯啦?!"没人理会他,人们全都处在一种极端的兴奋和突然产生的责任感中,唯恐做了群众运动的落后分子。司机并不知道,此刻,在远离公路几百米的一个高地上,一个指挥过数百场战斗的职业军人正披着一袭英国呢大衣冷静地注视着一切。当两辆八吨装的卡车被卸运一空之后,他在心里对自己说,这场战斗应该结实了。

父亲这一辈子杀人无数。

在具有远距离杀伤能力的火器替代了刀矛弓箭的捉对厮杀成为战争的主要形式之后,父亲说不清自己到底杀死过多少人看来是合情合理的。父亲从来不对我们提起战争的事,虽然这对我们做孩子的十分具有诱惑,但他从来不说。在重庆的那座彭姓买办留下的花园式林园里,我的一个小伙伴总是向我炫耀他的父亲。他得意洋洋地说:"我爸杀过人!"他说这话的时候脸上被阳光照耀着,灿烂夺目。从小学到中学,这份不曾拥有的荣耀一直刻骨铭心地纠缠着我,使我在许多梦中游弋在尸骨成堆血流成河的战场上,灵魂不得安宁。直到日后我长成了人,从另外的渠道知道了父亲保守那个秘密的原因,我才原谅了父亲。

父亲在成为一名职业军人的时候肯定知道自己这一生会杀人的,这毫无疑问,但是父亲绝对没有想到,他渴望要杀掉的第一个人却是他自己的同志。

父亲想要杀掉的那个人是手枪队副队长,云南人,名字叫向高。向高在朱培元手下当过连长,性格乖僻暴烈,对手下的兵轻则训骂,重则拳打脚踢,手枪队的兵几乎全被他收拾过。我的父亲在向高手下当兵实在是倒了大霉。从河南到通南巴途中,父亲至少挨过向高三次揍。有一次父亲牵的一匹骡子摔进小谷里了,向高把父亲吊在树上用擦枪条猛抽,抽得父亲皮开肉绽,好几天屁股不敢沾马鞍。父亲那天就暗下发誓,说什么也要杀掉向高。

杀掉向高最好的方式就是打黑枪。

战斗发生的时候，战场上一片混乱。在一望无际的草原地带和骑兵厮杀是最令人心怵的，那些圆臀细腿的骏马驮着它们慓悍的主人风驰电掣地朝着草地上洒豆儿似散开的步兵扑去，而那些步兵真是可怜之极，他们经过了漫长的流浪和被围剿，一个个面黄肌瘦、衣衫褴褛、步履蹒跚、提心吊胆，在没有遭受袭击的时候，他们像一条断断续续被风吹皱的线在一望无际的草原上移动，谁也不说话，从日头出来一直移动到月儿升起，除了荒凉的风吹动茅草的声音，头顶飞过的雁阵偶尔抛落的鸣叫声和千万双脚杂乱踢踏泥水的声音，这支队伍移动得毫无生气。马队一来，队伍立刻炸了，在经过短促的抵抗之后，便抛下辎重毫无目标地四处逃命，但是在一览无余毫无屏障的草原上，无论他们是勇敢地迎着马队冲上去还是撒丫子逃开都丝毫没有意义，因为凭着四条疾速的马腿，那些在草原上长大的勇猛的武装土著会轻而易举地抵近他们，用得心应手的柳叶刀从正面或者背后劈倒他们，让他们这些异乡人的鲜血来浇灌无人照料的野花野草。

　　父亲在最初的惊慌过去之后变得兴奋起来。父亲意识到，他杀掉向高的机会来到了。父亲下意识地逃出几步之后站住了，他紧握着他的奥地利生产的五连珠马枪，根本不管他的那些部下，而是回过头去，在四下溃散的人群中寻找他的目标，寻找向高。枪声在草原上空此起彼落，刀光血影交织成一幅杂乱的画面，不时有人被击中或是被砍倒，发出瘆人的惨叫声，一些失去了骑手的马在人群中四下乱窜，将人撞倒在地再踏成肉泥。父亲躲避着那些马。他的运气不好，在毫无秩序的战场上，他根本无法找到他的仇人，他不知他在什么地方，要做到这一切，父亲必须花很大的功夫。战场上，尤其是短兵相接的白刃之地，敏捷的反应是保全自己消灭敌人的最好武器，要做到敏捷，你的思维中只能保留两个概念，敌人或友人。而父亲在这点上恰恰不是这样，他的思维十分混乱——自己人——仇人——向高，这种含混不清自相矛盾的意识妨碍了他，使他在一片混乱中跌跌撞撞，完全弄不清方向。实际上，直到他被一柄染足了大草原黄昏时娇艳的晚霞的柳叶刀劈倒时，他也没能找到他的仇人向高。

　　那匹雪青马朝这边奔来。马背上瘦骨嶙峋的青脸汉子受到了父亲高大个子的刺激。青脸汉子根本没有想到，在这场血腥的追逐中，居然还有

一位个头高高的少年敌人会迎着马队奔跑，这实在是有些与众不同。青脸汉子受不了这个，他放弃了原先追杀的目标，一提马嚼口，转身朝父亲扑去，那匹英俊的雪青马久经沙场，训练有素，它在迅速追上父亲之后并没有用四只有力的铁蹄踏倒他，而是灵巧地往斜里一晃，把杀戮的快乐留给了它的主人。杀伐的整个过程应该说是相当成功的，但是事情不知在哪个节骨眼上出了点差错，总之，事件的结果并不像推理那么令人满意。按照草原骑手的追杀方式，杀手本应该在超越猎物的那一瞬间回手一刀，从猎物的前颈割掉猎物的头颅，这有如下两个好处，第一是能够在结果对手性命的同时看清对手的相貌，做一个明白的胜利者，第二是证明这是一次面对面正大光明的厮杀，以保持追杀者的节气。可是这位青脸汉在最后的时刻突然有点惊慌失措了，他被父亲的那种不顾一切的自我弄得有些慌了神，他的长长的柳叶刀提前地举了起来，劈了出去，锋如纸薄的刀刃不是劈在对手的脖颈上，而是砍在了对手的后背上。

　　父亲跌倒下去，跌得很重，身上的干粮袋和一块臭烘烘的羊毛毡子被刀砍成两节，散落在地上。血从父亲背上直迸而出，因为有羊毛背心的阻止，血在极大的冲力下被粉碎成无数的血雾，肮脏的蜷曲的羊毛立刻被血水染成了粉红色，显出一种惊心动魄的温暖。那一刀造成的伤口至少有两尺长，从父亲的肩头一直延伸到臀部。父亲倒下去的时候，被刀砍开的军装在他身后像两面壮烈的旗帜飘扬开来。

　　青脸汉子在冲出几丈远之后勒住了缰口，他回过头来看着倒下去的那个无畏的少年。青脸汉子迟疑一下，同时略显惭愧地咧了咧厚厚的嘴唇。青脸汉子知道自己这次干得并不光明，甚至有些丢脸了。但是仍在草地上挣扎着爬动的父亲使他保持住了最初的热情。青脸汉子回过头来看了看，四下里没有人注意到他刚才不光彩的行为，大家都在忙着，各有目标。青脸汉子低声地骂了一声，策过马去，轻轻一磕马肚子，重新朝父亲冲来。青脸汉子根本不知道，一个名叫向高的敌人此刻正在朝着这边奔来，并且在奔跑之中举起了他的手枪。青脸汉子在重新接近父亲的时候感到自己的坐骑出了什么问题。云南人向高的枪法极准，头一枪就射中了雪青马的头，将马的头颅击得粉碎。雪青马在继续跑出几步后猝然倒下，将主人重重地摔在草地上，没等他爬起来，向高的第二枪就射进了他的胸膛。

父亲背上的伤口好得很快，从马唐到康克喇嘛寺的第五站，父亲已经强撑着从马背上爬下来，硬着一双腿跟着部队走了。十几岁的父亲生命力十分旺盛，轻易是不会死去的。但是父亲心里肯定还是有了一道别人无从知道的伤口，它在那里很长时间都无法愈合。向高是从哪里钻出来的？他怎么会那么巧的在最后一刻救了想杀死他的父亲？向高在枪声稀落的草原上把父亲从尸首堆中背了下来，父亲那时一直处在迷迷糊糊的状态中，当他稍微清醒一点之后，他甚至企图去夺向高手中的枪，被向高一巴掌打倒在地。向高救了父亲，也救了他自己，这事过后，父亲心里一定为着再不能杀死向高而终身遗憾了。

父亲被解除军职之后，开始大量地开荒种地。

我们住的那座彭家花园很大，但地都不曾荒芜，全都种满了花草果木。父亲走向花园，他把那些美丽的花草都挖掉了，将泥土深深地翻过来，改种成粮食，还有白菜萝卜。父亲整天都在地里忙碌着，固执地把花园改变成农庄的样子。他并不关心那些粮食和蔬菜生长出来干什么，生长和成熟对他来说似乎只是一个过程，他要的只是自己不终结的行动。有时候我觉得父亲不可思议，他是个行为的强者，却从来不善于思维。

那些粮食和蔬菜生长出来的时候，如果下过一场透雨，样子是非常好看的，在大城市里，居然生长着这么大一片绿色和黄色的庄稼，这本身就是一个奇迹。少年的我和弟弟在放学回家之后，便在这片奇迹的天地里跑来跑去追逐蝴蝶或者蜻蜓，追得满头大汗脸蛋通红，父亲远远地挑着一担肥料过来，父亲放下担子，站在那里一动不动地看着我和弟弟在奇迹里奔跑，他的目光里，常常有一种我们无法读懂的内容。

除了种地，父亲还喂鸭子。彭家花园有两个大池塘，池塘里有鱼，还有荷花。鸭子们成群结队地在荷花中游来游去，那真是一幅动人的田园风光图。父亲喂鸭子同样不考虑目的。他只是喂，只是要在风景美妙的花园里寻找一些事情来做。如果有可能，他甚至可以喂牛或者是羊，把自己变成牛倌或者是羊倌。

当然父亲并不是从来不考虑目的的。我的一个叔伯侄儿，我父亲的一个侄孙有一年进城来向父亲讨救济,父亲就有目的地建议过他喂鸭子。老区过去很穷,因为穷,人们才无所顾忌地起来闹红,闹得天翻地覆乾坤颠倒,但是老区在换了一个朝代之后仍然很穷,老区人当然不会再起来闹红了,因为在这个朝廷里,上上下下有不少老区的子弟在做着官,他们不能造自己子弟的反。但是他们有别的办法。最常用的,就是进城(省城或者京城)找自己的子弟讨救济。老区在相当长的时间里心安理得地成为国家的五保户,吃着国家粮库调拨的粮食,穿着国家军队支援的衣服,花着国家银行提供的钞票,老区应该算做"共产主义"的实验之地。1977年我的家乡大旱,连续一百多天没下过一场透雨,地里的庄稼全被日头烤成了赤色。县里的父母官对省里拨下的救济款数目不满意,便直接去京城找一位在军队掌握实权的将军。将军在他宽大的会客厅里请县里的父母官吃水蜜桃。将军关心地了解家乡的民情。将军听完县里父母官的汇报,难过地流下了眼泪。将军说,政府管不了军队管。将军当下就拨电话。将军哽噎着喉咙对着话筒说:老百姓活成这个样子,那是我们的罪过!不管付出多大代价,必须保住老区土地上的庄稼!县里的父母官听着这话,扑通一声就给将军跪下了,将军见状,丢下电话扑通一声也跪下了,将军热泪纵横地说,你们快起来,要跪该我跪,我给家乡父老跪下!那年旱季,大量的军队设备源源不断运到老区,军队从百里之外挖通长江引来水源,几千台大功率抽水机日夜不停地工作。那年,老区的庄稼终于获得了大丰收。后来县里的一位宣传干部背地里对我说,抗灾用去的款项,是收获的几十倍,我为他不懂得怎样去算老区这笔帐而遗憾。我只是委婉地对他说,老区已经学会了怎样对付他们的困境,他们甚至在省城和京城建起了相当气派的办事处来应付这一切,这难道不能算是一种进步?

父亲给了他的侄孙一笔钱,让他回家去喂鸭子。父亲详细地算了一笔帐。按照父亲的算法,这笔钱加上侄孙两年的汗水,足可以使侄孙一家过上宽裕的日子。但是侄孙没过多久又写信来讨救济。信上说鸭子倒是喂了,也长得很活泼,特别是它们嬉水的时候那个样子真是可爱极了,但是鸭子全被人药死了。侄孙说他打算喂种猪,他不会被灾难所吓倒。侄孙解释说种猪是圈着喂的,不会被药死。父亲觉得这个想法是正确的,父亲特别感动的是侄孙不被灾难吓倒的决心，于是父亲又寄去一笔钱。父亲在信中叮嘱侄孙多去管理区向技术员讨教，学习科学养猪的方法。父亲守着晨露把那封厚厚实实的信交给了邮递员。实际上这不是父亲写给他侄孙的最后一封信，在那以后他还写过好几封信，信的内容都有所变化。他的那个不成气候的侄孙不断地写信来，诉苦说种猪得了瘟疫，打算盘豆腐房，又写信说豆腐卖不出去，准备改办榨房，接下去是榨房收了一大批霉料，全亏进去了，想想还是不如开小卖店稳妥，就算小卖店一样东西也卖不出去，东西还是自己的，吃用不到别人头上去。

　　父亲长期以来一直热衷于遥控他的侄孙或别的有求于他的亲戚摆脱贫困。父亲在这方面有着百折不挠的精神，不管怎样的困难都无法动摇他。我十分佩服我的那些亲戚们，他们一个个都非常善于写信，他们在信上写一些人和事的名字，问父亲还记不记得这些人和事？他们在信上潦草而又言简意赅地写道："三爹（或三爷），此信无它，只是家中困难，"然后他们就"敬祝三爹（或者三爷）身体健康，长命百岁！"他们源源不断地写来那些贴着八分钱脏兮兮邮花的信，用它们来瞄准我的父亲，老实说，它们的成功率通常都比较高。我的母亲在父亲赋闲之后企图慢慢控制他的经济支出，她对那些"此信无它"的乡下来信充满了厌倦，但是母亲无论怎样做，都不能使父亲屈服。父亲对母亲说："别的钱你可以拿走，但是我的残废金你得给我留。"在长达几十年的时间里，父亲的残废金都月月不断地汇往了家乡，变成了被药死的鸭子瘟死的猪卖不出去的豆腐或别的什么。

　　父亲当然并不仅仅满足于遥控，他有的时候还会亲自出马，去为家乡弄些电线柴油之类的东西。父亲在这种时候通常总能表现出他的果断和机智，他想向人们证明，作为一名军人，他并不曾衰老他仍然具有所向披靡的战斗力。

　　有一次，父亲带我回家乡，一进县城，父亲就让车子驶进农机厂。父亲和一脸麻子的厂长很熟稔。父亲一下车就说，麻子，你又偷懒了吧，怎么最近在报纸电台上见不到你的消息了？麻厂长委屈地说，我怎么会偷懒，我都累得十盆血吐掉了七盆，我恨不得累死。父亲漫不经心说，你没偷懒，你就拿成绩给我看。麻厂长急得一脸通红，说，我当然有成绩。我当然拿给你看。你以为我拿不出来？麻厂长说着就带我们走进大门落锁的仓库，领我们看一辆辆崭新的手扶拖拉机。麻厂长得意地说，怎么样，这算不算成绩。省报都发了文章表扬我，满世界都知道了，怎么就你不知道？父亲点点头，慢吞吞说，谁说我不知道？我当然知道。正因为我知道，我才来找你麻子。麻厂长明白上当了，说，三爹你饶我。父亲说，我是想饶你，可我们村不饶你。我只要三台，多一台我不要。麻厂长说，三爹我都是有计划的，我要完不成计划，县里要罢我的官。父亲硬心肠说，我不管你的计划，我不管你罢不罢官，我只认你这个财主。你是财主，我就打你的土豪分你的田地，不打你打谁去？麻厂长哈哈笑道，三爹真有你的，三爹我就答应了，就给你三台，不过得等一段时间。父亲也哈哈笑，说，行，等多久都行，我就在你家住下了，什么时候给我拖拉机，我什么时候走人，我也好伺候，每顿四凉盘四热菜，外加半斤五粮液，麻子这不难为你吧？

我们并没有住在麻厂长家，我们当天就拿到了三台拖拉机。

父亲在赋闲之后自己喂鸭子当然不是出于摆脱贫困的考虑。父亲种地也好，喂鸭子也好，所收所获很少进入我们家的菜盘子。父亲总是把蔬菜和鸭蛋一担担地送到邻近的幼儿园。有时候，有素不相识的人从菜地边路过，父亲也会拉住人家，热情地不由分说地将人家的篮子或衣兜装满，他这样做，像个得了便宜的孩子似的。我后来一直认为，父亲把花园变成农庄，是一种新的生存表现。父亲他不愿意受冷落，不愿意人们忘记他。他一直生活在一种被抛弃的痛苦的恐怖之中。

鸭子在那一年突然受到了瘟疫的威胁。瘟疫是一只有着麻色斑点的漂亮母鸭最先兆示出来的。它先是老打瞌睡，然后在每天早晨独自躲在鸭圈中拒不外出。所有的鸭子一改往日快乐的嬉戏和闲游，全都待在圈里，守着它们的美人儿，它们窝在一处闷闷不乐，眼眶里充满泪水。母亲说这是鸭瘟。母亲说得赶快把鸭子们全都杀了。父亲便开始磨刀。

在院子里的水磨石阶梯下，父亲将磨得锋快的菜刀往地上一丢，便吩咐我和弟弟捉鸭子。父亲杀鸭子的方式是我从不曾见过的。父亲杀鸭子的方法极其简单，每只鸭子，他只用一刀。我和弟弟满圈扑腾去捉鸭子，然后交给父亲。父亲接过鸭子，用力掼在水磨石地上，一脚踏住鸭头，手起刀落，将鸭头剁下。鸭子惨遭不虞，美丽的鸭头被踢到一边，水汪汪的眼睛说什么也不肯闭上，无头的丰腴的身子却艰难地撑起，摇摇晃晃茫无目标地向花草丛中扑去。那真是一个令人震慑的场面，几十只生机盎然的鸭子在几分钟之内全部身首异处，鸭头像一枚枚奇怪的果实滚了一地，全都睁着眼睛，没有了头颅的鸭子一只只醉汉似的在盛开着百合花和满天星的花草中走动，似乎在寻觅着什么。空气中弥漫着浓烈的腥甜味，水磨石地上，落英缤纷似地洒满了桃红色的鸭血，只是风吹来时它们一动不动。父亲杀掉最后一只鸭子，立起高大魁梧的身子，手里提着滴着鲜血的菜刀，刀刃如锯齿。父亲站在那里，刚毅的脸膛直泛着冷冷的红铜色，清瑟如水的秋风从花园深处吹来，在父亲的脸上击打出一阵阵的金属撞击声。我和弟弟站在一旁，被那种肃杀的气氛惊慑得一句话也说不出来。

父亲一生杀过多少人，这显然是一个秘密，父亲从来不提起。在我们这些后辈人面前，他绝少提及他的戎马岁月。我们喜欢看的战争影片、战争图书，喜欢玩且收藏的根据战争演绎出来的玩具武器，他都视而不见，似乎他对战争，对搏击厮杀性命予夺十分地茫然和淡泊。只有一次，父亲提到过杀人这个话题，那是为我小姑姑的儿子。我的这位表弟非常聪明，高中毕业之后到管理处当了一名文书，以后又做了乡里的办公室主任，如果不是因为受贿罪锒铛入狱的话，他也许还能往上升。父亲极喜欢我的这位表弟，当他知道表弟被判了三年徒刑之后痛苦得彻夜难眠。父亲那一次有些显得失态地说：我们邓家杀人太多，这是报应！

父亲肯定在他的后半生中长久地困惑于年轻时代的杀伐经历，他闭口不提那些由飞溅的鲜血和被剥夺了生命权利的尸体组成的往事，一定有着更为深刻的原因。战争直到今天为止仍然没有摆脱以有效的杀伤生命为手段的初级阶段，但是早已从战场上退役下来的父亲，却在极力回避杀人这个战争无法回避的话题，这令我百思不得其解。

我的困惑，直到很多年以后，从我大舅的一篇回忆录里找到答案。大舅的那篇回忆录收在黑龙江省党史办编辑的一套丛书中。大舅回忆了他从苏联回国后参加的一场战斗。大舅在他的那篇回忆录中这样写道：

1945年6月，我随苏联红军远东方面军马利诺夫斯基元帅的坦克部队从蒙古进入东北，我当时担任一支骑兵部队的上尉联络官。东北解放后，我即转入东北抗日联军合江军区，任骑兵大队大队长，首次战役，就是围剿土匪李西江。李西江是谢文冬、李华堂、张黑子、孙荣久四大匪首剿灭后残存在东北的最大一股土匪，有一千四百多人，这股土匪在合江省嚣狂了两年多，虽经多次围剿，成效均不大，特别是谢文冬、李华堂、张黑子、孙荣久四大匪首被剿灭之后，剩余的骨干都归顺了李西江，使这股土匪的实力得到了加强。土匪们熟悉地形和民情，每人备有两匹马，当我们的骑兵眼看要追上他们时，他们就跳上另外一匹精力饱满的备马，眨眼将追兵丢得老远。如果用大兵团进剿，他们就钻进深山老林，在老林子里他们就像在自家炕头上一样自在，和围剿的部队捉迷藏，在大部队的身后打冷枪。这些土匪都是一些枪法极狠的家伙，个个身怀百步穿杨的本事。他们开枪，并不把人打死，而是打腿，伤了一个战士，得用四个战士去抬，另外还得有两个战士，负责掩护，这种消耗的杀伤战十分有效，能使大部队很快陷入自顾不暇捉襟见肘的尴尬境地。军区首长对此十分恼火，下令不惜一切代价消灭这股土匪。这个任务交给了军区警卫团和三五九旅的两个连来完成，我们骑兵大队则负责配合完成这次剿匪任务。

我的父亲是这次剿匪战役的指挥官。

贺晋年司令员在部队出发前把父亲叫了去，两人围着火盆烤火。火盆很旺，父亲烤了一会儿就脱去了皮大衣。贺晋年司令员说："老虎（这是1946年之后父亲的绰号），你别脱大衣。你脱大衣干什么？你得穿着。你得给我把李西江捉来，不是他一个人，是十六个。十六个惯匪炮头，你把他们的头都给我提来。"贺司令说着就掏出笔记本，要父亲一一记下十六个人名。贺司令一边说那些名字一边吹着热气吃烤山药。贺司令拍了拍山药上的木炭焦说："第一不准打跑了，第二不准打散了，老虎你记着。"他啃了一口山药，烫得嘴直咧咧，又笑眯眯地俯过身子来小声对父亲说："另外，别忘了给带点猴头回来。"

追踪李西江的行动连续进行了十天。有好几次，部队都咬住了绺子们的屁股，狡猾的绺子却不恋战，枪一响，这些血气方刚的汉子们就跳上另一匹马溜之乎也。有一次，部队已经将绺子的马队拦住了，可部队刚刚爬上两个对峙的小山包，架好机枪，绺子的快马就从山包之间的开阔地奔过，扬长而去，留下一片马蹄踏起的雪霁，气得战士们直骂娘。关外的冬天一片雪白，大雪给猎物和狩猎者造成了同样的困难。父亲在那个冬天实在算得上一个优秀的猎手，他的冷静像冻土一样，黑得沉稳和坚实。父亲知道弹药和粮草都不允许他和棋逢对手的绺子们长时间地耗下去，更为重要的是，如果一直观赏绺子们浑圆的马屁股，那么首先被拖垮的不是绺子们一万条马腿，而是无所建树的猎手。空手而归对所有的猎手都是极大的耻辱。父亲决定要玩一回逮黑瞎子的游戏。黑瞎子在整个白天都处于亢奋的状态，它力大无穷，独游的野猪也怕它。要捉住黑瞎子，必须守在它的窝里，黑瞎子一进了窝就充分显示出它痴拙的弱点。战争的生死哲学使出生于南方的父亲不学自会了北方的狩猎经验。父亲将战士四个人一组组成了侦察小分队，父亲派出了十几支这样的小分队。这些小分队不久之后就带回了情报，根据情报，李西江将在集贤徐家屯子夜宿，他们在徐家屯子预先号派了一千四百人和两千八百匹马的粮草。部队在当天下午进入徐家屯子，将屯子包围得水泄不通，屯子里的人只许进，不许出。屯子里有一个大围子，是伪满时警察署的驯马场，足有几亩地大。部队在围子当中埋好了几十堆炸药和手榴弹，再在上面架好篝火。部队全部左臂缠上白毛巾，两个连的人匿身于四下的马厩和厢房里，更多的部队则守在屯子四周的要道口。部队守株待兔。

天黑时分，绺子们人喊马嘶地进屯了。绺子们兴高采烈，在马背上哓哓叫唤着。烈性酒和猪肉炖粉条的憧憬使他们一个个热血沸腾，他们就像回家的孩子或者丈夫一样高兴。徐家屯子的维持会长和装扮成村民的侦察员殷勤地把绺子们引进围子里，并且立刻点上了篝火。熊熊的篝火迅速驱走了亡命者的寒意和劳顿，绺子们抵挡不住干牛粪烤热后散发出的芬芳，拴上马匹，像见了女人似地奔向火堆。马匹大声地打着喷嚏，吐出一股股热气，晶亮的汗珠子随着它们不停踢踏的马蹄滴落到雪地里，砸出了一个个灰白色的小坑。冬天傍晚，焰火能制造一切奇迹，有不少绺子已经被篝火征服，开始敞开他们的熊皮袄子，让火焰直接烤烫他们年轻结实的胸膛。除了少数游动哨之外，一千四百名绺子全都进了围子。趴在马厩下的父亲看得真切，他像一头嗜血的老虎似地喘着粗气，他跳了起来，兴奋地咆哮了一声：打！身边的参谋长应声打出了三发信号弹。

关外冬天的寒夜是一个奇怪的景象。天上没有星月，地上白茫茫一片，白山黑水上下，天比地更显得深沉。世间万物，仿佛全被零下四十度气温冻结得失去了生命。突然之间，几十团巨大的火柱在黑沉沉的大地上升腾而起，震耳的爆炸声将几里外农舍房檐下的冰柱都齐齐震断了。炸药巨大的威力将整个土围子抬了起来，使一个好端端的冬夜完全变了形。越升越高的火焰之中，手榴弹像烤糊的苞米棒似的在空中翻飞起舞，不断地爆炸，人的身体的局部，裂成数片的马鞍子，断裂的枪枝和点着了的皮大衣像一些奇怪的符号在火光中不断地升腾降落。篝火下事先埋着的炸药和手榴弹释放出大量死亡能量，这些能量在追逐着毫无防范的猎物的同时又引爆了他们身上的弹药，将已被炸死的人进一步炸得粉碎。一个英俊的壮实的机枪射手被第一声轰鸣抬上了半空，他的敞开怀的胸膛上所有的软组织都被炸光了，只剩下一副干干净净的腹腔，紧接着，火焰又燎着了他身上缠着的机枪子弹，那些本来预备给他敌人的子弹此刻却转过头来向他复仇，接二连三的爆炸将他切割成了至少上百块残缺不齐的碎肉，当他全部落到地上来的时候，他已面目全非。爆炸无疑是死亡形式中最为壮观的一种，火药和人的身体在顷刻之间便完全融为一体了，任何方式也无法将它们再度分别开来。爆炸持续了足足有五分钟，几十堆篝火在这五分钟里有足够的时间分解成更多的火堆，因为有那么多人的脂肪和马油，这些火堆完全不会担心在短时间内熄灭掉。接下来的密集扫射较之爆炸冷静得多。四下的马厩和厢房里，二十几挺日式歪把子机枪和苏式转盘机枪一齐吐出死亡的火舌，它们构成了一张密不透风的网，将围子当中四下奔命的绺子严严实实地罩住。子弹在空中毫不费劲地追逐着人的身体和马匹，把他们撂粮食包似地撂倒，不少子弹在半空中互相撞击后，发出刺耳的尖啸声。父亲差不多是第一个冲出马厩，他的手中紧紧握着一杆上了刺刀的三八式步枪。父亲在一冲出马厩时就被什么东西绊倒了，三八式步枪的刺刀划破了他自己的下颏。绊倒他的是一个被齐颈炸断的马头，马还睁着眼睛，嘴里吐着白色的泡沫。警卫员和马夫抢上来扶父亲，父亲咒骂着一把将他们推开，大步杀入混战之中，三八式刺刀的制造者对钢火和工艺的挑剔是举世闻名的，但这也不能阻止它的弯曲和变形。父亲在结果了第四个绺子之后气喘吁吁，他的刺刀被血烫弯了，再也无法使用，他左臂上的白毛巾也在肉搏之中掉到了地上，这就使他踩住了死亡的门槛。三五九旅的一位连长酷爱肉搏，在整个肉搏战中，他至少结果了八条绺子的性命，自己也伤痕累累。在混战之中，连长看见一个左臂上没有白毛巾的大个子，便一句话不说，挺枪朝那个大个子刺去，而那个大个子正是我的父亲。马夫眼明手快，一把推开我的父亲，冲连长吼道："我日你姥姥！这是首长！"连长也不答话，回转身挺着枪又朝人堆里扑去。父亲在这个时候看见了十几个绺子正在朝土围子的一处断裂口爬去，他们打算从那里逃出去。父亲两个耳孔和鼻孔不断地流淌着鲜血，那是被剧烈的爆炸震出来的。父亲吼道："拦住他们！别让他们跑掉了！"可是没人理会父亲，所有人都在忘我地厮杀。父亲扑进火堆中，捡起一挺被主人遗落了的机枪，跄踉着朝土围子断茬处奔去。父亲死死地扣动枪机，子弹将那十几个绺子打得在雪地里跳舞，一个个东倒西歪地躺下再也爬不起来，剩余的子弹则将深雪撒白面似地扬起，深雪下的冻土立刻呈现出不规则的蜂窝状。父亲直打光弹匣里的所有子弹才住手，他回过头来，抹了一把脸上的血，朝土围子里看去。土围子里，火焰和鲜血四下里飞窜，雪水被烤化了，成了一洼又一洼五花八色的泥浆子，泥泞之中，到处都是人和马匹的肢体和五脏六腑。人们在泥泞中追爬滚打，杀人的人和被杀的人全都紧闭着嘴一声不吭，他们是连叫都不会了。

　　战斗持续了半个时辰，枪声在一刹那间戛然而止。一千四百具绺子的尸首和两千八百匹马的尸首堆满了整个土围子，血腥味直冲斗牛。血水在围子里四处流淌，火焰渐渐熄灭之后，血水结成了半尺厚的黑色冰层，人走在上面不断地打滑。胜利者毫不顾忌地坐在尸首堆中喘着粗气，他们累坏了，他们连包扎自己伤口的力气也没有了。然后他们慢吞吞地站起来，开始打扫战场。直到第二天凌晨，尸首堆成的小山还在轻微地蠕动，不时发出冰层脆裂的声音。战士们在尸首堆中逐一辨认，一共割下了三十个头颅，经过再次辨认，有十四个头颅属于名单上的，它们很快被分别包进几床被单中，驮上了马背，掩埋尸首的工作很繁重，它们被交给应召而来的保安团，部队在凄厉的军号声响过之后离开了徐家屯子，有一些老人和孩子站在远处看着部队撤离，他们把手袖在怀里，目光呆滞，菜色的脸上挂着不经意流淌出的清涕。无论是老百姓还是部队全都一言不发。

三十三年之后，我们家住的那个大院里有五个子弟作为新一代军人参加了南方的另一场战争。这是一场民族与民族之间的战争，中国年轻一代军人在这场战争中以自己的鲜血和生命捍卫了自己民族的尊严。战争时间之短促出乎所有人意料，但不管怎么说，战争的结实总是让人高兴的事。我们院子里参战的五个子弟回来了三个，其中一个被炮弹片切断了脊梁，成为终身瘫痪，另一个被步兵地雷炸飞了一条腿，坐在轮椅之中。他们和我是昔日的伙伴，我们经常在扫得干干净净的篮球场上打球，我们曾经把司令部球队赢得半个月没脸和我们打照面。可是现在，他们中间的四个人永远与球场无缘了，这使我很难受，有好长一段时间，我都因为我们不复存在的球队而闷闷不乐。

当院子里三位光荣的子弟在鲜花和掌声中被人抬着推着回到院子时，我发现父亲的情绪突然变坏了。父亲提前离开了英雄事迹汇报会，在那一天闭门不出。父亲的脸色阴沉得可怕，而且总是找着碴儿和我的母亲吵架。父亲把母亲刚种下的月季花连根拔掉，说月季开花时会有满院子残血似的花瓣，让人看着心烦。父亲这个样子，十足像一个坏脾气的孩子。父亲在晚饭的时候把自己关在房间里，拒绝出来吃饭。我们轮流去叫过他，他就是不开门。父亲在房间里高声说："我不吃！我说了不吃！我说了不吃就是不吃！你们为什么非要我吃？你们究竟要干什么？！"父亲在房间里摔打着东西说："我就不信，我看你们要把我怎么样！"我们心平气和地坐在饭厅里吃饭，我们几个孩子和母亲，谁也没有搭理父亲，我们都把父亲当做一个正发着脾气的坏孩子。我们吃蹄冻和东坡肘子，这是两道父亲平时喜欢吃的菜。我们还喝啤酒，让胃在冻冰的泡沫中痛快地淹没。我们谁也没有想过要把父亲怎么样。按照我的想法，想把父亲怎么样的人当然有，但那不是别的什么人，而是父亲自己。

那天吃过晚饭后我在厨房里帮着母亲收拾碗筷。我干得很利索，我干活的样子很像一个训练有素的家庭妇女。母亲夸奖我说:"你比你爸强百倍,你会洗碗,你爸连筷子也不会捡。"但是过了一会儿母亲又补充了一句:"你爸会打仗,还会骑马,这方面,你爸比你强一千倍。"我说:"爸爸他怎么啦?"母亲说:"你说什么?什么怎么啦?"我说:"他怎么不出来吃饭?他应该出来和我们一起吃饭。难道是我们做错了什么?或者是妈妈你做错了什么?"母亲用力涮着锅。母亲说:"我做错了什么?我什么也没有做错。我能做错什么呢?"母亲说:"要怪只能怪他自己。他就是这样。他就是这个脾气。他犟。你们的父亲,他就是这样。"

  1945年东北的战争态势呈现捉摸不定的变化,不可一世的关东军在是年夏秋季节遇到了他们的克星,苏军马利诺夫斯基元帅率领着他的贝加尔方面军在坦克军团的引导下冲入关东军的永久性工事,将大和民族的骄子碾成肉酱,曾经骄横一时的太阳旗颓然坠落。数日之内,东北绝大部分大中城市落入苏军之手,少部分为抗日联军占领,但这并不是最后的终局,楚汉两界开始频繁易动主帅,新的军事势力开始迅速果断地渗透东北。东北是什么?东北是中国最大的重工基地,钢铁产量占全国90%,煤炭产量占60%,发电量占40%,同时还拥有全国最大的产粮区和军事工业。如此肥沃的黑土地,势必成为国共两党两军全力争夺的肥肉。1945年秋天,状似鸡头的东北便因为一时的权力真空变得热闹非凡起来。

  1945年11月,冀东八路军七师十九旅和国民党第13军火力接触,国共双方终于为争夺东北拉开了战争的帷幕。

  11月7日,我的父亲怀里揣着十九旅代旅长兼山海关卫戍司令的委任状,带着几名参谋警卫星夜赶往山海关。其他们身后,相隔一天时间,父亲的老四十八团也以急行军的速度赶往山海关。于此同时,国民党13军石觉的部队在美式道奇十轮卡车的运载下,已抵近山海关。石觉坐在黑色吉姆车上,用马鞭轻轻敲着锃亮的马靴,他似有所思地偏过头来问自己的参谋长:"听说山海关有一座寺庙,里面的签灵得很,有这事吗?"参谋长说:"慧觉和尚的签解得倒是特别灵,只是连年战乱,不知和尚今安在?"石觉听罢点点头,说:"命令部队加快速度,十二日必须抵达山海关。"

  父亲他们在秦榆公路上遇到了梁兴初进占东北的一支部队,征派了一辆日式吉普车，这就使父亲他们的进度加快了一步。正是这一步，使父亲在不知不觉中接近了他命运链条中最为关键的一环。父亲并不知道，他心急火燎地坐在吉普车上，不断地摊开一百五十分之一的军用地图来看，吉普车不停地颠簸使他眉头紧锁，老是忍不住要骂娘。那辆吉普车开出半天后就熄了火，父亲和他的部下不得不弃车再度爬上马背，这使父亲很是恼火。因为长期骑马，马鞍已将裆里磨得皮开肉绽，疼痛难挡，父亲在更多的时间里只好半伏在马背上。接着，父亲他们又在沙河西岸的一个村庄附近与国民党89师的尖兵相遇，双方在仓促中胡乱开火，各有伤亡。父亲仗着马快，带着手下的人突出对方的包围落荒而走。那一场小小的遭遇战，父亲丢掉了他的通讯参谋和一个警卫员，自己的左腿也被一发子弹击中。好在是贯通伤，子弹没有伤着骨头，仅仅是用止血带包扎了一下，父亲重新骑上马背，带着他剩余的轻便指挥部马不停蹄朝山海关奔去。

　　如果仅仅是上述这些小麻烦，父亲无论如何不会犯下他此生最大的一次错误。马鞍磨破了屁也好，丢掉了几个部下也好，在战争时期，这都是极正常的事，没有一个职业军人会为这一类小事皱一下眉头。问题的关键并不出在这里。问题的关键是，就在父亲星夜赶往山海关接受他的最高军事指挥权力的时候，山海关的军事局势已发生了根本的变化，国民党东北保安司令杜聿明亲自指挥石觉的13军，意欲拿下这个进入东北的门户，继而攻克绥中、兴城、锦西，然后占领锦州这个东北的咽喉重镇。我方山海关守军仅八千，面对全副美式装备的三万国军优势兵力，无疑于以卵击石。守军请求避免正面作战，东北人民自治军总部同意放弃山海关，部队在11月14日开始实施撤退。

　　所有这一切父亲都不知道。他只是心急火燎快马加鞭地往山海关赶。对整个战争局势的发展，他完全摸不着头脑，他根本就没想到，在他赶往山海关的同时，他奉命要去指挥的那支部队正在不顾一切地往下撤。

　　父亲碰到第一支大逃亡的部队时简直惊呆了。父亲让参谋拦住一位骑马的营长。父亲问：你们是哪支部队？营长喘着气抹一把汗说：十九旅四十六团×营的。父亲说：谁让你们撤下来的？营长说：还能是谁，当官的呗。父亲说：现在我命令你停止撤退，原地待命！营长说：你是谁？你凭什么命令我？父亲说：我是十九旅代旅长。营长不在乎地看了父亲一眼，说：代旅长怎么啦，代旅长也管不了我，我只听我们团长的。营长说完，跳上马背，朝马屁股上猛抽一鞭，快步去追自己的队伍。父亲怒气冲天，钢发乍立，一把拽出警卫员胯下的盒子枪，对准营长的坐骑就是一枪。马应声倒下，把马背上的营长摔了个老王抢瓜，营长从地上爬起来，糊里糊涂地看着父亲和他手中冒着轻烟的盒子枪。父亲吼道：让你的人立刻停下来！再走一步，我打烂你的头！

　　父亲就这样在他的人生历程中走出了他最致命的一步。如果不是这样，如果父亲在这个时候根本不去做他自己的判断和决定，而是像任何一个听话的军人那样以服从命令为天职，那么他就不会在山海关战役后被指认为建制独立思想，受到行政撤职的处理，从此一蹶不振。实际上，父亲在命令部队停止撤退后不久就知道了摆在他面前的严酷局势，并且拿到了总部同意放弃山海关的电报，他完全可以要参谋长通知部队按原撤退方案进行，然后调转马头，轻轻磕一下马肚子，轻松地离开那个造成他人生误区的是非之地。这样做没有人会指责他。究竟是什么动机使父亲放弃了这个机会，反而做出了坚守山海关的决定？这是一个无人知晓的谜。若干年后，我曾苦苦寻找过这个答案，但我一无所获。父亲肯定不是因为水肿糜烂的阴部的疼痛或者是在前往山海关的途中丢掉了两名部下的耻辱而做出这个决定的，父亲一定不会这么肤浅。企图以八千之卒抗击三万大军的进攻（实际上，此后仅相隔两天，国民党52军的另三万主力也随后赶到），这也不该是已经拥有无数次成功或者失败了的指挥经历的父亲所为。从我日后收集到的所有资料来看，父亲就他个人的军人生涯而言，他所指挥的战斗胜多败少，他属于那种素质和运气都不差的军人。那么，究竟是什么驱使父亲做出了那个以卵击石的决定呢？在万般寻觅而又不得其解的情况下，我只能把它归结于男人的英雄主义和军人的荣誉感，除此最为简单的解释，我无法明白父亲的那种近似于自杀的行为。

　　11月15日上午，13军在飞机大炮的掩护下进攻山海关，总指挥是名将杜聿明。

　　战斗进行得极其残酷。在飞机大炮的狂轰滥炸之后，13军以整团的兵力实施强攻，潮起潮落，云卷云舒。13军24团团长胡非成在两次进攻被打退后亲自上阵，率领一批青年军官抱着机枪冲在最前面。胡非成是东北人，他一面拼命扫射一面扯着喉咙高声喊道："弟兄们！拿下山海关，打回老家去！"24团的士兵潮水般地跟着他们的团长没命地往山头冲，那架式，极似一群去赴宴的饿鬼。

　　守军则苦多了。十九旅没有太多的重武器，这支部队一出关便奉命坚守山海关，大捞日军洋捞的好处半分也没得到，部队使用的基本上仍是抗战八年使用的装备。旅里的山炮营只有四门日式大炮，全部炮弹两辆驴车就能拉走。各团有几门八十二毫米迫击炮。炮弹少得可怜。连里才有重机枪，因为制式不一样，子弹无法通用。战斗一开始十九旅就用上了全部兵力，八千男儿，各据一隅，顽强抵抗。在13军潮水般连续不断的进攻下，父亲根本没有可能留下一兵一卒的后备队。从上午一直到夜里，13军一共发动了八次大规模的进攻，美丽宁静的山海关被飞机炸弹，120毫米榴弹炮和82毫米坦克炮弹整整翻了一个个。

　　入夜时，进攻停止了。父亲命令部队抓紧时间清点伤亡人数、清理弹药和抢修工事。父亲也许在这个时候还抱有一线幻想，他派出一个连的兵力下山去袭击13军的一个野炮阵地，企图扰乱敌方的阵脚。这个连一下山就撞上敌方的戒严线，慌乱之中又钻进了敌方一个主力团营地，双方拼死搏杀，到半夜时分，这个连全军覆没。父亲没有等回那个派出去的连队，山脚下密集的枪声疏落之后，父亲知道，再不会有什么奇迹出现了。

　　16日凌晨，父亲离开了他的指挥所，上了阵地。父亲提着一支卡宾枪，跛着一条伤腿从这条战壕跳到那条战壕。旅指挥所所有的人包括机要员警卫员全都充实到阵地上去了，父亲只要了一个俱乐部的宣传员跟着他。进攻比前一天更为猛烈，好几次阵地都被撕开了几条口子，靠着拼死反击才将失去的阵地夺了回来，伤亡由此而不断巨增。据守前沿几个高地的部队整排整连地被打光了，部队原有的建制已经失去，完全靠着前线指挥员临时协调才勉强拼凑出兵力，非常时期，中下级指挥员总是战斗在最前沿，伤亡也最大，这个时候，有谁站出来振臂高呼一声："我是共产党员！现在听我的指挥！"那他就成为那个被烈火吞没的阵地的实际指挥官。旅指挥所几乎失去了存在的意义,父亲带着那个脸无血色的宣传员来往奔跑于各个阵地,父亲能够说的只有一句话:"不惜一切代价死守阵地!"父亲实际上已经成为一名战斗员。

我不知道父亲在1945年11月16日那天有着怎样的想法。事过半个世纪后,我已经知道了,就在父亲和他的八千兄弟顽强坚守山海关时,在他们身后不远的绥中守军已经开始撤退,绥中实际上已经变成一座空城。不仅如此,兴城、锦西、葫芦岛乃至锦州的守军也都放弃了抵抗至最后关头的信念。而延安此刻也在考虑"让开大路,占领两厢"的战略方针。这一切,父亲并不知道,他唯一知道的只是死死守住他自己的阵地,用他军人的荣誉、信念和十九旅八千兄弟的血肉之躯。父亲在马夫的搀扶下,拖着他那条肿亮的伤腿在战壕里移动。父亲在每一个战死或战伤的战士面前停下来,目光深沉地看着他们。父亲在一位十几岁的小战士身边停了下来,他蹲下身子,默默地为小战士缠紧被机枪子弹打断了的双腿,然后拾起被火焰燎糊了的军帽,弹了弹泥土,为小战士端端正正戴上。父亲浑身浸透了鲜血,每走一步,血水就顺着脚踝流淌进鞋子里。他想过什么我不得而知,实际上,守军在整整两天的拼死抵抗中已经把自己和阵地融为一体了,任何思想在那个时候都变得十分的虚弱。父亲在红得像血的夕阳之中缓慢地穿过整个阵地。阵地上,到处都是十九旅士兵安静的尸体。

撤退的命令在太阳落山的时候送到父亲手中。四边的枪声此刻已稀落了,远处的山头用力支撑着一大片令人心怵的铁青色积雨云,天空是那种摇摇欲坠的样子,部队这个时候正在抓紧空隙补充弹药、掩埋尸体。父亲从电文纸上抬起目光,看了看面前被打废了的山海关,良久,才沙哑着喉咙对身后的参谋长吐出两个字:"执行!"

17日凌晨1时,山海关守军留下两千余具遗体,在夜幕的掩护下悄然撤离阵地。

十个小时后,13军军长石觉在一大群参谋人员和马弁的簇拥下登上了山海关主阵地。石觉站在主阵地上,回过头来朝来时的路上望去,他看见的是遍地躺着的13军士兵的尸体。石觉不知意味着什么地皱了皱眉头。他的参谋长站在他旁边,心里想,这个时候,也许没必要提醒军座关于慧觉和尚的事了。

　　随着父亲的日益老去，父亲的性格变得越发使人无法理喻。父亲是矛盾的。作为一名职业军人，一方面，他对军队有着痴迷的信赖和依存，他以自己的戎马生涯而自豪。父亲不止一次对我们说过，他当了几十年兵，打了几十年仗，从没投过敌，从没被俘过，从没掉过队，一句话，没有一天离开过军队，无论是组织上还是思想上，都是地地道道的忠诚者。他说这话时，脸上充满了骄傲的神色。父亲十分迷恋供给制的那些日子，那种吃穿用住行一切部队提供的日子使他每时每刻都能找到自己的感觉。父亲宁肯将自己的薪水寄去老家，或者资助亲戚和战友的孩子念书就业，也不愿用来添置一件不属于部队的家当。1974年我的母亲托人买了一部黑白电视，这件事让父亲十分不满，在很长一段时间里他拒绝看电视，宁肯守着组织发的那部老式红灯牌收音机度过一个又一个漫长的黄昏。可另一方面，父亲又时常表现出对军队和军队历史的不屑。他时常用一些十分粗鲁的语言来评价有关军队的事情。在我小的时候，有一次大院组织观看一部著名的大型历史歌舞片，父亲看了一半就甩手而去。父亲离去时说了一声"扯鸡巴淡！"父亲在他的如此评价中甚至没有丝毫顾忌。父亲对历史演绎出来的所有形式的文化都不感兴趣，不看电影和戏剧，不读小说和回忆文章，也不参加座谈会报告会一类的活动。"文革"期间，从我们家抄走的东西全是父亲的，其中有不少证章、信件，还有一支王树声大将送给我父亲的二号加拿大橹子。"文革"之后，母亲多次催父亲去要回那些私人纪念品，父亲却毫无兴趣。父亲说："要那些破东西有什么用？有用吗？真是扯淡！"父亲明显对那些属于历史的纪念物无牵无挂。等我参加工作之后，父亲便交给我一项任务，要我为他收集各类战史。父亲整天整天地读那些由集体创作组整理出的书籍和图例，读得非常起劲。父亲因此而荒芜了他的菜地。读战史的父亲几乎没有什么表情，既不张狂欣喜，也不感慨叹气，到吃饭的时候，他就出来吃饭，坐到饭桌前二话不说操起筷子大口嚼红烧肘子。父亲一辈子没忌过嘴，他喜欢吃肥肉，喜欢吃动物下水，在肉食凭票供应的年代他享受部队提供的每月二十斤猪肉或牛羊肉，此外他还有办法从偷偷摸摸的小贩手中弄来蹄膀和猪耳朵，他丝毫不顾忌地把它们全部吃掉，对此十分的满意。父亲读完那些战史之后便把它们统统交给小阿姨去升火。有一次我从炉子旁边捡起一本由军事学院写作组编写的《红四方面军战史简编》，我看见书上全是父亲用红蓝铅笔粗粗画出的勾勾和叉叉，笔划恣肆汪洋，淋漓尽致。我尴尬地站在那里，不知道是该把手中的书丢回炉子边还是怎么办，心里充满了为那些浸透编写者心血和思想的著作被如此不恭地毁掉而产生的遗憾。

父亲自己这样，还影响他的子女们。他坚决反对他的孩子们当兵，在这方面，他丝毫没有子承父业的传统观念。在父亲失去了他的军职之后，他在家庭中的统治地位渐渐瓦解，我的哥哥、姐姐和弟弟们都在顽强突破父亲的铁幕统治后穿上了军装，远走高飞，这一度让父亲心神烦乱。父亲在那之后改变了自己的策略，他开始关心他当兵的孩子，比如入党、提干，在部队的各种表现，但真正关心的实质是最后一项——他们的转业。父亲采取了各种手段来达到他的目的，先是以身边无人照顾为由将在成都当兵的姐姐弄回了家，很快让姐姐转业到了地方，接着"绑架"了两岁的大孙子，再以此要挟逼迫我的大哥在天津脱去了军装，回家来当了一名技术员，最后一个是我在新疆当兵的弟弟，父亲干脆地说，弟弟根本就不是一块当兵的料，如果他只知道一个劲地写信回家里诉苦的话，他还不如干脆回家来做他的老小。父亲就是这样完成了他的整个计划，他使他的子女们在满腔热情地穿上军装之后并没有成为无所牵挂的军人，他用他自己强大的思维制约着他们，他设计了一个个圈套，然后从容不迫地引诱他们一步一步地钻进了他的圈套，他向他们证明了，无论他们怎样的聪明和有文化，在他面前，他们永远都是嫩得能掐出水的新兵蛋子，他坐在他那间全部由部队营具布置出的房间里，深邃的目光坚定地穿透砖墙投向看不见的遥远之处，显得沉着而冷静，直到他最后一个孩子穿着摘掉了领章帽徽的军装背着行李推门而入时，他便告诉自己，这个战役结束了。

对于父亲如此作为，我的母亲非常有意见。母亲是蒙族人，大漠草原的骁勇血流使我的母亲一直认定好男儿应该志在四方，只有挽弓挽缰、驰骋疆场的汉子才算得上真汉子。母亲当然是组织上的决定才嫁给了父亲，成为我的母亲的，但这并不能说明一开始她没有被伟岸的父亲骑在高头骏马上的威风所诱惑得怦然心动，花烛之夜父亲噔噔而至的脚步声肯定使母亲满面红霞，激动得喘不过气来。母亲嫁给了一个职业军人，她的大哥是军人，小弟是军人，她自己也曾经是一名军人，她把军队看得无尚崇高便是十分合理的事情了。母亲希望她的孩子能成长出几个好军人来，母亲坚信龙生龙凤生凤的理论，母亲关于好军人的概念十分简单，那就是当大干部指挥大队伍的军人，可是母亲的美好愿望没有能够实现，这不能不让她伤心难过。母亲也曾竭力反对过父亲对子弟兵的策反，但成吉思汗后裔的母亲却最终没能战胜由农民而成军人的父亲。母亲在希望彻底破灭之后大声地对父亲说："你要怎么样呢？你自己已经这个样子了，你不求进步，难道还不让孩子们求进步吗？！"

我知道，母亲的这句话肯定是重重地刺伤了我的父亲，它像一柄钝而沉的矛，直接刺中了父亲伤痕累累的心创中最不该被触动的那一部分，我的父亲在那一刻肯定是在流淌着鲜血，并且疼痛得止不住地痉挛。但是父亲却什么也没有说，他转身回到他自己的房间里，关上了门。

父亲在接到休息命令后不久就和我的母亲分室而居了。

山海关战役之后父亲被行政撤职，调去合江省和土匪们打交道，这也许是最有讽刺意味的事。父亲继续被作为强有力的杀手，带领一个加强团在冰天雪地中到处游荡。从虎林的阿察河到西克林的库尔滨河，所有派系的土匪一听到我父亲的名字就闻风丧胆，不寒而栗。他们对父亲和他的剿匪部队咬牙切齿，视为眼刺。他们之中不乏绿林高手，在东北长达数十年的战乱中，无论是老毛子、张府二帅、关东军还是鲜人敢死队都不曾把他们怎么样，管你天上飘着什么颜色的旗，他们腰里插着一水新的喷子，胯下骑的膘肥体壮的压脚子，身上穿着暖乎乎的山神爷毛叶子，进屯就嚷嚷着搬姜子、飘洋子，酒醉饭饱后还要去玩上一个俊俏的海台子，要多乐有多乐，可他们最终还是栽在了父亲残酷无情的剿杀之中。

父亲率领着他的剿匪队伍在北满的深山老林里长途跋涉着，所有的马匹都大汗淋漓，大口大口地吐着白色的热气，时刻不安地撩动着挂满冰凌的四蹄。父亲的胡子乍立如矛，目光凶狠，脸色铁青，身上长满了虱子。父亲大口啃着冻得嘎吧脆的猴头菇和肥硕的大马哈鱼，将带血的狍子肉整块整块地填进他的胃里。父亲灌凉白开水似地大口灌着劣性老白干，然后摘下熊皮帽子，硕大的头颅上开锅似地冒起大片热气。两只装满弹匣的大镜面匣枪挂在马鞍两旁，父亲就那么晃荡着双枪策马疾奔。大雪纷纷扬扬，部队在雪原中就像一捧滚动着的雪粒子，除了马匹偶尔发出的响嚏和脚步踩出的嘎吱嘎吱的雪响，没有人说一句话。父亲带着他的剿匪部队就这么没日没夜地走，固执地追逐着每一股土匪，恶狠狠地咬住他们，然后眼不眨心不跳地把他们变成冰冷的尸首。

熊熊的篝火在日本军用帐篷外面哗剥地燃烧着，松脂能使篝火彻夜不熄，父亲在帐篷里紧裹着虎皮酣然大睡，身下冰雪悄然无息。一头丢失了崽子的黑瞎子气鼓鼓地从林子里走来，与一群觅食的野猪擦肩而过，黑瞎子茫然无措地看了看篝火，摇摇头，笨拙地离去，它不知道，亮如白昼的黑夜之中，至少有两个暗哨都曾将顶上了火的枪口瞄准过它毛绒绒的心口。黑瞎子离去之后大雪仍然纷纷扬扬，在接近篝火之前便化成了水珠，给火焰带来了一些快乐和兴奋。高大的塔松支撑不住，轰然坍塌下一堆积雪，将帐篷砸得一晃悠。

父亲鼾声依旧。

浓睡中的父亲从来就不做噩梦。

赋闲之后的父亲为自己谋得的最后一个领地是一间唯独属于他自己的房间。

光阴荏苒，母亲早已习惯了随军飘移和颠沛，自从1948年母亲在东北嫁给了父亲之后，她就开始不断重复搬家这类事情。早些时候没有什么家当，父亲将调令往兜里一揣，叫警卫员拎上唯一的皮箱，带上母亲就出发了。慢慢就有了些负担。从东北入关的时候母亲怀里抱着我吃奶的大哥。调离南京的时候母亲怀里换成了大姐，大哥则由秘书牵着。进入湖南后我的二姐降生了，这就使调动的队伍变得臃肿起来。1956年，父亲调往四川时，我母亲怀我已足月，调动却并不因此而受阻。在长沙站，列车长知道母亲将要临产时说什么也不允许母亲挺着大肚子上车，他当然有足够的理由阻止我的母亲把婴儿生在隆隆开动的火车上。父亲在火车启动时开始大动肝火，他指挥警卫员把我的母亲硬从车窗口塞了进去，在列车员打算再一次把母亲抬下车时警卫员拔出了手枪，警卫员怒不可遏地用瓦蓝的枪口指住列车员的鼻子说："你想活不想活？！"这样，我母亲和我才一路无虞地被"运"到了四川。母亲像大部分随军家属一样很快学会了搬家，她甚至能奇迹般地将十几口巨大的泡菜坛子无一损坏地托运到千里之外的新家。搬家使母亲从父亲的家属一跃而成为行动的总指挥，怎样将父亲几十套各个年代发配的军装打包，怎样将一家人的棉絮装进八二迫击炮弹箱里，带上什么丢掉什么，这都是母亲的事，父亲从来不管。父亲关心的只是每到一个新的宿营地，便自己挑选一间单独的卧室。父亲长久地坐在他那间紧闭房门的屋里，默不作声，有时候家里没有别的人，有外人在院子里叫门，他也一声不应。他的目光中再也没有了昔日的骁悍，花白的鬓角和松弛的两颊使他显出莫名其妙的慈祥，一双被火药燎灼得面目全非的大手安静地搁在老式藤椅的扶手上，只有他的腰，不管在任何场合任何时候都挺得笔直，即使他坐在那里，也从不塌陷下去。父亲守着他的房间，不允许任何人随意进入，有时候连小阿姨进去叠被子拖地板他也要大发脾气。母亲对我们说："你们的父亲简直太不像话了。他自己不求上进，他还要怎样呢？"母亲这么说，但母亲仅仅是说说而已，她并不是要我们真的附庸她。如果我们不懂事，把母亲的意思弄拧了，表现出对父亲怪异性格的不满，那我们可就是自讨没趣。母亲会瞪着惊诧的眼睛盯着我们，仿佛她弄不明白她和我们的父亲怎么会生下我们这一群不肖的犊子。母亲斥责我们的口气比她说父亲的更激烈。母亲大声说："你们有什么资格批评你们的父亲？你们难道有吗？嘿，别看你们一个个长得骡高马大的，也只有这点你们才多少有点像你们的父亲，别的任何地方，你们半点不如！你们配吗？还自以为什么似的，你们，连他的一个小拇指也够不上！"母亲这样说。母亲双手叉腰，高高地扬着下颏。母亲在这种时候绝对像极了一头护卫自己伴侣的骄傲的母豹，她的瞳仁闪闪发光，她站在那里训斥我们的样子美丽动人。

1967年秋天的时候，记不清是哪一天了，那天父亲匆匆地从外面回来，回来之后便去翻衣柜。父亲把十几套充满樟脑味的军装扔得满床都是，黄色和绿色的军装立刻就使父亲呆板的房间充满了生动。父亲在那一大堆压了多年箱底的军装中翻找着,像个小学生一样拿不定主意,他的举动使母亲感到蹊跷。母亲弄不清父亲在干什么,有很长一段时间,父亲都是早出晚归,整天呆在由花园开垦出的菜地里,种白菜或者萝卜,父亲挑着晃晃荡荡的粪桶在菜畦里穿过,往手心里吐唾沫,然后捏紧锄柄用力锄地,他仍然穿着军装,那是用结实的卡其布做成的,上面满是黄泥、汗渍和粪水。锁在衣柜里的军装他原来是用不上的。母亲不明白,母亲便问。父亲抓着一件军装怔怔地盯着母亲,仿佛没明白母亲问的是什么。好半天父亲才哈哈大笑起来,把军装往母亲怀里一塞,洪亮着嗓门说:"什么事?还能有什么事?大喜事!告诉你老婆子,我要进北京见毛主席了!"

1967年秋天真是一个美好的季节,毛主席突然想着要接见中国人民解放军全体军以上干部,这对休息了多年的父亲无疑是一件突如其来的喜事。毛主席是军队的统帅,统帅要接见他的兵了,父亲在如此巨大的喜讯面前无法抑止住他内心的喜悦。父亲也许还下意识地揣测过这次接见的重大意义,是毛主席要重新整顿军队了?是什么地方又要打仗了?是和苏联印度干还是要收复台湾?不管怎么样,不管和谁打,新兵蛋子总没有老兵好使唤。父亲激动得要命,他拿不定主意穿什么样的军装去朝见最高统帅,他吩咐母亲为他找出一副崭新的领章帽徽,他对母亲的针线活不满意得近乎于挑剔,直到母亲用尺子量好位置憋住呼吸缝好领章帽徽,他有满脸严肃地认真检查了三四遍方才过关。

从此以后有了很长一段时间的不眠之夜,让父亲食不安睡不宁,他连一天也不愿等待,恨不得拔腿就去北京。好在进京之前还有许多的事要做。有关部门组织老干部学习各种文件,大家畅谈对统帅的崇敬之情和幸福感受,回忆当年在统帅亲自指挥下不断打胜仗的革命历程。被服厂的老师傅来为每位进京的人量尺寸统一制装,军医带着脸蛋红扑扑的小护士来为首长们检查身体,热情而严格地写下诊断书,宣传队的男女文艺兵们送来了一台台文艺节目,让首长们大饱眼福。院子里那些日子就像过年一般充满了喜庆的欢乐。

父亲在那段日子里变化极大。他开始荒芜菜地,在更多的时间里待在家中。他开始关心报纸上的事情,报纸一送来,他就抢在手中,从一版一个字不拉地看到四版,然后锁紧眉头自言自语道:"台湾风平浪静哪?一个字也没提,会不会是计?要不真是和老毛子干?"他变得爱说话了,大声地像个饶舌的孩子,即便在饭桌上也喋喋不休,和送报纸的小干事也聊个没完没了。阳光在那个秋天出奇地温暖和漫长,蛋黄色的太阳在整个下午都耐心地悬在空中,风从安谧的院子通过,抚动开始泛黄的葡萄叶,婆娑作响的声音让人联想起密集的红高粱和挺拔的白桦林前仆后拥的情景。父亲送走了送报纸的小干事回到他自己房里,不一会儿,房里便传出父亲响亮的歌声:

  走上前去,
  曙光在前途。
  同志们奋斗!
  用我们的刀和枪开自己的路,
  勇敢向前冲!
  ……
  同志们赶快起来,
  赶快起来同我们一起建立劳动共和国!
  战斗的工人农友,少年先锋队,
  是世界上的主人翁,
  人类才能大同。
  ……

母亲坐在院子里。母亲为父亲缝着衬衣上的扣子。母亲偷偷地抿着嘴笑。父亲在窗户里看见了。父亲越发大声地唱起一支小调:

  青年你想去。
  妇女来拥护。
  参加红军要吃苦,
  后方享幸福,

青年你走了，吃苦又耐劳。
行起军来日夜跑，
红军士气高。
红军莫想家。
马上到黄麻。
占领地盘再请假，
请假看爹妈。
群众应关心，
要代家属耕。
他在前方把命拼，
为的是穷人。

父亲大声地唱着，他的嗓门直直地，丝毫未加修饰，但这并不妨碍他唱下去。父亲的心境就像没有一丝云彩的蔚蓝色的天空，他像孩子一样只有纯静的盼望和期待，在那片蔚蓝色的期待下，父亲似乎又有了一次生命的注入。

进京的那一天终于来到了。老干部们一个个容光焕发，身穿崭新军装，脚蹬锃亮皮鞋，手拎一式黑色皮箱，依次蹬上披红挂彩的军用交通车。他们全都像新兵入伍一样的兴奋，已经不再年轻的脸上带着一丝羞赧。人们在他们每个人胸前都戴上了一朵大红花，就像当年他们打了胜仗参加庆功会一样，红花映红了他们的脸膛，使他们显得格外地英姿勃发。年轻的士兵们在车下拼命地擂动锣鼓，锣鼓声振聋发聩。

也许还有另外一个疑问，这个疑问就是，如果父亲真的去了北京，如果父亲参加了那次统帅对军队干部的接见，如果统帅和蔼可亲地告诉他的兵，天下大治，形势大好，没有什么仗需要你们打的，你们的任务就是好好休息。如果这样，父亲会怎么样？父亲会感到强烈的失望吗？我之所以这样设想，纯属是一种好奇，因为最高统帅根本就没有对他的老兵们说这些话，实际上，父亲他没有去成北京。事情在最后关头发生了意想不到的变化。

事件的肇事者是休息干部老王。

老王是1932年参加革命的，有过爬雪山过草地的经历。延安时期，老王在中央警卫团干过三年，在站岗放哨的时候经常能看见繁忙工作之余出来遛腿的中央首长，据老王说，毛主席当年还和他拉过家常。老王在解放以后戍守祖国的西大门，中印反击战的时候，老王上前线指挥战斗，被印军的一发炮弹从吉普车里炸了出来，丢了一支胳膊，从那以后他就离职养伤了。老王休息后并没有歇着，仍然时不常地被机关工矿学校请去作报告，报告的题目是他自己起的，叫做《我为伟大领袖站岗放哨》，说的是他在延安当兵的那三年经历，为此他被好几所学校聘为校外辅导。毛主席要接见军队干部的消息传出后，老王激动万分，逢人就说："毛主席还记得我呢！毛主席要接见我了！"人要说，中国革命任重道远，世界革命方兴未艾，毛主席那么忙，怎么会记得你？他就急，一本正经说："你以为毛主席是什么？他老人家心中装着全世界，怎么会不记得我！"院里的领导看老王那份喜悦的样子，不忍心告诉他，毛主席这回要见的是军以上干部，做为师职休息的老王不在圈圈里。老王被蒙在鼓里，一点不知道，整天喜气洋洋的，巴心巴肝地盼着去北京见毛主席那一天。直到出发上京的前一天晚上，院里的领导才去老王家里通知了他。院里的领导懂得委婉，说主席很忙，那么多人一下子见不过来，这拨见了还有下拨，首长你就耐心一点，等。老王立时就懵了，话都说不出来，等到能说话了，反反复复只有一句：我要去见毛主席。我要去见毛主席。院里的领导怎么解释也没用，后来急了，说，你这同志怎么这样？我又不是毛主席，我就答应你又管什么用？管用吗？老王听了这话，明白是绝望了，以后再不说什么。等院里领导离去，老王就站到客厅的主席绣像前，六十岁的人，竟呜呜地哭出声来。

载着进京人们的军用大交通驶过院里的大白楼，交通车在人们一声惊呼中猛地刹住，车上的人都探出头去看，十几层高的白楼顶上，摇摇晃晃地站着一个人，那人是老王。

人们猛抽一口冷气，都憋住了呼吸。

老王迎风站在顶楼平台边上，他穿着五十年代部队发的蓝色军礼服，戴着大檐帽，胸前佩满了大大小小的战功章。强劲的风将他的礼服下摆掀起来，胸前的战功章不停地发出悦耳的撞击声。老王像一个梦游者，目光

望着遥远的北方,凄楚地呼喊声随风而至:

"毛主席呀毛主席,你的老兵想见你……"

父亲原来是坐在座位上的,崭新的皮鞋和皮衣箱都发出悦目的光泽。父亲脸上的红晕突然消失了,他转过头来冲送行的院领导喊:"快去把老王弄下来!没看出他要干什么吗?让他和我们一起进京!"院领导脸都白了,但是脸都白了的院领导仍然知道什么是原则。院领导说:"这是不可能的。老王他没有资格进京。这是规定,我说也不管用!"父亲的声音都变了形。父亲喊道:"什么他妈的不可能!打仗的时候也没订这么多破杠杠!"院领导说:"老邓,你的心情我理解,可是这没有用!"父亲像一头狮子似地从座位上扑出去,一把揪住院领导,声嘶力竭地喊道:"你眼瞎了?!他说跳就跳了!"话音刚落,站在十几层楼高处的老王双臂大张开,像是要扑进谁的怀抱里似的扑向空中,在人们的一声惊呼里,老王如一片枯尽了的叶子晃晃悠悠地飘落下来,片刻之后水泥地上传来一记浊闷的响声。

车上的人全都惊呆了。在他们即将进京去朝见他们崇敬的统帅的时候,他们当中的一个人却死了,是自杀而死的,因为他没有资格见他想见的统帅,这似乎是一场白日梦。这些经历过太多死亡的老兵,此刻都默不作声。

父亲在那个时候是怎么想的?不远处变成肉泥静静躺在那里的老王让他感受到了什么?在长久的寂静之后他推开院领导,像喝醉了酒似地摇摇晃晃走到车门边,一脚踹开车门,跳下了车。父亲他一把拽下胸前的红花,仰头朝天吼道:"我见谁?我他妈谁也不见了!"

父亲回到了他一度荒芜了的菜地里。父亲换掉了新军装,依然穿上旧军装,即便如此,风纪扣仍然扣得严严密密。他挑着满荡荡的粪水穿过菜畦,放下粪桶,操起粪勺,将粪水泼出一片片均匀的水扇。菜地好些日子无人料理,已经生长出一些杂草了。父亲冲手心里吐一口唾沫,然后捏紧锄柄用力地锄地。秋天最后的时刻,大自然总是消瘦得厉害,青天红地,给人一种被大肆掠夺过的感觉。父亲在秋天最后的阳光里一声不响地埋头劳作,旧军装很快被汗水浸透了。

父亲把他的菜地收拾得十分出色。有路过的人看了,会不由自主地停下脚步来,和那个种菜的老兵闲呱几句,说上一些夸奖的话。父亲的菜地确实经营得不错。

但是父亲的脸上就是没有笑容。

父亲十六岁时个头就长得很高了，而且父亲的胆子也大，富有冒险精神。很多人都愿意在农忙的季节雇他去做短工。村里人有时候和我爷爷闲聊，就说，这娃要是不当兵，那就亏了。我的爷爷不喜欢听这种话，他很反感。我的爷爷已经有两个儿子在红军了，他才不情愿再多一个儿子舞枪弄棒呢。但是父亲并没有听爷爷的，他还是当了兵。我的爷爷为此一定伤透了心，所以他决定不等到父亲这个逆子衣锦还乡就先奔黄泉路而去了。很多年之后，父亲休息了，他带着一身的伤痕住进了干休所，做了一名穿军装的寓公。又过了很多年，父亲和干休所的所有老兵们一起脱掉了军装，成为地地道道的老百姓。父亲整日在菜地里劳作，他从农民来，又还原成农民，事情就这么简单。还剩下一些什么让父亲固守着呢？父亲在那片菜地里究竟能种出些什么来呢？据我所知，在父亲那口从不开启的老式樟木箱里，还整整齐齐地叠放着一套领章帽徽俱齐的新军装，军装是加大号的，不曾下过水，散发出染剂和樟脑的芬芳。

父亲已经不是一个兵了，对我们家来说，这并没有什么，他仍然是丈夫、父亲、爷爷和姥爷，任何时候都没人取消他的这个资格。父亲有一次对家人说：我要死在家乡。我哪里也不死，要死就死在家乡。父亲说了这话后就带着我们全家搬回了湖北。搬家那天，院子里有很多人来送行，大多是像父亲一样的休息老头，还有父亲的亲家以及吃过父亲菜的人们，他们都和母亲握手，说："恭喜乔迁。"有的粗鲁老头还说："妈的，你们倒是回去了。回去等死呀？"父亲没有加入那个依依难舍的告别。我私下里想，这大概是我们在父亲意志下最后的一次搬迁。

父亲习惯性地走出新居，到四周荒野去寻找和开垦他的菜地。在阳光明媚的日子里，父亲把地里的石头瓦片捡出来，把茂盛的野花野草深深地埋入地下，然后种上白菜萝卜。新鲜的泥土气息弥漫在空气里，蚯蚓细致的鳞片在阳光的反射下闪着银光，这一起都使父亲有一种归来的真实感。只是父亲再也挑不动粪桶了，骨头老化和静脉曲张使他再不能健步如飞地从菜畦中穿过，更多的时候，父亲只能挂着长锄，站在菜地旁，忧心忡忡地看着菜叶渐渐黄去,心里充满了悲怆。有时候有几只黄嘴麻雀从远方飞来,它们在泛黄的菜叶旁边休息、吵嘴或者奇怪地打量一番身旁那个呆呆站立的老人,当它们发现这块地里并没有什么值得它们留恋之处时,它们便一起飞走了。总之它们一点也用不着害怕那个像稻草人一样的老人。

不管父亲过去曾经怎样过,他如今已经无法阻止地衰老了。

今年夏天的时候,我带着儿子过江南去父亲家度周末。黄昏时分,我和大哥陪母亲在院子里的葡萄架下乘凉,一边说一些关于工资物价方面的事。我的四岁的儿子先是爬在一丛蕙兰边津津有味地观看一队红蚂蚁搬家,另一队黄蚂蚁列队从旁边走过的时候,他就试图挑动两队蚂蚁打仗。蚂蚁被他用小竹棍拨赶到一起,互相用触须嗅了嗅,又迅速分开,各行其道。儿子对两队蚂蚁的怯懦大为不满,跑进屋里取出他的电动冲锋枪对着阵脚大乱的蚂蚁群猛烈扫射,其状英勇无比。母亲对我儿子的行为十分欣赏。母亲抛开我们去问儿子。母亲说:"笑笑长大以后干什么?"儿子收了枪,毫不犹豫地说:"当兵呗!"我们都笑了。我们都觉得这个回答很妙。我们都觉得老邓家下一代再出一个当兵的也不是什么坏事。这个时候,我们突然都停止了笑声。我们突然都停止了说话。母亲、大哥、我、我的儿子,我们听到屋里传来的父亲苍老但情有独钟的歌声:

> 走上前去,
> 曙光在前途。
> 同志们奋斗!
> 用我们的刀和枪开自己的路,
> 勇敢向前冲!
> ……
>
> 同志们赶快起来,
> 赶快起来同我们一起建立劳动共和国!
> 战斗的工人农友,少年先锋队,
> 是世界上的主人翁,
> 人类才能大同。

……

父亲在唱,他的嗓子直直的,丝毫没有装饰。父亲真的在唱,他唱的是那支六十年前许多人都在唱的歌。在炎烈夏季的黄昏,父亲的歌声一直持续着传出很远。

我们愣在那里。我们就愣在那里。过了很久很久,当过兵的大哥才轻轻地说:"今天是八一建军节。"

我没有转过头去。是什么东西使我无法转过头去。但是我知道,那个兵就站在他的卧室里。他是站在那里,挺着胸,风纪扣扣得严严实实。他就那么情有独钟地唱着那支歌。

父亲原名邓声连,一九一二年农历五月廿七日出生于湖北省黄麻县东冲村。十六岁那年他在河南省光山县参加工农红军,入伍后作战多次,负伤数次,二等甲级残废。曾受红军随营学校、抗日军政大学、党校整风等训练。一九四五年十二月因反抗上级闹独立性,受行政撤职处分一次。1992年在湖北脱去军装,时年八十岁。

周庄遇痴

迟子建

未见周庄，先就喜欢上了它的名字。文人总改不了"望文生义"的虚荣毛病，所以一厢情愿地认为周庄一定是个古朴、宁静。平和的有种夕阳西下安闲情调的小镇。

从苏州到周庄，乘车大约要一个多小时。那天是周日，阴雨。同行者说这日子游周庄不好，因为上海离周庄很近，每逢双休日，周庄便人潮蜂拥，到处都是"阿拉"声。我便暗暗祈祷雨下得再大一些，那样"阿拉"声也许便会退潮。可是乌云并不偏袒我满含自私情怀的游兴，它很正直地从天庭撤退了。我第一眼望见的周庄，便是一带青砖灰楼顶上跳荡着的一轮湿漉漉的白太阳。

周庄旧名贞丰里，开始只是个小村落，到了元朝中叶，它才逐渐发展起来。一个地方的迅速繁荣，必定与商业活动有关，而商人中的巨富无疑起着举足轻重的作用。周庄也不例外。是江南富豪沈祐由湖州南浔迁徙至周庄，才仿佛在一夜之间给周庄下了一场白银大雪，使这里富得闪光。而沈祐之子沈万三又给这白银般的富庶涂抹了一层灿烂的金黄色，使它显出一派登峰造极般的辉煌，以至人们传说沈万三有一个聚宝盆。然而富庶极端了便有"招摇"之嫌，沈万三便因此而罹难。

据民间传说，明太祖朱元璋要修筑南京城墙，沈万三曾资助一万三千两白银，负责洪武门至水西门一段工程。后来工程超支，他又捐出一万三千两。但朱元璋贪得无厌，命沈万三献出聚宝盆。沈万三不从，将银子运回周庄，藏在银子浜下，又携带聚宝盆远走他乡。后来他被朱元璋的御林军捉住，发配云南充军。而《周庄镇志》记载："富民沈秀者助筑都城三分之一，请犒军，帝怒曰：匹夫犒天下之军乱民也，宜诛之。后谏曰，不祥之民，天将诛之，陛下何诛焉！乃释秀，戍云南。"

不管是传说还是史料，都能证明沈万三是因为"露富"而犯上。只要你让皇帝感觉到富得咄咄逼人了，即便不马上人头落地，也只能是虽生犹死、苟延残喘地度过残生。

沈万三终于客死他乡，他的灵柩后来被运回周庄，葬于银子浜底。

周庄的石桥和窄窄的巷道中，果然有层出不穷的"阿拉"声。我们随着导游进入"沈厅"。沈厅原名敬业堂，清末改为松茂堂。由沈万三后裔沈本仁于清乾隆七年建成。沈厅面临河埠，水上有苫着天蓝色布的船在往来穿梭。没有我想象中的临河梳妆或淘米洗菜的女人，那船虽然也古旧，但载的都是嬉笑不已的游人。沈厅的中部是茶厅和正厅，我坐在厅中央的红木椅子上小憩的一刻，觉得一股砭人肌肤的阴凉从足下生起，仿佛我正踩在寒气萧森的地狱之口上。我参观过很多有钱人的宅院，它们大都有着高大的门楼，厅堂四四方方，里面雕梁画栋，陈设的椅子也大都笨重不堪。这样的屋子因为远离窗口，所以阳光的进入就极为艰难。何况周庄的建筑屋檐与屋檐之间几乎相交错，阳光投射下来已经颇多阻隔，又怎谈得上一泻厅堂呢。少见阳光的房屋，在拥有其凝重气氛的同时，必然给人一种挥之不去的压抑感，给人一种隔绝了自然的沉闷感。流连于沈厅那数不清的房屋，就仿佛是行走在地下墓穴一般，让人觉得阵阵悲凉。后来我们一行人聚在一处小茶坊前就着腌苋菜喝阿婆茶，我偶然看见窗前几株绿色植物的叶片上鼓着几滴被阳光照得晶莹剔透的雨滴，才觉得沈厅的周围仍然有生命在搏动，而在那一瞬间抹去了拜访它时萦绕于心头的凄凉感和萧瑟感。

周庄保留下来的基本上是明清建筑，它的基调是灰色的。在绿色永不凋、永远是春天的江南，这种灰色总是像闪电一样跳跃。一座座的石桥像一匹匹骏马一样横跨在水巷上，并在水中投下它们的倒影。阳光照着石桥和石桥上的人，也照着水中的石桥和人淡墨似的倒影。吆喝茶点的声音仍然从深巷中掠过奇峭的飞檐传来。在某一瞬间，我似乎捕捉到了周庄的神韵，然而不绝如缕的游人很快就冲淡了那种感觉。我在嘈杂声中想象九百年前的周庄，也是这样的建筑，不过人很少，坐在厅堂里喝茶的时候，便能清楚地听到归船的桨声。船归的时候，也许会惊扰水中浮游的鸭子，也许闺中的小姐在临河的绣楼里推开窗户，看看那归船上是否有她喜欢的人。若没有她喜欢的人，又有没有她喜欢的丝绸或陶器。屋前的垂柳把一半绿意赋予石墙，另一半绿意却袅袅漫向河水。天色黄昏时，水巷里溢满金色，糯米糕和清茶的气息在每一位盼夫归来的妇人的指间琴音般萦绕。灰蒙蒙的周庄就在一派典雅平和的气氛中滑入夜晚。后来月亮起来了，周庄没有夜游人，月光就散散淡淡地照着周庄的石桥、流水、屋檐、垂柳以及树深处的鸟……

然而纷乱的现实很快又把我与周庄的"神交"隔绝，我们开始参观"迷楼"。迷楼原名德记酒店，柳亚子先生同南社诗词社的人曾在此居留并饮酒作赋。顺着狭窄的楼梯攀上二楼，兀然看见几个南社成员的蜡像，他们看上去仿佛是在切磋诗艺，然而人物凝固的表情却给人一种彻头彻尾的做作感。其实有这一座古旧的小楼足以让人想象南社成员在此居留时的风采了，然而人们却总以为用蜡像来复原某种生命才能达到栩栩如生的效果。于是我败兴地下楼，又尾随大家来到三毛茶楼。据说三毛曾在1989年仲春来到周庄，我们参观的正是三毛喝茶的地方。茶楼很小，桌凳比较古旧，墙壁上有三毛的巨幅黑白照片。我觉得三毛自缢时不该选择丝袜，而应该用自己的长发做绳索来结束自己，她的长发太美了。我坐在三毛茶楼小憩的一刻，石巷中忽然传来一阵泼辣的叫骂声。那是一个女人的声音。骂声琅琅，无拘无束，跟雨后的阳光一样自由洒脱。我从窗口探出头，见是一个梳短发、着白背心的微胖的中年女人倚着一家铺子的石墙在骂，她目光散漫，举止粗俗，一眼望去便知她是个痴呆。然而正是她这一通骂，使我觉得九百年前的周庄突然掉头回来了。这深深的石巷中有一种经久不息的痴语长风般地穿越了时空。我蓦然想起了沈万三的悲剧命运，他因"露富"而犯上，而痴人却不会因为"露痴"而遭贬滴。"痴"向来被认为是一种无知，所以处于这一状态的人不管说出如何辛辣的话，都不会遭人嫉恨。难怪历史上有那么多名人因为突遭厄运而"佯痴"渡过难关，他们以一种消极的方式进行了内心最痛切的反抗。于是就有了阮籍、嵇康的假意"癫狂"，有了明代大才子杨慎被流放云南后，酒后插花满头穿巷而过，使人疑为痴人的传说。"痴"是一种可以使心灵自由飞翔的生存状态，它像一座永远开着窗口的房屋，可以迎接八面来风。于是我便想，沈万三若是一个"痴人"，肯定会逃出朱元璋为他设置的"虎口"。但沈万三不是一介书生，而是财大气粗的商人，这决定了他不会佯痴来求生存。所以世上的英雄有两种，一种是叱咤风云、我行我素、把生命置之度外的人；一种是内敛激情、藏锋不露、能忍受奇耻大辱的人。而我更欣赏的是前者，因为他们像飞旋在阳光中的灰尘一样透明。

朱元璋在南京拥有一片绿意浓郁的山陵作为长眠之所，而沈万三则是"水冢"一座，葬于周庄的银子浜底。王者的灵魂在千秋万代后仍然可以在大地上浪漫地浮游，而沈万三的灵魂则永远湿漉漉地浸在水中，仿佛是在低低饮泣。

采 蕨

沈从文

阿黑成天上山,上山采蕨作酸菜。

一人背了个背笼,头上一块花帕子,匆匆忙忙走到后山去。这几天蕨正发育得好,所以阿黑就成天上山。说匆匆忙忙,那这又是很久以来的习惯了。单说头上花帕子,村中五明,远远的,只要见到花帕子,就知道是阿黑。知阿黑所在,牛也不必顾,赶过来,到了阿黑身边,人就快活了。

为什么必须这样?五明是不在自己心上问,因此也不必在心上找出明确的回答。

来到了阿黑身边,先是不说话,就帮忙插手采蕨。把蕨采得一大把,准备放到阿黑的背笼时,两人之中其一才说话。

若是女人先开口,则不外"五明我不要你的,你的全是老了的,要不得。"阿黑说了照例还要笑笑。这样一来五明是会生气的,就放到口里嚼,表示蕨并不老。直到见五明仿佛生气,当然要改口,就说"谢谢你,放到笼里去吧。"五明于是也笑了,再来采蕨劲头更大了。

但假如是五明开口说话呢。五明这孩子怪,他不知为什么人不上城却学了不少城里人的话。他总说,"阿黑你是美人。"阿黑若说"美不美你管不着",这话自然还有点抵制五明说反话的意思,五明就又用城里人腔调,加劲的说,"阿黑,你是观音菩萨。你自己难道不知道,还要人来称赞?"说这些话的五明,满肚子鬼,阿黑早看出了。她只笑。在笑中和其他行为中,她总有方法保持她的尊严,五明虽是个鬼,也无办法。

他要撒野,她是知道的。一到近乎撒野的举动将做出时,阿黑就说她"要告",告五明的爹,因此一来,这小鬼就"茅苞"了。到他茅苞不知所措时，阿黑自然会笑，用笑把小鬼的心安顿下来。

阿黑比五明有本事，在这些小处可以看得出。到底是年长两岁的人，生命逐渐成熟，要做糊涂事，自然也必定经过一些考虑。然而我们可以说，这个人，凡事考虑是考虑过了，对于五明可无问题。同五明玩玩，比之于在大桥头看乾龙船，全不必当成大事看待的。可是五明这小子，人小胆小，说是"要告"，就缩手不前。女子习惯是口同手在心上投降以后也还是不缴械的。须要的是男子的顽强固执。若五明懂得这学理，稍稍强项，说是"要告就告去吧。准备挨一顿打好了。"

也非霸蛮不可，用了虽回头转家准备挨打在所不辞的牺牲精神，一味强到阿黑，阿黑是除了用双手蒙脸一个凡事不理，就是用手来反搂五明两件事可做。这只能怪五明了，糟蹋了这么一个好春天。

然而且看吧，桃花李花开得如此热闹好看，画眉杜鹃鸟之类叫得如此好听，太阳如此和暖，地下的青草如此软和，受了这些影响的五明，人虽小，胆虽小，或者是终有造反的日子在后面！

果不其然，今天就一切全来了。

他们在老虎岩后面，两个人，低头采蕨。雨后放晴，有许多蕨，都冒出了卷曲的新芽。然而那是路坎边的情形，这里可不是路坎边，地不向阳，为一扇扇大的岩遮拦，地虽肥，蕨却并不多。因为五明的鬼，这鬼处，一半也为阿黑默认，一面采蕨一面走，终于走到这幽僻的地方来了。

岩下是一块小坪，除了可以当褥子的茸茸软草外并无别的。远处雀鸟叫得人懒懒的。

五明头抬起时，朝这小坪望望，一种欲望就恍恍惚惚摇动自己的心，有点招架不住的样子。

"阿黑姐，你看那里。"

"我看了，眼睛不瞎。"

"看了就……"

阿黑只抬头装成生气的样子望了五明一眼，五明说不下去了。

五明打主意，蕨是仍然采。眼睛望的是阿黑，手却随意向草中抓，抓的不问是草是花，一同捏在另一只手里。

"哎呀！"随随便便伸手采蕨的结果，有了好教训，手指为去年的枯茅草割破，血染红了手。

阿黑本来听惯了五明的"哎呀"，并不理会，她是背对五明，低头采蕨的。她以为五明故意大惊小怪，故意使人吃惊。

因为这孩子有过例子，"人好心坏"。

五明把另一只手采来的蕨全丢了，捏着自己的手指冲下坪里去。他坐到草地上大喊，装成受了重伤的样子。

阿黑转身向下面望五明，望到五明的手红了，"怎么，五明？真流血了？"

"是呀！我这只手指快断了，了不得了快来救命！"

这又是显然的夸张了，手不过割破了一个不到一寸长小口子而已，那么容易折断。然而见到了血，阿黑不能不跑下坪里来看望同伴了。这手明明白白是茅草割破的。五明流血是为帮阿黑采蕨，责任在阿黑，也很显然了。阿黑一跑就跑到五明身边，蹲下去，拿五明的手一看，知道伤处在中指，割了一条小缝，血从缝中出，就忙把口去吮。且撕布条子缠五明的手指，这布条是从腰带上撕下的。

五明这时哪里有什么痛，不过有意使坏把她喊来而已。

"哎呀。真痛呀！"口上虽如此喊，眼却望着阿黑半真半假的发痴。

阿黑一面说不要紧，一面只是笑。做鬼的人总不能全做鬼，尽说痛，其实是假的。聪明的阿黑，尽他喊，不说别的话，也不引咎自责，她懂透了他的野心。

然而血还是在流，阿黑记起来了，要五明把手举起来。举手象投降，五明这时向阿黑投了降。因为更接近了点，挨到阿黑的身子，有说不出的舒服。

血既止，不好意思再大嚷大叫了，就笑了。见到这小子笑，阿黑说："小鬼你真莽！"

"我不莽你就不愿意下坪里来坐坐。"

"那是故意了。"说时就仿佛要起身回头走去。

他拖定了她。

"不，我承认我莽！我莽！我是莽子，是蠢东西。"

"你这小鬼才真不蠢！"这样说，不但不走开，且并排坐在五明身边了。见到血，她心已软了。她拿了五明的手，验看血还流不流。

五明这人真是坏，他只望阿黑的脸。望她的眼，从眼望进去，一直望到女人的心。

"你认不真我吗，蠢东西？"

"你是观音娘娘。"

"又来这一套。狮子舞三道，使人厌烦。我看你还是老实一点好。"

"你是活菩萨。"

"放狗屁。你去叫你妈吧，她会赏你三个爆栗子！"

"你真是，见了你我就要……"

阿黑笑笑，不作答，咬了一下嘴唇。

"见了你我就要……"五明又说。

"就要什么咧？说瞎话我就要告伯伯。"

五明不作声了，他笑着摇摇头，想了想，象推敲一句诗，过了一会才说，"我见了菩萨就想下跪磕一个头，见了你也是这样。"

"嗤……鬼！不知道害臊！"说了且用一个指头刮他的脸。

"你总说人家是鬼，是小鬼，又是短命，其实人家的心是好的。"

"是烂桃子的心，是可以吹哨子有眼的心。"

"你们女子心都是好的！我见到过巴古大姐同肖金做的事。我也要……"

"你嘴放干净点。人家翻倒跟头，关你什么事？你自己管你不流鼻涕就好了。"

"他们在草地上撒野，全不怕人看到。他们做得我们也做得。"五明说了，想到另外一件事禁不住心跳。

"你看天气这样好，草这样软和，你（说时，已抱了阿黑）同我试一试。"

"你莫挨我！"她用手解除了象带子的五明的手。"你这小鬼真越来越野了。"

"为什么我不能野？这里又没有别人。"

"没有人就非撒野不可吗？"

"我要做肖金同巴古大姐做的事。"

"他们是两只狗。"

"我也愿意做狗。"

"你愿意做狗就去吃屎吧,我也拦不住你。"

"要吃你的……"

阿黑把手扬起,预备狠狠的打一下那涎脸样子。脸该打。

那油嘴,也该打。

"你打,你打!我愿意你打死我。死了见阎王也有个报销,不白活一世。"

阿黑却不打,在心上想,到底怎么办?是走脱,还是让这小子胡闹一阵好,还无决然断然主意。

一些新的不曾经过的事情,使阿黑有点慌张。委实说,坐在自己身旁边,若是一个身高六尺腰大十围的汉子,象新场街头的那个牛屠户,手大脚长脸上长横肉,要来同在自己身边作一些不熟习的行为,的确非逃走不可。但眼前的五明,只是一个小孩子,纵那种不习惯的新事,也仿佛因对面的人得了一种轻而易与的感觉了。

她望到五明脸红红的十分可笑,又十分讨人嫌的样子。她又望这小子的眼。小子的眼睛放光,如点得燃纸煤子。本来是想脱身,只要下决心,同时在颜色上拿出一点正经样子,自然会把五明兴头打下。可以脱身她却不设法,也仿佛是经五明说到天气好,才明白真正是大好春天!心中却轻轻的说,"五明小鬼,你人小小的,就那么坏,再大五岁会去做土匪!"

假若再讨厌,也只是这样说说吧。

在阿黑的思索下,所谓小鬼者,也有了些觉悟。他觉得今天天气好,地方好,机会好,人好,所以不及往日萎靡。并且虽经常说要告,小小的撒野并不曾真正告发过一次,则阿黑口上说的话吓人力量已不如从前,显然是更大的撒野也不甚要紧,就更理直气壮了。

天气的确太好了。这天气,以及花香鸟鸣,都证明天也许可人在这草坪上玩一点新鲜玩意儿。五明的心因天气更活泼了一点。

他箍了她的腰,手板贴在阿黑的胸前,轻轻的抚摩着。这种放肆使阿黑感到受用，使五明感到舒服。

阿黑故意把脸扭过去，不作声，装成十分生气。其实一切全见到了，心在跳，跳得不寻常。

"菩萨，好人，大王，你不要这样！"

虽求，也仍然不理，还说是"家去非报告不可"。

这是既无胆量又无学问的人吃亏处了。若五明知书识字，就一定知道这时最好的处置方法，是手再撒点野，到各处生疏地方去旅行，当可以发现一些奇迹。

阿黑说非报告不可，怯是有点怯，但他却以为挨打是以后的事，管不着那么多。五明故意作可怜样子，又似乎顽皮样子，说："你让我爹打我，你就快活欢喜吗？好心狠。"

阿黑笑，说，"我为什么不欢喜。你这小子越来越坏！不小心还会把你关到监牢里去的，你信不信？"

"我不信。"

"不信吗？我才愿意你挨打，罚你的跪，不送你饭吃，因为你不讲规矩！"

"什么规矩？"

"我赌咒，赌十八个咒，我要把今天的事情一五一十全告诉你爹。"

五明不再作声。他心想："要告，那挨打一顿，是免不了的。不许吃饭，罚跪，……既然免不了挨打挨饿，索性再撒点野，把她先打一下，回头再让爹来处罚，也够合算的。"

"你一定要告爹吗？"五明涎脸问。

"你坏得很，一个小孩子，不讲规矩撒野到这样子，那还了得！"

他于是索性再坏一点，冷不妨把头偏过去吮阿黑的脸、耳朵和鼻子。这行动来得非常敏捷，使防御者无从防御。阿黑出其不意，被他在脸颊上吻一个够，只用手在被吻处乱抓。且嚯的一声，身子乱动，象不受抚摩的劣马。他还想再来寻方便喂阿黑一点口水，还想咬她的舌子，阿黑可不尽五明这么胡闹了，一面挣扎脱身，一面说："你这鬼，我赌一百八十个咒，愿意见你挨你爹的老拳头擂捶！"

"我不怕，把我打下九十九层地狱也不怕。"

"不要脸，一个小孩子也这样说野话！"

"你说我小，我要你知道。"

这小痞子松了一只手就使出更坏的手法来了，一切都是崭新的，平时没有过的。

她把眼闭紧，只是不理会。她要说："我没有眼睛看你那呆样子。"

今天的五明真是胆大包天，得寸进尺，天雷打下也不怕了。

虽把眼闭紧，绝对什么也不看，说就善罢干休，恐怕不那么容易。阿黑的意思，正像知道贼在眼前，假装不看见，贼就不偷东西了。但实在要偷，也请便。这意思用不着开口，似乎更分明了。

五明拖阿黑的手……

过了不久，阿黑哧的笑了，睁开眼回过头来，一只手就拧了五明的脸。

"小鬼，你真是作孽害人，你人还那么小小的，就学会了使坏到这样子？谁教你这一手？"

这小鬼，得了胜利，占了上风，他慌张得像赶夜鱼，深怕鱼溜脱手。

"五明，大白天这样野，不怕天雷劈你！"

"你还告不告我爹？"

"我赌一千八百个咒，非告不可。"

"告他老人家说，我打了你，我疼了你。"

五明这小子，说是蠢，才真不蠢！不知从什么地方学来这些铺排，作的事，竟有条有理，仿佛是养过孩子的汉子，这样那样，湾里坳上，于是乎请了客，自己坐主席，毫不谦逊的执行了阿黑的夫的职务。

这时阿黑真不须乎用眼睛看，也能估计得出碗中的菜的分量了，阿黑闭了眼，嘤了一声，就不再说话。

她躺在草地上像生了一场大病。

像一只猫一样，爬上老虎岩的虎头上蹲着的五明，唱了许多山歌，全是稀奇古怪使别的女人听来红脸的山歌。这小子的天才，在歌上同其他新事情上都得了发展机会，真得意极了。阿黑呢，她的心，这时去得很远很远。她听到远远的从坳上油坊中送来的摇槌声和歌声，记起了油坊中的一切情形来。

逃　跑

铁　凝

二十多年前，老宋从北部山区来到这个城市，这个剧团。

那正是城市居民储存大白菜的时代，储存大白菜半是生活需要半是政府号召，因此买大白菜还有一种买"爱国菜"的名义。冬天，大白菜下来了，各户都要买回足够全家吃到来年开春的大白菜。那时的蔬菜市场和居民的关系，就是菜农用大车小辆把爱国菜送至各家各户的关系。

一个黄昏，老宋被亲戚领到团长面前。团长正在卸大白菜，一辆胶轮大车正停在单元门口。白菜们刚被过完秤，码成齐腰高的一堵墙，少说也有七八百斤。待团长给菜农数完钱，打发他离去，亲戚才对老宋说，这就是团长；又对团长说，这就是老宋。团长不在意地答应一声，只一个劲儿地打捋他的爱国菜，显然他是在琢磨怎样尽快把它们运上楼去。老宋看出了团长的意思，问了声：几楼？亲戚替团长回答说四楼。老宋便说：叫我吧。像很多北部山区的人一样，老宋把"我"说成"饿"。说完，他左右开弓地夹起四棵菜就往楼上走。亲戚和团长站在楼前聊起天，谁也不去理会老宋的搬菜运动。当他们再次注意到老宋时，白菜已被搬运一空。这时团长才想到请亲戚和老宋上楼坐坐。他们上得楼来，见白菜正好被码放在团长想要码放的地方——无非是楼梯一侧，门的两旁。

团长领亲戚蹭着白菜侧身上楼侧身进门，把老宋让进客厅，拉开灯。亲戚坐下了，老宋却坚持站着。团长这才有机会仔细打量眼前的老宋。老宋五十岁左右，个子偏矮，阔嘴、大脸，属于那种天庭饱满、地颏方圆的忠厚长相。他的站相儿不是有些山民的瑟缩，他身子稍稍前倾，垂手侍立，像个老杂货店的伙计，仿佛随时都准备从柜台里探出身子，谦逊、热情地侍候来客。团长暗想,这分明是一个干活麻利、不招人讨厌的人——老宋是被亲戚介绍来这团看守传达室的。后来团长便和亲戚讲起他被借调出国赴意大利演出的事。这团常有人被借调出国,但他们并非担任主演,而是去作"武行",这团的演员武功好,善翻打,跟头翻得漂亮。团长此行便是去意大利翻跟头了。提起意大利,一直不曾开口的老宋突然插了句嘴,说,意大利属南欧,从地图上看像只靴子,高跟的。他把"高跟"说成"高更"。团长笑了,不是笑他的口音,是惊奇老宋的出其不意,聪慧和文化兼而有之的出其不意。不用说团长本人,就是这团文化水平最高的编剧,也未必想到意大利像只高跟靴子。团长的笑给亲戚和老宋都增加了信心,亲戚再添油加醋对老宋的优势做些讲解,诸如家庭情况简单,老伴已去世,一个闺女也嫁了人,他工作起来定会专心等等,老宋的事就这样定了,他成了这团传达室的长期临时工。

老宋任传达的这团叫灵腔剧团,国营。这灵腔在北方虽然不能和京、评、梆、豫相比,但在这一方,这半个省吧,还有着相当的代表性。老一代的名伶,男角就有六岁红、八岁红、九岁红;坤角也出过大绿菊、白茉莉、晚香玉。近几十年有过几次进京调演,几位年轻艺人和"梅花奖"也曾经擦肩而过。灵腔还参加过数次省剧地位的竞争,虽未成功,但毕竟又给这剧种增添了一些光彩。在剧场艺术不景气的大形势下,灵腔团却磕磕绊绊地生存了下来——当然,每年的四百场"野台子",是维系他们生存的主要方式。

老宋在团里的任务是传达、收发,兼烧一个开水锅炉。中国人对开水本来就情有独钟,开水对艺人则更显重要。演员进排练场之前,水瓶子里的茶叶必得先用开水沏上,之后随喝随续,一续一天。不光演员,家属们也需要定时定点打开水,届时或拎壶或提桶,鱼贯来到老宋的锅炉房。打开水,对于一个剧团,乃至对于每一个有单位的中国人,真是一件实实在在、心照不宣的便宜事:开水,白打!老宋也深知这点,所以他对人们的开水观就格外重视。每天早、中、晚,锅炉不仅定时定点烧开,温度也绝对可靠。那时,老宋还必得站在当院,亮起大嗓喊几声:"水开了!"老宋所站的当院,正是这团一面为办公楼,一面为宿舍楼,一面为排练场的三面合围的中心地带。老宋一喊，果然人们都坐不住了，即使有的人家暖瓶正满着，老宋的喊也会让他们心动地再去打上一锅——端回家可以把脏污的下水道冲冲，开水冲油污，有劲儿。再说，老宋的喊里是有称谓的，这称谓似更能激起人们对开水的热情。为了这称谓，当初老宋还颇费了一些心思：他当怎样称呼他们呢？喊团长水开了？他却不能只招呼团长一家，那岂不是眼里只有领导嘛——这不符合老宋的做人准则。喊演员们水开了吧，这楼里还有不是演员的职工。喊同志们，同志们水开了，又仿佛把自己摆错了位置，仿佛是一个领导在向大伙儿发命令。什么也不说呢，就喊水开了水开了？可那是一种对所有人的失礼。发愁的老宋沉思良久，最后想起了一个称呼：老师。老宋最尊敬的人莫过于老师了，自己那点有限的地理知识，就来源于他在乡村初中时的老师。那时，他最喜欢的课就是地理课。后来因为家境不好，他只念到初二。现在老宋决定将全团干部演员职工家属统称为老师。老师这个称谓毕竟谁都不反感，演员听了高兴，领导和职工家属也不会挑礼，无亲疏远近之嫌，无厚此薄彼之意。于是，老宋就站在院子当中开始了他的呼喊：老师们水开了！老师们水开了！

  时间久了，团领导竟把老宋的呼喊固定成最好的因事召示全团的形式。比如开大会，比如演出出发前的装车，比如年节时分大米，比如和哪位老艺人的遗体告别，都是老宋站在院中呼喊：老师们开会了！老师们装车了！老师们分大米了！老师们和九岁红老师告别了！九岁红的后代听出了别扭，想去找领导反映，一位唱小生的老夏说，今天的追悼会就靠了老宋这一嗓子，开得多热闹。你要靠领导通知，人们十有八九不到，你说哪个划算。

  不过，这并不是说老宋是一个喜爱喧闹的人，相反，他沉默寡言的时候居多。他的语言似是很金贵的，不像他的两条腿那样勤快。每天每天，他按时出入各个办公室和排练场分发报纸、杂志、信件。他步履轻捷，悄无声息，就会把报纸、杂志分送给该送的人，且从未出过差错。就连家属中第二代乃至第三代所订的名目古怪、图文花哨的报刊，他也会毫无怨言地亲自送至他们手中，那时他只有两个字：你哩。他把"你的"说成"你哩"。除了分内的事，分外的事老宋也没少做。二十多年，光是搬白菜，这团里有谁家没让老宋帮过忙吗？没有。后来，储存大白菜的时代终于过去了，但这团里的家属们需要老宋帮忙的事情却没有过去。五楼的人们说，老宋，帮我把这罐煤气扛上去吧。三楼的人们说，老宋，我买的沙发来了，你给搭把手吧。一楼的人们基本不用老宋帮忙抬东西，但有几位妇女喜欢织毛衣。天气热的时候她们坐在院子里，坐在传达室门前的树荫下忙手里的活计，见老宋有空，就喊，老宋过来，给我架着毛线。老宋坐在小板凳上和女性家属面对着面缠毛线，一边静静地听她们聊天。有时她们也打趣他，说，老宋，你看上我们当中的谁啦，我们就照着模样给你"寻摸"一个。老宋落寞地笑笑，撑着毛线的双手挓得更开，猛看去，好像要抱住眼前的谁。这场景就在众目睽睽之下，却从来没人说闲话，就因为坐在对面的是老宋，老宋的人品这团里的人是心中有数的。

老宋管传达，管收发，管喊老师们打开水，管各家轻轻重重的琐事，有时还兼任团里的炊事员。逢团里赶台子演出时，炊事员临时有事走了，老宋就来了。老宋一锅煮五六十号人的面条，不夹生，不糊锅；捞出面条，再切十五斤黄瓜的菜码儿，面条都不见"坨"。当演员们脸上带着妆拿着大碗打面条时，老宋每一把抓起的菜码儿黄瓜丝不会差出三五根。演员们都夸老宋分菜码儿没偏向。

老宋在这团里自然是被人喜欢的，但他并非同谁都一团和气。遇到真正"较真儿"的事，老宋从不丧失原则。他会毫不客气地对一位端碗打饭的旦角儿说，哎，你等等，今天你脑门上的小弯儿可没贴正，第四个、第五个小弯儿应该紧贴眉梢儿。他也会突然对一位光着膀子的男演员说，要是在台上，你可不能嫌热就不穿"胖袄"。唱小生的老夏在这团里算是老宋的好友了，老宋照样会在某些时刻叫老夏下不来台。有一回，他突如其来地问老夏，夏老师，你演过《吕梦征》没有？老夏说演过。老宋说，你把出场那四句唱，给我唱一遍听听。老夏说，你这是考我，我给你念念吧。吕梦征是个穷书生，上场四句唱是这样的：天无事星斗浑，地无事草无根，君子无事大街上混，凤凰无事落鸡群。老夏念完问老宋有什么破绽，老宋说，从字音上听没什么破绽，我是问你天无事是哪个事？老夏说事情的事呗，还能是哪个事。老宋道：错了，应该是形势的势，势力的势。这四句唱是说天、地、人，也包括凤凰，失去了势力一切就变样了。

老夏不服老宋，坚持他的"无事"说，并要求老宋和他一块儿去问团长（那位当年买爱国菜、现已退下来的老团长）。二人找到团长，团长说，都是跟师傅模仿的音儿，说不准。出了团长的家，老宋说，翻跟头的事儿你问团长行，这件事终归你得问我。老夏琢磨出老宋有道理，就说我请你喝酒吧。老宋说，我得回传达室喝疙瘩汤。

后来老夏还是追到传达室邀请老宋去他家喝酒，推开门，见老宋正蹲在地上，直接就着一口铁锅呼呼地喝疙瘩汤。在从前，这团里的人们好像谁也不曾留意老宋怎么吃饭又吃些什么饭。其实老宋一直就这样吃饭，蹲着，就着一口锅。就像从前在老家，在山上，在屋檐下的台阶上，在场院里。那时他有家，有女人。现在他只有一个自己，怎么吃不是个吃呢。必要时他甚至可以连碗都节约掉，直接从锅里舀着吃，也省得刷碗了。老宋给团里煮面条、分菜码儿一丝不苟，自己吃饭可就潦草多了。这使老夏心里挺不是滋味儿，他看着老宋的吃相儿，看着他那白菜帮子似的脸色，提醒老宋说，老宋，咱们得讲点营养，看看你的脸什么色儿？白菜帮子色儿。你得吃肉。

对老夏表现出的友情，老宋却持比较谨慎的态度。不是不想领受，是觉得自己和他们毕竟不是一种人。友谊这东西，须建立在平等基础上。就对这个问题的思考而言，不能说老宋浅薄。老宋对老夏的提醒，只有一搭、无一搭地听着，心想我还不懂营养？人体每天所需热量至少是2000大卡，我离这还差得远哩。我讲营养，我那乡下的闺女呢，我那外孙子呢。慢慢地，他只向老夏诉说了一些家事。他那嫁了人的闺女，嫁的是一个更穷的地方的懒人。前几年那人忽然扔下老宋的闺女和一个刚满月的孩子走了，不知去了哪里。闺女的日子很难，处处得老宋接济。老夏明白了：怨不得。又过了些时候，老宋的闺女领着他的外孙子到这团里来看老宋，老夏想，唔，这是挤老宋的疙瘩汤来了。

老宋的闺女，看上去有点闷头闷脑，穿一身乡村集市上买来的墨绿色假警服——那些年乡村中的男女很喜欢穿假警服，肩上钉着似是而非的肩袢儿，春秋单穿，冬天就罩上棉袄。老宋闺女的假警服里就套着红花棉袄。棉袄肥，警服瘦，警服把棉袄勒得下摆都冒出来。老宋的外孙当时刚及上学年龄,和母亲一样,穿一身儿童号码的假警服,自觉站在这院里就有了威风。在老宋看来,日子虽难,可也算天伦之乐。有时闺女也给老宋包饺子,馅儿里没肉,只放些白菜和虾皮。闺女的手艺也不济,饺子包得"坐"不住,都瘪瘪地仰在箅帘上,俗称"仰摆饺子"。可那毕竟是饺子。那时闺女在屋里包着饺子,外孙在院里跑跳。老宋看看屋里,又看看院里,他是满足的。当外孙捡起一个扔在院里的破足球就踢时,老宋以进城多年的观察力,看出了外孙踢球姿势和跑跳姿势的村气。他发现外孙跑时胳膊端在两肋边不摆动,脖子生硬地僵持着,上身向后稍,肚子朝前挺,仿佛他不是用腿在跑,他是用肚子在跑。当他起脚踢球时,便缩起脖子,咬紧牙关,好似蹬踹一块石头。老宋告诉外孙,踢足球学问可大哩,可不是你这样。外孙就问那是啥样?老宋知道一句话讲不清,自己又不会示范,便说,先照着你的样式踢着玩儿吧。临走,外孙非让老宋给他买个足球不可。老宋没给外孙买足球。他想,一个球就是一个月的粮食钱,目前全家人急需补充的是大卡——热量。

光阴像箭一样。

老夏要退了,老宋也更老了。他走路不再是快步,有点拖着腿的样子。当他走过来,人还没到眼前,你就能听见鞋底蹭着地面的嚓嚓声。时代在变,这个团也不断改变着一些旧习惯。比方遵照市政部门"天要蓝,水要绿"的要求,取消了开水锅炉。这使老宋轻松多了,他再也不必老是惦记着站在院里喊老师们打开水了。他开始在别的方面出错儿:他的记性差了,有时候会把张三的信送到李四的办公室去。有时候团长让他喊开会,他也忘了喊。但是这团的人们念着老宋的为人和他的孤单,他们没有辞退他,他们对他的出错儿持宽容的态度。是人哪有不出错儿的?而且他们假装没看见他的出错儿。直到有一天,老宋的腿不争气地真出了大毛病。

二十多年老宋没有病过,白天尤其不愿意躺在床上,那个白天他躺下了,还叫来了老夏。他对老夏说,我得上医院。

老宋的腿病老夏早就知道,他患的是左下肢周围血管综合症,俗称老烂腿。老夏也知道,老烂腿不及时根治,还有截肢的危险。从前老夏替老宋瞒着,现在是瞒不过去了,老宋的腿肿得像檩条,淌着脓血。老夏用自行车驮着老宋去了医院，医生为老宋检查之后说尽快手术吧，保腿要紧。老宋问手术得多少钱，医生说，一万五左右，要看手术难度和住院时间长短。老宋说怎么这样贵？医生说，这种周围血管病，血管要一根一根地收拾，神经要一根一根地接上，接哪根神经不得几十块钱。老宋对老夏说，咱们回去吧。

一万五千块，对老宋来说这是个天文数字，他全部的积蓄连一百五十块钱也不到。回到传达室，他不再往床上躺，只是坐在椅子上发呆。半天，老宋对老夏说，由它去吧，反正我也老了。哪里黄土不埋人，我也该叶落归根了。老夏说，你说到哪儿去了，哪儿有过不去的河？

老夏安慰了老宋，但要过河谈何容易。他想去找领导，转念又想，这可不是领导一拍板会计就点钱的事。一个刚够发工资的剧团，不用说临时工老宋，老夏自己口袋里就经常装着报不了销的药费。这样，他走到办公楼前就站住了。当年老宋呼喊老师们水开了，老师们分大米了……的时候就站在这里。老夏站在这里，心中涌起一股子说不出的热望，他想，何不把老宋的事用老宋的办法召示一下全团呢。第二天，办公楼门前贴出了一张告示，上写：尊敬的老师们，目前老宋遭了大难，请大家都献出些爱心吧！接下来，告示写明了老宋的病情及所需费用的数目，请大家量力而行。末尾的署名是老夏本人。老夏写给全体老师们的告示果然在这团里发生了效应，全团上至团长，下至演职员工及家属都献了爱心。

老夏走家串户，挨门敛钱，折腾了几天，却只敛够了那个数目的一半。于是他又把从前在这团里工作过、后来调走的人列了个名单，骑上自行车，到这城市的四面八方去找这些人。老夏见到他们，口沫四溅地叙述着老宋的不幸，以唤起他们更大的同情。其中一位从前在团里搞灯光，后来自己辞职出去卖音响的青年慷慨解囊，答应其余的钱全部由他出。说，从前在团里工作的时候，他正在搞对象，每天夜里两三点才回来。每次敲大门，睡梦中的老宋都会及时从床上爬起来给他开门，而且既不打听，也不抱怨。团里要给这青年处分，找老宋作证，老宋说没见这青年晚上出去过。这青年对老夏说，就这一条，我终生不忘，我太太知道也得找老宋去磕头。

老夏成功了，他用一个星期的时间，为老宋筹集到一万五千捌百六十二元人民币。为此，他专门找到现任团长，邀团长同他一道去给老宋送钱。一来显得郑重，二来也算有个旁证，团长可以证明他把捐来的钱一分不差地奉献给了老宋。二人于当晚来到传达室，将这笔钱郑重地交给老宋。

老宋激动得说不出话来，耳朵嗡嗡作响，身子像坠入云中。眼前的两张脸影影绰绰似有似无，声音也远得不行。唯有那厚厚的一摞钱铺天盖地堵在眼前，那不是别的，是真钱啊，那是老宋一辈子也没有见过的钱，一次，这么多。

老宋一夜没睡，他数了一夜钱。他把它们分门别类再排列组合，他一张一张地抚摸它们，一张一张地在灯下照它们，一张一张地把鼻子凑上去闻它们。一些新钱嘎巴嘎巴响得很脆，在沉静的黑夜里惊天动地，一些旧钱散发着微微辛辣的油泥味儿，或者黏黏的霉潮气。即便一张两块钱的旧票，压在掌上也是沉甸甸的，直压得他掌心下坠。老宋数完钱就开始想心事，他想，难道他的腿真有病吗，难道他真的要把刚刚数过的这些东西都扔给医院吗？想着想着，他忽地站了起来，伸出左腿上下打量着它，或者叫做掂量着它。他决心不再相信这条肿得檩梁似的腿是条病腿。为了证实自己的见解，他给自己摆了一个很奇怪的姿势：他右脚离地，单用那病肿的左腿撑起全身的重量，他竟然金鸡独立般地站住了。他又做了几下类似儿童踢毽子、跳房子之类的动作，居然也做出了。接着他想起演员，练功时的大骗腿、打飞脚、旋子这些用腿做出的高难动作，他依次模仿起来，形态虽然怪诞、却是悲壮。这些动作将老宋折腾得激动不已，直到他稀里哗啦摔在地上，一个形容才确凿地来到他的脑海中，他双手掐住他的病腿想，这哪儿还是一条腿啊，分明是一条烂冬瓜。传达室的灯亮了一夜。

早晨，老夏吃过饭，就来叫老宋去医院。双眼布满血丝的老宋说，我想等一天，等我闺女来了也不迟。老夏觉得有道理，动手术是要家属签字的，老夏终归不是老宋的家属。

这天晚上传达室分外安静，老宋八点钟就熄了灯。第二天，当老夏又来传达室催促老宋赶快去医院时，发现传达室已空无一人。老夏骑车赶往医院，医院并没有老宋。为老宋做过检查的医生说，那个病人来是来过，又走了。老夏说他不是来住院做手术的吗。医生说不是，只是问做静脉修复术便宜还是锯腿便宜。医生告诉他当然是截肢手术便宜，两三千就够了，他听完就走了。老夏回到团里，又来到传达室，先发现窗台下的桌子正中摆着一串钥匙。老夏认出，这是老宋掌管所有门户的钥匙。再细看，见老宋的床上被褥没了，一只放衣服的白茬小木箱没了，地上的铁锅也不见了。老夏想，这是走了。他不忍心用逃跑来形容老宋。

自此老宋就从这个灵腔剧团和这个城市消失了。

老夏终于气愤起来，团里的老师们也气愤起来，老宋的不辞而别显然是愚弄了他们。他们那一片爱心呢？他们的钱是血汗钱，冬演三九，夏演三伏，一天三开箱。尤其让老夏不能容忍的是，人们纷纷在他面前发些抱怨。人们对他说，没想到，真是没想到。人们对他说，真是知人知面不知心。告示可是你贴的。说得老夏一激灵一激灵的，好像是老夏骗了大伙儿的钱，并且协助了老宋的逃跑。老夏去找团长，要求团里派人把老宋弄回来，把事说清楚。团长说，一个临时工，怎么去弄？他和团里连个书面协议都没有，人家本是来去自由的。老夏想起当年老宋的到来是靠了一个亲戚的介绍，那亲戚当是住在本市的。于是老夏七拐八拐又找到了老宋的那位亲戚，向那亲戚述说了事情的来龙去脉，情急之中嗓门就有些高亢，像要吵架。最后他态度鲜明地向亲戚宣布说，老宋的这种做法不仅是对自己的身体不负责任，而且伤害了团里所有同志的感情。

老宋的这位亲戚对老夏的慷慨激昂并不买账，说，同志们为老宋捐款，我在这儿替老宋谢谢大伙儿了。你说伤害感情，话就扯得有点远。钱不是老宋逼你们出的，是你们自愿的。自愿把钱给了老宋，钱就当属于老宋。老夏打断亲戚说，可那钱是捐来专为给他治腿的。亲戚说，他不是已经治了嘛。老夏说，他是怎么治的？亲戚说，不瞒你说，他回老家第二天就去县医院把腿锯了，那儿更便宜，两千不到，无须住院，随锯随走。老夏惊呼道，我娘呦！亲戚说，腿在他自己身上长着，怎样处置自然是他自己说了算。他这么盘算又有什么过失？剩下一万多又有什么不好？一个乡下人，又是穷闺女，又是穷外孙子。

老夏没有再和老宋的亲戚"矫情"，却也没有被这位亲戚说服。他只是，只是久久地愤怒难平，疑惑难平。他难以相信那亲戚的话是真的——

锯条人腿怎么也不能像锯条板凳腿那么简单。不久，团里有人从北部山区演出回来，告诉老夏说在新开发的一个旅游景点看见老宋了，老宋坐在一个小铁皮房子里卖胶卷。老夏忙问腿呢？他是一条腿还是两条腿？演出的人说没看见，他坐在窗口，只能看见上半身。

老夏决心去作一次北部山区的旅游，他很想亲眼目睹那逃逸的老宋之现状，很想用这亲眼目睹来刺激起对方的尴尬、难堪和愧疚，他并且要直接领受对方这尴尬、难堪和愧疚。好比一个专窥测人隐私的暗探，又如同一个追踪犯人的警察。不能说老夏这按捺不住的想法有多么厚道，可也不能说他这想法完全不合情理，毕竟他为保全老宋的腿出过大力。他坐上长途大巴，经过了六个多小时的旅途，到达了老宋的家乡，到达了那个新开发的旅游景点。他下得车来，直奔车站周围那一片出售旅游纪念品的小商亭，几乎没太费劲，他很快就发现在一个小铁皮屋子旁边站着老宋。老宋挂着双拐，正指挥一个健壮的年轻人往小屋里卸货。老夏的目光停在老宋的下半身，左腿那儿空着，挽至腿根部的空裤筒好像一团揉皱的撅布。这使老夏心中涌上一股酸涩，一时竟想不好到底该不该去和老宋打招呼。

挂着拐的老宋也看见了站在不远处的老夏，顿时停下对那年轻人的指挥，木呆呆地愣在那里。接着，老夏在老宋脸上找到了他想要找的表情：尴尬、难堪、愧疚，还有受了意外惊吓的恐惧。这使老夏想到，老宋到底是个有文化的人，深深懂得自尊。可他还是不知如何上前去同老宋打招呼。突然间，老宋撒腿便跑，他那尚是健康的右腿拖动着全身，拖动着双拐奋力向前，他佝偻着身子在游人当中冲撞，如一只受了伤的野兽，他的奔跑使老夏眼花缭乱，恍惚之中也许跟头、旋子、飞脚全有，他跳跃着直奔一条山间小路而去，眨眼之间就没了踪影。

正在卸货的年轻人不知出了什么事，看着近前的老夏说，你是不是认识我姥爷？老夏说是，我们是老……朋友。年轻人说，你好像把我姥爷给吓着了。老夏答非所问地说，你是老宋的外孙子吧，十几年前我在我们团里见过你。那会儿你还小呢，在院子里踢球。外孙子说，原来是这样。那我姥爷为什么一看见你就跑呢？老夏想了想，说，也没准儿你姥爷是给我买肉吃去了。外孙子说，看着你怪渴的，喝一瓶康师傅冰茶吧，你是我姥爷的朋友，不要钱。老夏说不不，你们不容易。外孙子说，现在好多了，我姥爷从城里回来才开了这个小卖店。那会儿我让姥爷给买个足球他光说没钱，敢情攒了一万多呢。老夏问这个店一天能赚多少，外孙子说赚个六七十块吧。老夏想，五天就能赚出看传达室一个月的钱了。外孙子把冰茶递到老夏手里，老夏坚决不要。外孙子又说，那你拿上一张旅游图吧，看图旅游省得迷路。这里的山水很好看。

　　老夏接受了外孙子赠送的旅游图，他把它打开，外孙子热心地指着图上的几处，再次介绍说，这里的山水很好看。老夏似是而非地看着地图，他似乎什么也没有看见。外孙子指着地图又说，你看我们这块地方像什么物件？老夏说看不出来。外孙子说，像只靴子，高更（跟）的。我姥爷告诉我的。老夏细看地图，这才看出老宋家乡的形状正好比一只靴子，如同当年老宋对意大利的形容一样。他想，这地方如果没有开发，就不会有人为它绘制地图，热爱地理的老宋便终生也不会知道，他的故乡在地图上也是一只靴子。

　　这本是一个让人愉悦的话题，只是，老夏似乎再也没有机会同老宋讨论这个话题了。

搬　家

苏　青

我初到上海的时候，因住不起洋房公寓，只得在北四川路附近某里内拣了一间前楼住下。二房东是广东人，极爱清洁，我们这个房间虽然窄些，但全新白漆，却也雅致，好在我们也没有带什么庞大物件，室中除两张钢丝床，一张写字台，二把单背椅外，仅几架旧书而已，皮箱是藏在床下。我丈夫晚上在一个大学内读书，日间兼了两个中学的课，跑来跑去，很少住在家中，但我在上海却是举目无亲，除了偶然到四马路各书店去翻翻杂志画报外，平日总是足不出户，看书在这里，踱步在这里，坐卧都在这里，因此这小房间与我熟识之程度，远在它与二房东之上。我知道壁上的每个小黑点，这些都是我在无聊时数过又数的。可是过了半月后，我觉得不需要再去做这种傻事了，因为我已想出了一种很有趣的消遣办法，便是做独脚戏：最初我在旧书架上抽出了一本The Best One-Act Plays，第一篇就是Lady Gregory的The Risiny of The Moon，于是我把全文看了一遍后，就用几种声音代表几个人物，自己同自己对话，讲了后又自己来做导演及剧评家，再三揣摩每句的语气。这样又过了一月有余，直到我背熟了五六只剧本时，忽然患起重伤风来，每当独卧在床上，听见楼下及隔壁打着咕咕呱呱广东话在纵谈狂笑时，我心中不禁起了游子思乡之感，觉得置身于陌生的异乡人中，真是万分凄凉。后来索性每闻楼梯上有木屐声时，就紧紧地把被蒙住了头。

经过了这次事情以后，我们便搬到附近的另一巷内去，那面住客，差不多有十之六七是宁波人，日间你只要静静听着，来往小贩都在高喊："买宁波萝卜哦！"或"宁波牡蛎"，等等声音，四周"阿拉"之声不绝，因此我大喜过望，独脚戏也不干了。

可是住不到一星期光景，麻烦却又来了：原来这里的二房东是一个孤老太婆，与她同住着的有她的婆婆，干女儿女婿，及许多干外孙外孙女等；我初来时，她们大人见了我都打个简单招呼，孩子们只斜眼偷看，继又互相私语。可是不到几天，因我一时高兴在他们队伍中参加了一次毽子比赛后，就同他们厮熟了，大家见了我争喊"楼上阿姨"，我也乐于同他们周旋。后来，他们索性成群结队的跑到我房中来，央我教唱歌，跳舞，我也都答应了，并且分了些饼干糖果给他们吃，大家嘻嘻哈哈的玩笑一阵。从此他们就成了我们房中的常客。有时我关了门想写些信或看看书时，他们总是在房门口把门敲得震天响，我只得把信纸收起再同他们玩。半月之中，我一些事情也不能做。吾夫归来时，见房中什物凌乱，纸屑壳皮等遍地都是，而大群孩子们仍扯着我叫我再玩再唱，他虽没有说什么，但我知道他心里定很讨厌，只因为这是我整日在家唯一的消遣办法，故也隐忍着不说了。同时我的心中也很为难，眼看着这些小朋友喜欢亲近我的样子，总不成忍心拒绝他们，立刻驱逐他们出去？况且我与他们在一起又是何等的快乐！

直到有一晚他们一失手打碎了那只花瓶后——那花瓶是一个朋友贺我们结婚的礼物——我觉不能不对他们忍心一下了，经过了不知几十遍的思忖，我只得尽委婉的能事告诉他们：我虽然极喜欢同他们玩，但我家先生是个爱清净的人，希望以后他们只要在楼下等我，我若有空时会下楼来找他们的。

"我们要到你这里来：我们要到你房间来！这里有趣。"大家杂乱地嚷着，经我再三央劝无效，但我觉得自己委实不能再使吾夫不悦了，于是次晨就嗫嚅地把此意告诉了他们的外婆，不料她立刻像受了什么侮辱似的铁青着脸回答我："好，好，以后讨饭也不叫他们讨到你们房门口来。本来也是你自己高兴叫他们上去玩，给他们糖果吃的，我做外婆的是穷自己穷，决不会教外孙向人家讨断命东西塞喉咙……"我听她越说越气愤，也就不再声明自己并没有叫他们而是他们自己要上来的，只勉强笑了笑，飞步上楼，只听得那外婆还在唠叨："我们自己做二房东，有客堂，有天井，哪里不好玩，要到你那面来螺蛳壳里做道场。有钱的独家去住一座洋房，那才稀奇。……"因没人答话，她渐渐觉得没有劲，声音低下去了。

"外婆，我要买五香豆腐干。"阿四从外面嚷了进来。

"又要什么？一天三顿牢饭还塞不饱？人家的饼干是要留着自己塞的，以后再不许讨饭似的去讨！"那外婆有了对象，骂兴又发起来，"六七岁的人了还一些不知好歹，整天放着自己的财门不站偏要去站人家的龟门，你也想同她轧姘头吗？青天白日关了牢门两人在里面不要人家进去，正头夫妻哪有这等不识羞。像我从前你们外公在时，连正眼也……阿四，你又想冲魂到那里去？以后再敢到楼上去，立刻捶断你的狗脚！"

"不要到楼上阿姨家去吗？我要！"阿四的声音。

"她是你哪门子阿姨，要你喊得这样亲切？人家要同姘头两个静静的××，用不着你们这般小鬼去××！……"她的话越说越猥亵了，我心中又气又恼，不高兴再听下去，只自己扯了一本小说来看。

自从那天开罪了她以后，她们婆媳母女见了我就回过头装作不见，还吩咐她们的女仆不准再替我做事。原来我们住在那面饭是在一家小食馆里包的，此外还同她家女仆约定，以每月二元的代价，得每天替我们倒马桶，泡开水，及把邮差送来的信，分报者分来的报纸送上楼来。这约定起初原是二房东同意的，因为她们同时也同女仆说定从此以后每月少给一元工钱。可是现在她们为了要和我作对，故情愿自己多拿出一元，这可使我十分为难。此外如把我们的信故意乱丢或弄湿哩，或因她们女婿或孩子们同我打个招呼而引起争吵哩……使我再也住不下去，于是就在一月期满的前十天（阴历十一月十八）那天，我假造了一个原因客客气气的同她们说要搬家。

铁青色的面孔较前更凶了一些："十二月到了还好搬家？你们也是读书明理的，上海规矩从来不可以在十二月及正月搬场，你们不要住须付三个月空房钱。"

"什么？"我听了她一派强硬的口气不禁也动起气来，"我进来的时候你又不曾给我看过什么章程，说什么十一月正月不好搬场的话！况且现在又不是十二月。我一不欠你们房钱……"

"上海的规矩都是这样,你们是十一月廿八满期,还不是就到十二月了吗?无论如何……"她的眼光更凶了。

"无论如何我们要搬!"我气冲冲地直跑上楼。

于是仍演她的拿手好戏,独自跑到灶神前骂一阵什么:"还说是读书人呢,我看他们书读到屁股眼里去了。""今年运气不好,人不上门鬼上门。——以前亭子间住的那个骚货也不是好东西,上楼下楼把电灯都不随手关一下。好!滚你们的!老娘预备出空房钱,谁希罕你们这批臭房客。动不动还怪人家做二房东的不好,搬,看你们有福气住洋房去!"骂了一阵,自进去了。

第二天,召租贴了出来,我们也赶紧去找房子,大家避道而行,这样仇人似的又过了几天。

这次我们已是惊弓之鸟,东看一处,怕房东吸鸦片,西找一家,又恐房东太太爱骂人,直到廿六那天,挨不过了,只得决定答应他的一个朋友的邀约,到他家厢房楼上去暂住几时,且待过了年再说。那天上午,把东西整理一下,吃过午饭,便去喊了两辆黄包车,把皮箱被包先载过去。

"你们今天搬场吗?"当我第二次把被包拿下时,三个流氓式的男子突然拦住后门问。我不禁吃了一惊,只得硬着头皮答:"是的,你问我则甚?"

"二房东说过不可以搬!"一个麻皮像要对我动武似的。

"我们又不欠房钱,二房东有什么权力可以干涉我搬家?况且,你是他家什么人,替他们来说话?"我外强中干的说了,一面忙喊车夫:"来拿去!"可是两个车夫木鸡似的站在外面不敢动。

"今天无论如何不能搬!十二月还可搬场吗?你无论碰到哪个二房东都不会答应你的!"戴鸭舌帽满脸横肉的那个也开口了。

"二房东若是不答应怎么会把招租贴出呢?"我指着门口的那张招租质问他。这时,他在楼上听见争论声也下来了,见是流氓,就匆匆出外报告一个岗警。那警察见了流氓十二分小心的央求他们:"这位先生因有要紧事情必须搬家,老兄们不要为难罢。况且,人家确有迁移自由……"

"自由?"二房东也出来了,"你死了你老婆偷人有自由,搬屋也有自由吗？"

那岗警也气起来回骂："我老婆倒不会偷人，你自己才养孤老哩！"

二房东听了这话，立刻虎吼一声，直扑岗警，面红赤筋的怒嚷："你说我养孤老，拿出证据来！捉奸捉双！我五十多岁的人了还养孤老？偷你的祖宗？"那岗警看看不是路，忙独自喃喃骂着溜去了，她又对着我们："去喊，你们再去喊几个警察来，老娘就是见了蒋介石也不怕！"

那麻皮流氓又在旁助威，拍着胸脯道："哪个有狗胆敢搬同我李××讲话，世上哪有这种情理，要搬拿出四个月空房钱来！"

那时黄包车夫也拉了车子另去找主顾去了，我们看看一时没有办法，只得说了句"等一会再同你们理论"，仍自把被包拿上楼去，计议着只好去找他的朋友徐君，因为徐有个哥哥在捕房做事，于是锁了房门，匆匆出去，还听得他们在笑着："看他们讨出来什么救兵，有势力的也不会到这里来住，……"

到了徐家，那朋友刚陪着他夫人出去买物去了，问女仆何时回来也不知道，只得留下一张名片退了出来，再去找他的堂姑丈，那姑丈竭力劝我们不要争意气就拿出几块钱了事吧，就是报告了捕房，也防将来被这两个流氓暗算。我们心虽不甘，但也没法只得退了出来，亦没有坐车，一步懒一步的走回家去，互相计议着见了他们将怎样说法。

"哈罗，你们上哪儿去？"他的一个在海关外班做事的孙君在招呼我们。

"我们今天在搬家哩，"他也没有心绪对他细说，"搬过后再来看你。"

"我今天是轮到夜班，此刻闲着没事，就去帮你们搬吧——既然搬家，你俩怎么还在外面走？"

这可没法了，我只得把详细情形告诉了他。他听后不禁大怒道："岂有此理，你们难道真让他们敲竹杠去吗？付三月空房钱？不会拿来买绍酒吃！这事我倒有办法。"他忽然高兴起来，"我在××舞厅认识了一个舞女，她今年还只十九岁，面孔又嫩，又……"

"这个同舞女有什么关系呢？"我焦灼地打断他的话。

"哦，我不是说这舞女，因为她同××第三姨太太的兄弟也相熟，××是公共租界有势力的老头子，那两个流氓还敢怎样吗？现在我们就同到那个舞女处去一次好不好，叫她去请那个姨太太兄弟出来同流氓讲话好了。"

"但事情须费这许多周折，倘她或他不在家怎么办呢？"我丈夫有些踌躇。

"而且此刻已将五点钟了，"我也补充理由。

一时大家都默不作声。忽然，孙君拍了他肩膀一下，笑道："有了！有了！那舞女还对我说过那姨太太还有个弟弟在香港海关里做事，年纪同我差不多大小，我就来冒充一下吧。"

"可是，你也许会露出马脚呢。"我有些担心。

"不要紧，放心，放心。"他拉了我们跳上五路公共电车回到家里来。

到了里面，他在楼梯上高喊："请三位老兄上面来说话。"那流氓带着挑战的面色上来了。

"我是××先生叫我来的，他说大家都是自家人，老兄们有话到×府去讲好了。"孙君像煞有介事的开口了，我却怀着鬼胎。

"×先生同……？"麻皮的态度谦和了不少。

"我是他家三太太的第二兄弟，前天刚从香港回来；今天×先生来同我说起说是这里二房东女人十分无理，想老兄们同×先生还没会过，所以不知道，大家都是自家人，……我恐怕我自己也是初到上海，同老兄们还不大熟识。故立刻跑到姊姊处去请他们来说，不料她们正在叉麻雀，不得空，故叫我请老兄们同到他那面去谈吧。"

那三人听见了这话，顿时笑容满面，连称难得舅爷到这里来，又连连向我们谢罪说是起初不知道。于是由那面戴鸭舌帽的去喊一辆运货车，他们一面替我们拿物件下去，一面与孙君笑着谈论三太太长三太太短，态度十分诌媚。孙君也摆出十足的舅爷架子，说什么姊姊常叫他买小手帕哩，姊姊一天到晚爱打牌哩还坚邀他们三个到×府去。

"我们改日来拜访吧，遇见×先生及太太时望替我们遮盖遮盖，今天真是上那个瘟老太婆的当。"他们很不好意思的说。

上了货车，吾夫就抽出三张钞票给他们买香烟吃，他们再三推辞择不得，只好谢着收下了。

当车子转弯时，我们回头望见那个二房东正在后门口烧白纸，孙君大怒要跳下去骂她，我忙拦住道："算了，算了，舅爷架子留着下次再用罢。"

一家亲

[美] 玛格丽特·卡尔森

我的父母,詹姆斯·布勒斯南和玛丽·麦克瑞,是高中时代的恋人。当我降生的时候,他们早已清楚曾经梦想的幸福生活结束了。两年前,妈妈随爸爸从战场归来,带回他们的第一个孩子,我的哥哥吉米。吉米在部队医院出生,难产造成他的脑部缺氧。那个时候还没有医学手段能够检测他的病情将如何发展,渐渐地爸妈才发现吉米的脑部受损程度有多严重。

孩提时代,我已觉察到爸妈的悲痛。吉米总是不断地发问,我可以做果冻吗?我的帽子在哪儿?奶奶什么时候会来?他不像其他孩子那样明白自己该做些什么,他总是向往着自己不能拥有的东西,并且没有足够的自我意识来抱怨。这一点,从某种意义上说,是一份礼物,它拯救了我们。

妈妈希望我们的生活围绕吉米打转,因此她变成了狂躁的玛莎·斯图尔特(美国家政女皇),脾气本来就很温和的爸爸则变成了一个圣徒。我也被卷入哥的生活中——充当他的保护者,爸妈的后盾。小时候,我从不拒绝妈妈让我带哥哥出去玩的命令,我这么做是为了我自己(我明白她的意思:如果你想要我陪,就得带上哥哥)。我试着引导哥哥做一些他能胜任的脑力游戏,比如捉迷藏,而避免那些他不能做的游戏,比如玩玻璃珠和挑竹签。

我们从来没有把吉米一个人落下,我们也不去他不能去的地方,比如电影院、博物馆和戏院。于是,我邀请邻居的孩子们来我家玩。他们很喜欢我家,不仅因为那些可口的零食和冰激凌,他们喜欢我家的气氛,完全是小孩子的天地。

爸妈负责家里的所有事。早上,妈妈教吉米一些实用的技能:刷牙

（成功），系领带（失败），把皮带穿在裤腰上（成功了一半——前面他会穿，后面不会）。我负责巡逻吉米的活动领域，并维持正义。我开始讨厌那些欺负弱小的人，我发现没人注意时，那些自以为了不起的家伙常常干坏事。欺负哥哥的不是那个有哮喘病脸色苍白的男孩，而是那个拥有斯奇文牌三速自行车和特德威廉棒球棍的高大英俊的小子。

那时，我把一些不受欢迎的人列入黑名单。我像瘦小的扎着马尾的迈克·华伦斯（美国著名的新闻调查记者），追踪那些没有公正立场，偏袒自己孩子的父母。折断吉米的自行车训练轮子是那帮家伙的一个小把戏。一气之下，我跑到帕特克家告诉他爸他的儿子是那帮捣蛋分子的头儿。他爸瞪了我一眼，在叫他太太下楼来的同时，砰的一声关上了门。他太太从没出现过。第二次，我朝他家扔了一块石头，还把帕特克的鼻子打出了血。很多年后，我的儿女发现我儿时的成绩单，令她好笑的是，我的仪表课只得了"F"，玛丽塔·约塞夫修女还写了一句评语，要我把草率的处决权转给他。

牧羊人学校的修女们似乎想把我们每个人都培养诺贝尔奖获得者。我们学得很快，每个人都有正常的思维，修女们尽有可能让每个孩子都接受教育，但对于吉米还是无能为力。那爸妈该做些什么呢？肯尼迪家族是个很好的参考例子，他们的情况表明：即使拥有世界上所有的金钱和专家，有时也无济于事。肯尼迪的大女儿露斯玛丽（约翰·肯尼迪总统的大姐），出生时脑部缺氧，肯尼迪为此伤心不已。他给他做了脑部手术并把她送到威斯康星州一个特殊的小镇，设有这样的学校。如果要去远离我们的地方上学，哥哥是不会同意的.

然而，他去了一家生产锅柄和船索的残疾人工厂。虽然产品在当地市场饱和，工厂还是雇用了哥哥。起初，吉米四处张望，不明白为什么要来这里。"我没有残疾"，他喃喃自语，但他很快习惯了那里。晚餐时，他跟我们详细描述当天的工作，实际上他的每一天都是相同的，这也是他喜欢在那儿工作的原因。他的每句话都让我们兴奋不已。

再后来，吉米去了梅卡尼克斯堡的海军仓库，爸爸在那儿为他找了份搬不同颜色的纸箱的工作。他不时被人欺负，还学会了妈妈从没教过他的脏话，但他的老板洛德哈格很照顾他。他在那里工作了20年，远远超出我们的期望，比他在第一家工厂做编织活好得多。吉米受到了奖励，不仅因为他从没请过一天病假，还因为他发现了更有效地搬卸纸箱的方法。每次听到人们抱怨超市给残疾人预留太多的停车位时，我就想告诉他们吉米的故事。

吉米长大后，与爸爸的关系更为亲密。每天早上他们一起吃早餐，准备好午餐饭盒，再开车去上班。1991年，爸爸在一次高尔夫球赛后跌倒，旋即去世，吉米的世界垮了。他不明白为什么爸爸带着啤酒冰镇器和俱乐部成员走出房子后就再也没有回来。爸爸走后的一周里，吉米没掉过一滴眼泪，直到一些记忆碎片开始在他脆弱的脑海里浮现。

我请了一个人和吉米同住并开车送他去上班，我努力想让一切回到从前，纵使吉米自己也意识到他曾经熟悉的生活已经结束了。我问他："你想念爸爸吗？"他说："玛格丽特，你不知道吗？他是我最好的朋友。"

6个月后妈妈死于肺癌。父母过世，孩子们都很伤心，我则陷入了恐慌。那时候我离婚了，我的女儿康妮刚搬走开始她的新生活，我的弟弟埃德蒙刚结婚。只有我一个人可以照顾吉米了。

从那以后，我渐渐明白，我对吉米的照顾永远没有尽头，但没有必要恐慌。吉米还没适应不能和爸爸一起去上班的日子，于是他来到华盛顿和我住了一段时间。起初，吉米总是跟着我外出，他从没独自呆过。一天早上，他穿上参加丧葬的礼服和我去市中心的一家酒店参加总统候选人的早餐记者招待会。坐在吉米旁边的记者问他："你和谁在一起？"

"我的妹妹。"吉米说。

"你的妹妹和谁在一起？"

"她和我在一起。"吉米疑惑地答道。侍者端来橙汁和咖啡，记者招待会只供应这个。吉米想要一些蓝莓蛋糕，侍者满足了他的要求。

渐渐地我设法让吉米更多的愿望得以实现。他想回梅卡尼克斯堡的海军仓库工作，住在爸妈的房子里。于是他又在那里工作了11年，照顾他的人也换了很多个。他现在对邻居们来说是不可或缺的一分子。你的草地上有落叶吗？吉米有清扫的工具；你有邮件要取吗？吉米可以帮你。

我花了很长时间才认识到妈妈当年的做法是正确的。当然，如果妈妈没有把吉米变成我们生活的一部分，他根本就无法生活。建立一个包容吉米缺陷的家庭是可能的，吉米让我们的生活变得充实。

　　世贸中心惨剧发生后的几天，我对此有了清楚的认识。9月16日，吉米来华盛顿和我一起庆祝他57岁生日，因为"9·11事件"造成的混乱，我们家人没能聚在一起。于是我叫来朋友帮忙准备生日庆典，尽管他们因不停工作已经疲惫不堪。我顾不上礼仪，大叫："请带礼物！"

　　吉米安排菜单：用妈妈的面团做的比萨，德国巧克力蛋糕和冰激凌。客人是吉米这些年交的朋友，他们带来了理想的礼物：微波炉爆米花、龟牌车蜡、乡村音乐CD、衬衫，还有很多让健康饮食专家头疼的饼干、薯片和花生。想想这周美国遭受的打击，我们深情地吟唱生日颂歌好像演唱那首伟大的赞美歌曲《美丽的亚美利加》。

　　第二天早餐时，哥哥递我一沓白色信封，说："这什么不打开看看？"头天晚上他很安静，以致我忘了，如果不和客人交谈，他不知道哪张贺卡是属于哪份礼物的。我读每张卡片时，他都点头，好像卡片上那些深情的话语正是为他写的。

　　从某种意义上讲，的确如此。吉米给了我的朋友们在经历这场灾难后一个表达他们真挚情感的机会。他提醒我们，亲情和友情可以鼓励每个人，如果你曾经需要它。那些生日贺卡放在他的卧室的梳妆台上，那是我们小时候生活的地方。年幼的时候我不曾意识到，爸妈早已为我们搭建了一个永久的避风港。

一个欧洲打工仔的王朝

余泽民

在出国淘金的中国人里，不少人都有过到餐馆打工的经历。当然，从厨房打杂开始的人生不仅中国人才有，在布达佩斯英雄广场街边一幢宫廷式的饭庄门楣上，就刻着一个餐馆打工仔的家姓——贡德勒（Gundel）。贡德勒饭庄是匈牙利最华贵的餐饮王朝，就连罗马教皇保罗二世、英国女王伊丽莎白等欧洲显贵都曾慕名造访。而这个王朝的神话，是从一个流浪儿开始的。

约翰·贡德勒出生在德国一个小城。10岁时，父亲病故，母亲改嫁，男孩不喜欢自己的继父，13岁时倔强出走，一路打工到了布达佩斯。约翰在餐馆打了12年工，吃了许多苦，也偷学了一手好厨艺，25岁时在布达佩斯开了第一家店——"维也纳啤酒屋"，两年后买下"花丛饭馆"。由于约翰的手艺精湛，饭馆成了议员、银行家、艺术家的据点，音乐家李斯特也是饭馆的常客。31岁那年，约翰又成了伊丽莎白王后宾馆的主人，并将自己的德国名字匈牙利化，改为"贡德勒·亚诺士"。

昔日的打工仔凭着自己的勤奋和技艺，逐渐跻身于社会名流，41岁时，由于他对布达佩斯旅游发展的贡献，又从奥匈帝国皇帝手中获得了"骑士勋章"。

约翰·贡德勒共有五个儿子，孩子们为父亲打工，但是究竟哪个能接自己的班？他费的心思不比一个老国王少。有一天，正在举行宴会的大堂突然停电，趁客人还未醒过味儿来，大儿子卡洛伊已不动声色、风度翩翩地领着侍者端上了蜡烛，数百人的大厅变成了童话城堡……后来水晶灯又亮了，谁都没有意识到这原是一次技术故障。大儿子的沉着机智，被父亲看在眼里,约翰为了重点培养,将卡洛伊先后送到德国、瑞士和法国学习。

1910年,已经主管了家族产业的卡洛伊,决定接手城中规模最大、位置最好的"动物园餐厅"。几乎一夜之间,他就将这座面向游客的普通餐厅,改造为全国之最的贵族饭庄,并以贡德勒家族的姓氏命名。近百年来,大凡到过布达佩斯的达官显贵、社会名流,全都尝过"贡德勒饭庄"的美味。

卡洛伊的细心很像父亲,他提议的两件小事我很欣赏:饭庄里灯虽很多,但光线柔和,这是为了照顾那些皮肤不佳的女士的自信。饭庄还准备了许多套各种尺码的高档西装,这是为了应付那些偶然登门、衣冠不整的客人。

当然,在中国人里也肯定不乏类似的故事。我举这个欧洲人的例子,不过是想添一个佐证:无论一个人现在做什么,只要将今天视为通往明天的台阶,就能使一时的委屈变成长久的享受。

寻找宁静

陆勇强

很欣赏美国华盛顿州的奥林匹克公园,很佩服一个名叫格登·汉普顿的人。

他是一个城市宁静的孜孜追求者,他说,城市应该留下一个宁静的去处,在这里,最大的噪音是树叶落地的声音。在这座城市里,已经没有宁静了,惟有在这里,才有。但是,它是那么脆弱,那么需要保护,那么容易像手中的沙一样,慢慢流失。

汉普顿成了公园宁静的"保护狂人",他拟订了计划,送到了政府,要求政府保护公园的宁静,他还游说了不少专家,来监控公园里的声音。在公园里,最低的声音分贝数是26分贝,最吵的是桤木树叶掉落下来的声音。

但是,汉普顿还不满意,因为他发现公园的上空有航班经过,虽然每天只有几个班次,但他无法忍受这些航班发出的声音。他向航空公司提出抗议,要求他们修改航线,让飞机不要飞临公园上空。

这对航空公司来说,是一个无法接受的要求。但是,汉普顿的固执和坚持,让航空公司不得不作出让步,对所有航班航线进行了修改。

我没法去美国华盛顿州这个被汉普顿称为"世界第一静"的公园,但我觉得汉普顿的建议非常好:应该为这座城市里的人,寻找一处宁静的地方,然后,像保护自己的生命一样,保护它。

心 墙

刘 墉

小时候，我家四周是一片空旷的田野，我常站在田埂上对别的小朋友说："田间的那栋房子就是我家，这块田则是我家的院子，你们随时都可以到我家来玩。"

七岁的时候，我搬进城市，院子变小了，四周种了些七里香当作围墙，我常跟邻居的孩子在墙间穿梭，我说："我这的这道墙，处处都有门，随便你们进去。"

十岁的时候，家里把树墙除去，改建一堵砖墙，墙不高，所以邻居小朋友常站在墙外的垃圾箱上和我聊天，有时他们的球不小心掉进来，就自己爬墙过来捡。

十二岁的时候，母亲把墙加高了，并在顶端砌上尖尖的碎玻璃，她说："现在人心坏了，总要防着些。"但我觉得自从墙加高之后，院子里的阳光变少，感觉也小多了。

二十六岁的时候，我们搬进一栋公寓，除了窄窄的一个阳台，根本没有院子。我们在让上装了猫眼，有人来访，总先看看是谁才开门。

二十九岁的时候，我搬到了纽约，住进一栋大楼的套房，连阳台也没了，朋友来，我非得在电话里问清是谁，才敢按钮请他进来。

三十年来，由没有墙的大院子，到没有院子只有墙，这不仅是住的改换，也是心灵的变化。

幼儿时，我的心是打开的，纯真地欢迎每个人进入我的心房。

儿童时，我的心是半开的，要进来的人随时可以进来，我从不加阻挡。

少年时，我的心外筑起高高的墙，但是在墙里仍有我可爱的院子，虽然阳光少些，我依然可以在其中玩耍。

青年时，我心里的小院子也被剥夺了，而不得不从"小洞"看每位来访的人。

现在，我到达一个世界上最热闹、最繁华、也最进步的城市，我的心却像放在一个小小密封的盒子里，虽然别人夺不走，我却也见不到和煦的阳光，吸不到新鲜的空气了。

我多么希望能再回到儿时的那片田园，让千顷的稻浪，作我的心墙；让人们在我的心墙里收割，把我的心墙当作他们的食糖。

我多么希望再拥有儿时的天空，那是一个又宽又大的天空，不为浓烟所遮翳，不被高楼所侵夺。

我多么希望再拥有儿时的田埂，它虽然又窄又小，但四通八达，每个孩子都能通过它，进入我的家。

如果我不能再拥有那么开阔的心墙，也请赐我一个七里香的树墙吧！让我的花香沁郁四方，让小朋友随意穿梭，因为我实在不喜欢那些只会隔离人与人的"钢筋水泥的围墙"。

陷阱里的机会

高兴宇

在前苏联卫国战争期间的一次激战前夕，苏军的一位侦察兵被派往前沿阵地侦察敌情。当时的天气很不好，不停地刮着寒风。阵地前面那片树林的树枝随风摆动着，发出沙沙的响声。

侦察兵用望远镜仔细地观察着树林里的动静，忽然发现了可疑的情景：一个与众不同的树枝，不是顺风倾斜，而是逆风而动。这引起了他的注意和警惕。他想，这其中一定有什么原因。他认真思考片刻后做出了判断：树林中很可能埋伏着德军。于是，他果断地向指挥部报告了自己的想法，提出了炮击树林的请求。苏军指挥部采纳了他的建议，并在他的引导下准确无误地炮击了树林。事后，在清理战场时发现了一批德军的尸体，并俘虏了一些受伤的德军官兵。其中有一名是德军的上校军官，且随身携带着重要的情报。

从俘获德军官兵的口供中得知，这是一批精锐的德军特种兵。他们潜伏在苏军阵地前的树林里，目的是伺机发起对苏军前线指挥部的偷袭，活捉前来视察的苏军将领。可在潜伏过程中，有一个德军士兵因病而感到十分疲劳，便把身上的枪和水壶解下来，挂在了身旁的树枝上。正是枪和水壶的重量使树枝出现了逆风而动的怪事。苏联侦察兵及时观察到了这一反常的现象，进而断定敌人在此埋伏，最终确保了苏军将领和指挥部的安全。那些倒霉的德军特种兵，直到临死的那一刻也不知道他们究竟是如何暴露和被发现的。

苏军最高统帅部得知了这位侦察兵的事迹后，下达了向他颁发战斗英雄奖章的命令。他所在部队的政治委员在颁发奖章时对苏军官兵说："在兵不厌诈的复杂战斗环境中，很难说是机会多还是陷阱多。因为机会用不好也可能变成陷阱，而在陷阱里也可能发现机会。我们要向这位侦察兵学习，学习他的胆大心细，学习他在陷阱里发现机会的本领。"

听 雨

崔舸鸣

雨夜总是无眠，便听了一场夏雨自小至大的成长过程。

初时淅淅沥沥，若有若无，只是当微凉的风裹着土腥味儿涌进窗时，才嗅到雨的气息。渐渐地密了，浓了，落在屋檐上，树叶上，便有了滴滴答答的响声。大多数的仍无声地投入大地干涸的怀抱。此时的雨声带了些许诗情。无论哪一滴雨，都无法选择自己将落到何处。这是雨之少年。而人之"少年听雨歌楼上，红烛昏罗帐"，是否也是不谙世事不识愁味的洒脱无拘呢？

慢慢地，雨声听来有了些脾气，撞在什么上不再是羞涩地滴答，而是噼啪有声，又分明带了些不耐烦的躁动。仿佛急于向世人证明什么，一如人涉世未深，为名利，为稻粱，四处奔波，虽不见得有古人那种"江阔云低，断雁叫西风"之漂泊感，却也别有一番滋味在心头。

忽一阵疾风掠过，凉意透进，溽热顿消，一道闪电趁风卷帘时射进来，虽闭目在黑夜中也感到眼前一亮。随后，雷声轰然炸裂，感觉整个大地都在抖动；继而狂风大作，雨似天河倾泻，急骤地叫喊着，宣泄着，仿佛要冲刷人间角落的龌龊，荡尽所有污泥浊水。又一串惊雷如山崩地裂，似要震醒那些沉溺物欲的麻木心灵。这是光明磊落者之间的庄重宣言，无私无畏。几千年前，汨罗江畔的屈原，面对的可是这样沉沉的黑夜？聆听的可是这样叱咤风云的雷电？他的抑郁他的愤懑他的心声他的呐喊又有谁听得见？如果这算作雨到中年，是否也如人之壮年？成绩斐然者，呼朋唤友，觥筹交错，在人生的舞台上恣意挥洒自己的得意，而失意者只能借雷电表达自己怀才不遇愤世嫉俗的呼声。

不知何时，雨声慢慢显出倦意。它累了，乏了，厌了，渐稀渐少，雨滴的间隙中似乎透着思索。雨声从从容容，不急不缓，仿佛历尽沧桑的老人，回首人生，有欢乐，有迷惘，有失意，有辉煌，如今都不得已淡然，不再去解释什么，说明什么，只闲看花开花落云舒云卷，"一任阶前点滴到天明"。

一夜听雨，天人合一，物我两忘，不觉夜已阑珊，雨声渐无。或许，外面已是雨过天晴星光灿烂了吧？

说花钱

贾平凹

社会越来越发展到以法律和金钱维系，有定数的钱就在世上流通，聚聚散散，来来往往，人就在钱上穷富沉浮。若将每一张钞票当一部小说来读，都有一段传奇的吧。

中国传统的文化里，有一路子是善于吹的，如中医大夫，如气功师，街头摆摊卜卦的，酒桌上的饮者，路灯下拥簇着的一堆博弈人和观弈人，一分的本事吹成了十二分的能耐，连破棉袄里扪出一颗虱来，也是珍养的，有双眼皮的俊。依我们的经验，凡是太显山露水的，都不足怕，一个小孩子在街上说他是毛泽东，由他说去，谁信呢，人不信，鬼也不信。先前的年里，戴口罩很卫生，很文明，许多人脖子上吊着白系儿，口罩却掖在衣服里，就为着露出那白系儿。后来又兴墨镜，也并不戴的，或者高高架在脑门上，或者将一只镜腿儿挂在胸前衣扣上。而现在却是行立坐卧什么也不带的，带大哥大，越是人多广众，越是大呼小叫地对讲——这些都是要显示身份的，显示有钱的，却也暴露了轻薄和贫相。金口玉言的只能是皇帝而不是补了金牙的人，浑身上下皆是名牌的服饰的没有一个是名家贵族，领兵打仗了大半生的毛泽东主席从不带一刀一枪，亿万富翁大概也不会有个精美的钱夹装在身上。

越不是艺术家的人，其做派越更像艺术家；越是没钱的人，越是要做出是有钱的主儿。说句好话，钱是不能说就证明一切，但也不能说钱就不是一种价值的证明，说难听点，还是怕旁人看不起。过日子的秉性是，过不好，受耻笑，过好了，遭嫉妒。豪华宾馆的门口总竖着牌子写着："衣着不整，不得入内"，所谓不整者，其实是不华丽的衣着，虽然世上有凡人的邋遢是肮脏、名流的邋遢是不修边幅之说，但常常有不修边幅的名流在旁人说出名姓后接待者的脸面方由冷清到生动。于是，那些不失漂亮的女子，精致的手袋里塞满了卫生纸，她们不敢进澡堂，剥了华丽的外套，得缩身捂住破旧不堪的内衣，铮亮的高跟皮鞋不能脱，袜子被脚趾捅出个洞。她们得赶快谈恋爱，谈恋爱了，去花男朋友的钱，或者不结婚，或者结了婚搞婚外恋，傍大款，今天猎住这个，明日瞄准了那位，藤缠树，树有多高，藤有多高，男人们下海在水里扑腾，她们下海，在男人的船上。社会越来越发展到以法律和金钱维系，有定数的钱就在世上流通，聚聚散散，来来往往，人就在钱上穷富沉浮。若将每一张钞票当一部小说来读，都有一段传奇的吧。

如果平静地来讲，现在可爱的倒不是那些年轻的女子了，老太太更显得真实、本质，做小市民有小市民的味：头梳得油光光的去菜市，问过了这一摊位的价格，又去问那一摊位的价格，仰头看天，低首数钱，为一分两分与摊主争吵，要揭发呀要告状呀地瞧摊主的秤星秤锤，剥菜叶子，掐葱根，末了要走了还随手捏去几棵豆芽。年轻的女子在市民里仍有个"小"字，行为做事却要充大。越是小，越怕人说小，如小日本偏自称大日本帝国，一个长江口上的滩城偏要叫做大上海。

依一般的家庭，能花钱的都是女人，女人在家庭有没有地位就看是否掌握花钱的权利，如今的"气管炎"日益增多，是丈夫们越来越多地失去了经济的独立。事实是，真正的男人是不花钱的。日本的一位首相说过，好男人出门在外身上只装十元钱。他有能力去挣钱，挣了钱就让女人去花吧，看着女人去花钱，是把烦琐的家庭日常安排之任交她去完成了。即使女人们将钱花在衣着上、脸面上，那更是男人的快乐，试想，一个人被他救过命又救过另外人的命，他是从内心深处不愿常见到恩人而企望被救过的那人常出现在他面前的。不管如何地否认和掩饰，今日的社会还是以男人为中心的社会，女人——如张爱玲所说——即使往前奔跑，前面遇到的还是男人。所以，有了自己钱的，做了强人的女人，实指望一切要主动，却一切皆不主动，尤其是爱情。

钱的属性既然是流通的，钱就如人身上的垢甲，人又是泥捏的，洗了生，生了洗。李白说，千金散去还复来。守财奴全是没钱的。人没钱不行，而有人挣的钱多，有人挣的钱少，表面上似乎是能力的大小，实则是人的品种所致。蚂蚁中有配种的蚁王，有工蚁，也有兵蚁；狗不下蛋，鸡却下蛋，不让鸡下蛋鸡就憋死。百行百业，人生来各归其位，生命是不分贵贱和轻微的。钱对于我们来说，来者不拒，去者不惜，花多花少皆不受累，何况每个人不会穷到没有一分钱（没有一分钱的是死了的人），每个人更不会聚积所有的钱。钱过多了，钱就不属于自己，钱如空气如水，人只长着两个鼻孔一张嘴的。如果这样了，我们就可以笑那些穷得只剩下钱的人，笑那些没钱而猴急的人，就可以心平气和地去完成各自生存的意义了。古人讲"安贫乐道"，并不是一种无奈后的放达和贫穷的幽默，"安贫"实在是对钱产生出的浮躁之所戒，"乐道"则更是对满园生命的伟大呼唤。

哨 声

[美] 罗伯特·博伊德

一位牧师为我们讲述了一个故事。有一年，他到欧洲大陆旅行，住在某城市的一个旅店里。一天早上，他起床后待在自己的房间，这时楼下传来的口哨声引起了他的注意。那种悠扬的声调让他为之一震。起初，他以为那是一种善啼的鸟类发出的声音，转念一想又觉得不可能，因为口哨声听来婉转细腻，极具穿透力。

于是他跑下楼去，想看看演奏者的庐山真面目。他仔细打量每一个他遇见的人，但似乎都不是他们发出口哨声。最后，他只好问旅店服务员，是谁吹出如此了不得的哨声。服务员听后哈哈大笑，指了指挂在大厅内笼子里的鸟。那是一只个头小小的金丝雀，看上去毫不起眼，然而发出哨声的正是它。

"究竟用了什么法子，能让它吹出如此美妙的哨声？"这位牧师不解地问。

服务员介绍说："在这只鸟很小的时候，就要对它进行训练，而且每次训练前不给它进食，把它饿得有气无力，然后将它关在一个漆黑的密闭房间里。在这种环境下，除了自己发出的哨声，鸟听不到任何其他的声音。这样才使得它心无旁骛，不受外部世界的干扰，几天甚至十几天地重复吹唱同样的哨声。日复一日，它的发声器官逐渐发育成熟，变得适合吹出动听的口哨声。经过这种近乎残酷的折磨后，这只鸟最终练就一副金嗓子。"

人人都有最美丽的十年

[美] 凯瑟琳·奈特

上中学的时候我总是躲着她,因为她实在是太漂亮了,跟她相比,我自渐形秽。20年以后见到这位老同学,我只能用一个词来形容她——相貌平平,岁月已经将她昔日的美貌磨砺贻尽。

毋庸讳言,我现在看起来却比18岁时强多了。事实上,步入中年的我比所谓风华正茂年轻时代的我更为自信,并不是我喜欢眼角隐隐开始出现的鱼尾纹,而是我现在能够处之泰然。无论是跟十多岁还是二十多岁时相比,我都变得更加漂亮了。

每个人都会有十年时间是你处于人生最佳状态的时期,只不过它未必是你想当然以为的那个十年。有的人18岁时像公主,有的人则到了50岁时仪态万方。

我们都知道,有些人早在二十多岁甚至十多岁就过完了花样年华。以小甜甜布兰妮为例。17岁时,她是青春靓丽的写照;十八九岁时,她的确比其他任何女明星都更让男人神魂颠倒。如今到了24岁,她已经花容凋零,似乎更多时候是在院子里推着婴儿车而不是在咖啡厅里。

相比之下,15年前谁会料到26岁的萨拉·杰西卡·帕克日后会成为别具一格的偶像?当年她不过是一个跑龙套的普通演员,知道三十多岁才开始散发出由内而外的魅力。像她这样的女人数不胜数。这些女人向我们证明:三十岁并不是美丽的终结站。

那么,是什么决定着你的黄金时期呢?一个人的美貌并不完全是天生的,有的女人越长越漂亮,未必是像故事中所讲的丑小鸭变天鹅,而是因为年龄和自信赋予她们独特的韵味。

不管年龄大小，自信能成就也能毁掉一个女人的美貌。在化妆师耶玛基德看来，正是这一品质导致成年女性之间出现差异。"三四十岁的女人是最美的，自信使她们绽放异彩——如今许多女人到了四十多岁才渐入佳境。"

这些人有家庭主妇，也有商界大腕，她们是一支蔚为壮观的消费大军。同20年前相比，他们大多已不太注重外表，而这恰恰增添了她们的魅力。这种女人往往领悟了一个至关重要的美容秘诀，那就是坦然接受——优雅地面对岁月的流逝而不丧失自我，她们不像有的人错误地千方百计永葆18岁时的容貌。

最美的十年难以预料，运气好的话，你一生可以不止有一个。有的女人在二十多岁时如花似玉，三四十岁时因家庭和事业的双重压力而面容憔悴，到了50多岁再次焕发青春活力。还有的人（比如麦当那）连续三个十年都充满性感。朱丽·克里斯帝的美丽则持续了半个世纪。

多数人通常只有一个这样的十年。还没有得到它的人应该感到欣慰，认为它已经来过的人也不不必失落，你的黄金时期也许会在你最意想不到的时候再度来临。

和风不语，至爱无言

马 德

这座城市有一档叫"社会生活"的电视节目，这几天，不断播送着这样一个消息：一个农村小女孩得了一种非常罕见的病，来这座城市治疗已经有一段时间了，她的父母花尽了所有的钱，可女孩非但没有好起来的迹象，反而情况越来越糟糕，绝望的父母没有办法，只好求助电视台，希望能够有好心人帮他们一把。

节目播出后不久，就有一位女士给电视台打来电话，愿意伸出援助之手帮帮这个家庭。大家都喜出望外，电视台马上派出记者，打算与这位女士做进一步的接触和了解，却被女士婉言谢绝了。女士说，她所需要的，只是一个账号。果然，电视台把账号提供给女士之后的第二天，便收到她汇给这个家庭的5万元钱。

一直到这个女孩痊愈，这位女士一共捐了三次钱，总额超过了20万元。女孩一家人过意不去，一定要见见这位救命恩人，电视台甚至录制了女孩一家人泪流满面的场景，希望当面感谢一下他们的恩人，然而这位女士还是婉言谢绝了。

一位报社记者对这位神秘的好心人表现出了极大的兴趣。他通过短信的方式，以一个普通人的身份与女士交流，逐渐赢得了她的信任。一次，在茶馆里聊天，女士为记者讲述了她小时候最不能忘怀的一件事：

那是小学四年级的时候。有一天，班主任在课上给我们讲了南方某个地方遭受洪灾的消息，要求我们把自己平时的零用钱拿出来，捐助给灾区的孩子们。同学们听说要给灾区的孩子们捐款，大家都兴高采烈。我回到家，把自己藏在储蓄罐里的钱一分一角地拿出来，仔细数过，包好。睡觉之前，又认真地压在枕头底下，等待着第二天把它郑重地交给老师。

第二天上午的阳光很灿烂，同学们纷纷拿出零用钱交给老师，老师逐个表扬着我们，同学们一个个笑靥如花。我把钱递给老师的那一刻，内心中幸福极了，眼望着老师，等待着来自老师的同样的赞美。然而，老师从我的手里接过钱之后迟疑了一下，然后有些沉重地对我说："孩子，你就不用捐了，给，收起你的钱吧。"我一下子愣在了那里，不知道老师为什么不要我的钱。

老师发现了我的局促和不安，解释说："你的家里原本就不宽裕，更何况你也需要……"老师没有接着说下去，但是我知道老师要说什么了，我低头看了看自己那条有些残疾的腿，泪水禁不住奔涌而出。

也就是那次，让我明白了这样一个事实，贫穷的家庭，残疾的身体，给一个人带来的只会是别人的怜悯，而以这样的处境，拿出属于自己的一点爱，是多么困难的一件事情……

记者在他的报纸上，用了整版的篇幅刊发了关于这位女士的报道，其中包括这个故事，当然了也包括以后的岁月里，她如何发愤读书，以优异的成绩考取医科大学。博士毕业后，又如何创办了一家医学研究室等等。这篇报道的最后，是记者与女士的一段对话：

记者问，你十几年的拼搏，换来今天，你到底想要得到什么？

她说，很简单，我只想得到平等的爱的权利。这个世界上，爱一个人是需要能力的，我所有的努力和奋斗，只是为了获得这种能力。

记者点点头，继续问，作为一个残疾人，通过自己的努力，能够养活自己，就已经是人生的胜利了，你为什么还要这么辛苦地去做这些呢？

她说，这个世界如果没有爱，就不会是一个美丽的世界。同样，一个人活在这个世界上，如果没有为别人付出过爱，无论他为自己曾经创造过多少，都不会活出有价值有意义的人生。

你既然为别人付出了爱，为什么还要躲在幕后，不让自己痛痛快快地站出来，接受别人给予你的感恩呢？记者抛出了自己最后一个问题。

她笑了，说，一阵风，从一个大汗淋漓的人的耳际擦过，它会停下来等待那个人的感恩吗？真正爱的付出，就像刮在这个世间的和风，它不会因为受惠者是否向它致意，而停下脚步。爱，是不必喧嚣的，我选择静默地付出，是因为我觉得这样做，才贴近了爱的本质——爱，实际上是对生命尊严的最高敬重。

把阳光加入想象

感 动

    美国青年罗尔斯大学毕业后，开始为找工作四处奔波，但很长一段时间，罗尔斯并没有找到需要自己的职位。不久，罗尔斯的朋友邀请他一起去夏威夷旅行。一天，沐浴在夏威夷海滩阳光下的罗尔斯注意到，很多在海滩上休闲的人在用手机聊天。但是他发现这些人不一会儿就不得不顶着太阳跑回停车场。这是为什么呢？罗尔斯从游客的抱怨中找到了答案："该死的手机又没电了！"手机突然断电，竟打断了一些游客的开心之旅，这引起了罗尔斯的思考。如果有一种能在海滩上充电的充电器，这个问题不就解决了吗？

    罗尔斯曾极度痴迷太阳能，在大学里还尝试设计制造过一辆太阳能自行车。此时，夏威夷海滨的阳光让他忽有所悟：为何不去利用这取之不尽的太阳能呢？他突然有设计一种便携式太阳能充电器的冲动。接下来，罗尔斯在网上购买了一款太阳能充电器并把它缝到了背包上。当他把这种太阳能背包拿到一个旅行网站上出售后，竟吸引了许多购买者。2005年，罗尔斯创立了罗尔斯设计公司，生产销售自己生产的"瑞特"牌太阳能背包。半年后，罗尔斯公司的产品竟在世界各地的沙滩上占有了一席之地，公司也因此盈利8万美元。紧接着，罗尔斯又开始设计一种能为笔记本电脑充电的背包。结果，这种产品面市后更受欢迎，世界各地的订单雪片般飞向罗尔斯的公司。这使罗尔斯每个月有近2万美元的收益。

    谁也不敢相信，一个为找工作而发愁的大学生，两年后竟成为一个拥有自己公司的老板。罗尔斯接受一个电视节目采访时说：从开始到现在，我都没有做什么，我只不过是把触手可及的阳光加入了想象。

爱是一种心境

祝 勇

想起那次,当我的爱情失落在一个遥远的童话里,我整天慵坐于窗前,抬起淡漠的眼,望窗外那灰蒙蒙的街巷。那时正是隆冬,群树都落光了叶子,只剩下干枯的手臂,渴望地伸展向天空。那天我不知坐了多久,一动不动,我的视觉和思想一起呆滞了、麻木了。我没感觉到,黄昏正悄悄地降临,街巷里还有几只逗人喜爱的小雀,在低空里翩飞,或栖在电线上东张西望。房间里暗了下来,比外面的世界灰暗得多,我却没有去开灯。突然,我看见几瓣梨花在风中舞着,接着是更多的花瓣飘落下来。那是雪,我的心怦然一动。啊,下雪了。雪很快纷纷扬扬起来。我望着窗外的景物在逐渐变得纯白。是的,白雪很快便遮覆了一切。

我终于站了起来,穿上大衣,走了出来。下雪天并不寒冷,空气清冽得如同刚从冰箱里取出的雪碧。整个世界没有了一丝杂色,地上那白是毛绒绒的白,就像白兔的皮毛。最美的是那树,白中透着微蓝。还有教堂那高耸的尖顶,白色线条明快得让人感动。

我在雪地上踩着图案,鞋底与疏松的雪层磨擦发出的轻柔的沙沙声,使我心中升起了一种安静明澈的感觉。而童年所有在雪地上奔跑追逐野兔的记忆,此刻都和眼前的柔和安宁交错重叠在一起了。

世界是多么的可爱。只要我们真心爱它,这世上任何一种细微的事物,都不是一种虚设。当我们的心境因一种失去而遭到破坏的时候,随处都有其他事物来补偿我们心境啊。

当我们一步一步从岁月中走过,当我们跨过了万水千山,当我们被苦水浸过被火焰烧过,我们一定会在心底积累许多许多的爱。这爱足够可以使我们在任何一种情况下，都不会失去那份清纯如雨后的清晨的心境。

我曾动情地纵目远处黛青的山影、山前丛生的花树，以及它们在水里的完全对称的倒影，便记起一幅水粉画，名字是早忘了的，画的是极相似的一幅湖光山色，色彩浓郁意境深远。那时我的思绪如一只白鸟，在青山碧水间任意东西，哪里还有余地去承载生命中的哀恸与迷茫呢？

是的，我的心灵是那么宁静，岁月是那么的清幽。我终于在平常的日子里充实起来，在美丽的日子里更添一份欢乐。我想起明代《菜根谭》里的一句格言："乐处乐非真乐，苦中乐得来，才是心体之机。"人被一种可爱所抛弃并不可悲，可悲的是从此对春华秋实视而不见，从此失去了绝美的心境。那便是在人生旅途上，购了车票付了代价，却忘记了领略路上的风景啊！

世间美好的事物，是我一辈子也爱不完的，所以不论命运一时有多刻薄，我却永远不会丧失属于我的那份心境。

爱到不再爱

城玮

过节放长假的时候在国内坐火车。因为是临时决定，碰巧买到了最后一张软席票。一进候车室，以为是走错了地方。站着坐着的都是学生模样的人。我不是说软席非得什么什么人坐。其实什么人都可以坐，就是当学生的应该少坐或不坐。因为是学生，因为学生还在花父母的钱，所以就应该采用最节约的方式去旅行。起码，在中国以外的地方，人们大多数都是这么想的，也都是这么做的。

我认识一个汉堡的有钱人，他是真正意义上的有钱人。因为从他父亲辈起，已经不再需要靠工作赚钱了，他家的钱在帮他们赚钱。他18岁那年揣着父亲给他的旅游费出门去游欧洲。他每天可以支配的钱相当于现在的2.5欧元，人民币约25元。即使在那个时代，这也是很少的一个数目。百万富翁的父亲希望儿子能在外面至少旅行一个月再回家。他在外面旅行了整整40天。有几天，他就吃黑面包，喝自来水。他睡过青年旅馆，睡过人家的客厅、马槽，也在野外露宿过。他回家以后，家人为他举行了一个大派对。鲜花、香槟和最昂贵的食品铺天盖地。他感慨地想，在那些困难的日子里，桌上一杯香槟的钱，就足以让他饱餐一顿了。他把他的感慨告诉了父亲，当然有点谴责的意思。父亲回答说，孩子，我是在花我自己的钱。而你花的是我的钱。他说，那一瞬间，他明白父亲已经把人生最重要的财富赠送给了他。他的父亲让他明白，一个过了18岁的成人，从父母手里得到的钱就像是礼物，不论多少，只应该心存感激，一分钱掰成两半去享用。

他的经历给我的印象极深。我儿子第一次单独出去旅行时，我按常规给了他很少的钱。但心里却很不爽。临到他出门时，我忍不住说，你真需要钱时，就用卡取吧，不要太节约。话刚说完，心里就后悔得要死。原来我不由自主又堕落到了中国家庭妇女的境界。不要太节约，难道要让他当败家子才舒坦？过了几天我才想明白，原来我还是一个很愚蠢的母亲啊。爱孩子的最高境界，是一到孩子成人，就把那爱深深地藏起来。因为你面对的是一个成年人，他要走向世界。他会经受困苦，他会经受磨难，他还要养家糊口，那是他自己的生活。如果你注定不能守护他一辈子，那最好的办法就是让他尽早学会生活。

在西北旅行的时候看到很多村子的墙上写着，再穷不能穷了孩子。这是指教育，我同意。但在现在的中国，我还要再加一句话：再富不能富了孩子。

在欧洲火车的软席车厢里，我还从来没见过一个学生模样的人。即使是在圣诞节，车厢过道都挤满人的时候。有的学生为了省钱，专门坐多次转车，站站都停的慢车。我们已经习惯了用金钱度量一切，但恰恰是父母的爱，在很多时候和金钱没有关系。

仰望忠诚

[澳] 保罗·詹尼斯

城市的过街天桥上有一个乞丐。他不会弹琴，不会唱歌，甚至不会用粉笔在地上书写自己的悲惨遭遇。每天他只是蹲坐在护栏边，把头深深地埋进膝里，脚边放一个残破的铝盆儿。好在经过这个天桥的人很多，偶尔会有人把一两个硬币或零钞丢在他脚边的小盆儿里。

夜幕降临的时候，乞丐会回到他的住处——城郊一个废弃的菜园。菜园被一圈稀疏的篱笆围着，里面有一个残破的窝棚，乞丐已经在那里度过了几个寒冷的冬天。菜园里还有一眼枯井，井边有一棵老树。

伴着凛冽的北风，这座城市飘起了入冬以来第一场雪。天桥上行人稀少，乞丐打定了收工的主意。天桥的一端却跑来一条冻得瑟瑟发抖的小狗。小狗试探着靠近乞丐，在乞丐脚边的小盆里仔仔细细地舔着，乞丐昨晚用它盛过食物。乞丐心上最柔软的那根神经被触动了，他掏出面包轻轻地放进小盆。小狗感激地望了他一眼，风卷残云地吃了起来。

乞丐把小狗带回"家"，从此他们相依为命。小狗很聪明，饿了的时候就叼起小盆围着乞丐打转。路人觉得惊奇，认为这是一条会表演的小狗，于是纷纷把钱放到小盆里。乞丐发现了商机，后来经过训练，小狗已经能用两条后腿直立，叼着小盆在人群里跳来跳去。于是有更多的钱装入乞丐的口袋。

"富裕"起来的乞丐开始用多余的钱去投注彩票。真是做梦也想不到的好运气，不久后的一天他居然中了大奖。那简直是一个天文数字。

乞丐买下那座菜园，并且在菜园里建起一座豪华的房子，不过他保留了后院那座残破的窝棚以及枯井、老树和四周的篱笆。

乞丐的房子里摆满了各种奢侈品，他简直迷上了购物，他喜欢服务小姐迷人的微笑，更喜欢自己掏出大把金钱时人们惊愕、羡慕的眼神。乞丐先生开始出入一些高级社交场合，当然他也会带着他的小狗。上流社会的先生夫人们对这位出手阔绰的新贵赞赏有加，当然谁也不知道他的过去。

惟一让乞丐先生感到尴尬的是自己身边这条小狗，别人的可都是一些血统纯正、身份高贵的狗。

直到有一天，顽皮的小狗在聚会上扯破了一条贵妇犬的耳朵。狗主人大发雷霆，乞丐先生膨胀起来的自尊心受到了严重的伤害。

乞丐回到家，径直把小狗拎到了后院的枯井边。他把小狗装进一个木桶，用一根长绳送到井下。

乞丐决心让小狗在自己的眼前消失，他要忘掉卑贱的过去。

从此，乞丐身边少了那条寒酸的小狗，他可以潇洒地一个人去享受服务小姐热情的目光，去参加那些高级派对。好在他总算没有忘记每天往井里投几块肉，小狗的叫声让他知道他曾经的朋友仍然活着。

小狗在井底转呀转呀，无论白天还是黑夜，它一直仰着脑袋向上张望。可是除了每天落下来的一些食物，谁也没有来过。小狗在井底一直往上凝望……

转眼一个多月过去了，乞丐过得并不快乐，他的朋友也并没有因为小狗的离开而增多，后来的一天，酩酊大醉的乞丐向人们透露了他的身世，他遭到了人们的嘲笑与冷落。乞丐终于认识到，这个世界上只有那条曾经相依为命的小狗才是自己真正的朋友，而自己却把它丢到了井底。

乞丐迅速地跑到井边，放下吊桶。可小狗只是围着木桶转来转去却不肯往里爬。乞丐跑出去买来一架绳梯，他把绳梯的一端拴在井边的树上，自己爬下去救他的小狗。井很深，乞丐却顾不得害怕。井底潮湿阴暗，并且有一股浓重的臭味，他一把抱起小狗往上爬。小狗并没有怪罪自己的主人，它一直热情地舔着乞丐的脸。

因为井下呆的时间过长，小狗的脖子已经无法伸直，只能仰着头在地上打转。

这个城市里最好的医生也没能治好小狗的病。乞丐为了弥补自己的过失，每天给它最好的食物，到哪儿都领着它。小狗快乐地摇着尾巴，但它的头只能朝后仰着，眼睛望着天空。

乞丐每天领着小狗游走在这个城市的各个角落，他把钱施舍到其他乞丐手中。在其他乞丐感激涕零的时候，他感到了满足。乞丐又有了新的打算，他通知乞丐们每天到他家里来领钱。

消息迅速传开，领钱的队伍越来越大。领到钱的人用天下最美的话来赞美他，乞丐为此兴奋不已。

电视台的人来了，晚上的新闻播出了这一盛况。

第二天，人们像潮水一样涌来，一些根本不是乞丐的人也加入了领钱的队伍。

乞丐沉醉在自己的壮举之中，每天奔忙于银行与家之间。

直到有一天，银行通知他钱已经用光了，他不得不对长长的队伍宣布——已经没钱可发了！

庞大的队伍一下子乱成一团。人们开始咒骂："骗子！""教训教训他！"人们向他的房子冲去，一块块的石头飞向窗户。房门就要撞破了，吓坏了的乞丐带着小狗逃到后院。乞丐看见了井口的绳梯，急急忙忙地爬下去，乞丐快要到达井底的时候，绳梯拴在树上的一端突然断开，乞丐和他的绳梯一起摔到了软绵绵的井底。

警察费了很大的劲儿才驱散了人群，可是房子几乎已经成了一片废墟，人们拿走了所有能拿走的东西。

日子一天天过去，乞丐只有倦缩在又黑又冷的井底，他对着太阳喊，对着月亮喊，没有人能够听见。小狗每天四处寻找食物扔下来，或许是一根变了味的骨头或发了霉的面包。小狗找食物非常困难，因为它的脖子朝后弯着。它只能躺倒在垃圾堆上嗅着，顺便把找到的臭肉什么的衔起来跑到井口。有一次，小狗扔下来一只死猫。

转眼一个多月过去了，小狗甚至舍不得吃自己找来的任何东西，它变得瘦骨嶙峋，后来连走路的力气都没有了。乞丐每天继续在井底喊呀喊，但没有人来救他。

一连几天小狗没有往下扔东西了，乞丐不知道小狗出了什么事。乞丐凝望着井口的一小块天空,他知道自己快要死了。

一天早晨,井口上隐约的说话声惊醒了昏睡中的乞丐,他拼尽全力喊了起来。他被人们用绳子吊了上来,阳光刺得他睁不开眼。人们打量着这个蓬头垢面的浑身肮脏发臭的人:"要不是这条小狗死在井口上,没人能听见你的喊声。"乞丐看见骨瘦如柴的小狗,泪水打湿了小狗肮脏的毛。

乞丐把小狗埋在了后院,小小的墓碑上有一行字:我惟一的朋友。

一场动人的演说

[美] 史宾塞

他的脸瘦削而覆满胡茬,鹰钩鼻,薄嘴唇似乎永远湿润,下额突出如脱臼的手肘。他就是著名环保人士杰斯洛。然而,所有人的目光都凝聚在他脸上,如痴如醉。

"20年内,地球上的物种将有1/3消失!"杰斯洛怒吼,凹陷的腹部系着一条长皮带,他仰望着高大的枞木,悲愤地举起手:"我们在森林中的弟兄们正陷入绝境,古老的森林注定要在刽子手的电锯下断头。"他的每句话都说得抑扬顿挫,头用力摆动着,"这场战役不止是为猫头鹰,不止是为一片森林或美丽的花木、原始的草原和适合散步踏青的山径,也不止是为了保存鱼种丰富的河流以供民众假日垂钓,这是为垂死的大地之母沉痛请命。因为只要任何物种灭绝,我们的母亲便死去一部分,而此时此地正是我们宣战的最佳机会,也是我们拯救母亲的最佳时机。"

杰斯洛说到这里,顿了一下,等待语言自然充满听众的心灵。他接着又说:"毁灭森林就是毁灭全人类。"他的话铿锵有力,"如果你认为地球的命运与你不相干,那是你的目光太短浅。你呼吸的空气难道不是你的一部分?请停止呼吸一分钟再回答我。河流难道不是你的一部分?试试一天不喝水再回答我。森林同样也是我们的一部分,森林遭破坏等于我们遭侵害。"

之后,他的语调变得异常平静:"法律已经背弃我们。"他以近乎责难的眼神环视大家,露出歪斜的牙齿,"法律不会保护这片森林,也不会保护猫头鹰。但是——"他停顿的时间掌握得恰到好处,"人民才是法律的代言人,而在场的就是人民的代表。"

杰斯洛的演说当然极具鼓动性,然而站在我身旁一位妇人的简单比喻却让我更感动。她的声音又细又柔,仿佛在自言自语:"大地就像子宫,我们这群孩子住在里面,如果破坏了孕育我们的子宫,下一代将会胎死腹中。"

另一个表情诚恳的妇人背着熟睡的孩子,同样给了我强烈的视觉冲击。

穿着制服的邮局职员说:"砍伐树木去做三合板和卫生纸,简直就像用名画来当包装纸。"

他身边的木匠接着说:"应该立法禁止人们砍伐年龄比他老的树木。"

另一个与会者则批评传统的环保人士是"没有电池的电动玩具"。对在场的积极派而言,参加爱岳社就像上主日课学习打击犯罪,奥德邦协会(成立于1905年,旨在保护野生动物,尤其是鸟类)那群胆小鬼则是"变态的偷窥狂"。

这就是普通人活生生的语言、比喻和叙事方式!如果你要学到语言形象且实用、活泼的用法,一定要走入群众,倾听他们怎样选词用字,就能看到阳光下语言闪耀的光辉。

会后,我听到杰斯洛接受记者采访的情形。

"有些人的确取得了合法砍伐森林的权利,您是否也应该尊重他们?"记者问。

"人们的权利来源与蝉并无不同。对大地之母而言,人类的权利并不比其他子女的权利来得神圣,池塘边自弹自唱的蟋蟀,睡莲上端坐如蓓蕾的青蛙,与人类相比一点儿也不差。"

这段话让人清楚地看到人类、青蛙与蝉处于平等的地位。

"您的意思是青蛙和人类一样重要吗?蜗牛和您的孩子一样重要吗?"记者显然觉得杰斯洛的论调不可思议。

"这就要看你是从孩子的母亲还是万物之母大地的角度来思考了。"

"我认为自然的法则就是适者生存。"

这个论点也难不倒杰斯洛,他说:"照这样说来,老鼠和蟑螂就是最适合生存的,因为原子弹也无法消灭它们。"

"就是说有能力者就生存下去，是吗？"记者显然有意让他说不下去。

杰斯洛丝毫未被他语气中的讥讽意味激怒，更大度地说："人类绝无办法创造出池塘里的一只胳膊，却能将睡莲尽数拔除，排掉池塘里的水，让森林歌唱家永远沉寂。不论为善还是为恶，人类的确拥有比其他动物更强的能力。但是，人类也因此对大自然担负更大的责任。"

"你究竟是什么样的人？"记者严肃地问道。杰斯洛沉默不答。

这时，我听到从杰斯洛身后传出清晰的声音："对所有归于尘土的生命，他都抱着一颗敬畏而恭敬的心。"

杰斯洛动人的演说就这样结束了。

逾越一朵花的距离

感 动

香子兰是一种豆科植物，它在花落后会结出豆荚形的果实。成熟的香子兰果实晒干变黑后，就会成为散发浓郁香味的香料，这种香料，可以被广泛用于食品和化妆品。由于产量低，其价格仅次于藏红花，是世界第二昂贵的调味"香料之王"。最初，香子兰只生长在墨西哥，这是因为只有墨西哥特有的长鼻蜂才能给它授粉结果。因为香子兰果实的珍稀与贵重，当地的印第安人部落经常为争夺它发生武力冲突。

1793年，南印度洋留尼汪火山岛上的居民引进了香子兰和为之授粉的长鼻蜂。那年春天，香子兰在岛上生长茂盛，并开出了淡黄色的花朵，这令留尼汪人很高兴。但令人们想不到的是，那些长鼻蜂竟然出了问题：它们无法适应火山岛上的生活，最后都死去了，而当地蜜蜂对这种外来植物毫无兴趣。

香子兰的花期短暂，每朵花只开一天，没有授粉者，就意味着这些花朵全部凋谢也结不出一颗果实，人们心急如焚，却只能眼看着花谢而绝望。

一天，一个心有不甘的留尼汪人偶然用手捻了一下一朵香子兰花的花蕊，没想到这一捻竟捻出了奇迹，不久以后，这株香子兰结出了香喷喷的果实。这样，岛上的人们才知道，香子兰是雌雄同体的植物，没有长鼻蜂，人工也可以为它授粉。这个发现，使得香子兰的足迹开始遍及世界。

如今，每当香子兰花开时，人们只要随身带一个长长的针，刺一下花蕊，就完成了授粉任务。

香子兰的故事告诉我们：有时，希望与我们只相隔一朵花的距离，有些人因为无动于衷、消极等待而失之交臂，而有些人只是动了一下手指，奇迹就会出现在眼前。

最开明的爱

吴淡如

有个吸毒、偷窃、赌博什么都来的日本大学生,某天在无比的空虚中觉悟了,决心寻找自己的人生意义,于是他走遍全世界最落后的角落、最险恶的灾区,做最粗重的工作,在刻苦的过程中,他慢慢发现自己生命的意义和价值。只是为了怕父母亲担心,他从来不敢禀报父母到过哪些国家,受过什么伤,做过什么事。

有媒体将他的义行报道出来后,家长才知道独子在国外做什么。他原本很怕被保守而严谨的父亲责骂,没想到父亲只对他说了一句话:"其实孩子并不是为了让父母放心而活的。"

父亲虽然还是不放心,但是,他愿意接受,孩子有他自己的人生路要走。

这位父亲的爱如此开明:虽然你与我认知不同,你不符合我的期望,但我还是一样爱你,也愿意欣赏你。因为我知道你在努力着。

在塞尔维亚首都,有对父子的事迹更劲爆了。激进党的市议员候选人安东尼,在竞选活动中有个头号的反对者:他的儿子拉萨。26岁的拉萨一点也不认同爸爸激烈的民族主义,于是制作了许多宣传标语,上面都写着:"别选我爹!安东尼敬上。"

父子反目的举动很受人瞩目,但儿子声称,他和爸爸感情很好,只是完全不认同爸爸的政见,而爸爸也说,他是我儿子,我不会阻止他扯我后腿。父子之间的"开明对立"精神真是令人刮目相看。

对华人社会而言,这种父慈子孝的行为真是不可思议,但其中却蕴藏人性的光辉:我爱我父,但我更爱真理;我坚持我的理念,但我也接受儿子的反对。

你可以跟我背道而驰,但我还是爱你。这是最开明的爱。

最平凡的感动

陈文海

这是一个真实的事情,是一位普通老百姓谱写的英雄赞歌。

一个85岁的老汉,独居深山几十年,从没出过远门。近些年,当地政府曾多次劝他到敬老院安享晚年,但他执意不肯,自己硬要坚持靠捡拾垃圾和种植房前屋后的一小块地勉强度日。

时值盛夏,由于连日强降暴雨,引发了一场百年不遇的大洪水。当山洪铺天盖地席卷而来,这个山村遭受到了毁灭性的打击。田地冲毁,房屋倒塌,人身与财产损失巨大。所幸的是,老汉和他的房屋幸免于难。

洪水退后,到处一片狼藉。老汉再也坐不住了,他冒着生命危险一家一家地跑,一户一户地探望。每到一户,每看到一个人,他都忍不住老泪纵横。眼前的灾情深深震惊了他,他对村干部说:"我活了这么多年,还从没看到过这样大的洪水,没看过这么惨重的灾难。"

老汉眼含辛酸的泪回到家里,疲惫地坐在椅子上。乡亲们无家可归忍饥挨饿的画面一遍遍地在脑中浮现。他猛然站起,走到里屋,舀起一大捧稻谷放入臼巢里一下一下舂起来。手磨破了,腰累酸了,可他不愿意停下来,他坚持着,坚持着。不知过了多长时间,他终于舂好了一袋米。他看了看时间,走进房里从柜子里取出一个破旧的小布袋,仔细地扎好口,小心地装进怀里。然后扛上米袋子,也顾不上休息一下,只匆匆喝了一口水,就打着赤脚,顶着烈日,一路肩挑着大米,跟跟跄跄淌过没膝的泥泞,走了足足6小时的山路,将米送到了乡政府临时募捐点。

他放下大米,对着募捐点的人说:"快,派人到我家去挑稻子。"乡政府的人都认识他,他们都说:"大爷,你那稻子就留着吧,你自己也不宽裕。"老汉一脸焦急："不，我还能凑合，乡亲们比我更需要它。"说完，从怀中掏出了那个小布袋，郑重地递过去，"这是我的一点心意，请收下吧！"

募捐点的同志打开布袋，里面全是伍元、拾元、一角、二角的小票，厚厚的一叠，整整一千元。那可是老汉数十年的所有积蓄，是他的养老钱啊！在场的人都流泪了。

2006年8月3日，湖南省委宣传部和省电视台联合举办的"情系大湘南"赈灾义演晚会上，全中国人都看到了这位有情有义的老汉，知道了他的感人故事。

有记者去采访他，老汉仍是那句再朴实不过的话："乡亲们比我更需要帮助。"记者深为感动，在文章结尾无限感慨地写道："他算得上全中国最平凡最不起眼的人，也就是我们常讲的普通百姓。但他在危难时刻所展现出的高贵品质让我们坚信，有这样的平民百姓，有这样的民族脊梁，没有任何困难可以阻挡我们前进的脚步。他，是我们这个时代的英雄。"

有一种谎言，
让我们泪流满面

青青

每个人的能力是不一样的

从幼儿园开始，手工制作的课堂就是滋生我自卑情绪的土壤。

别人翻飞的指尖下，小猫小狗栩栩如生、跃跃欲试，而我却躲在角落里跟制作材料打架，使出的劲儿能牵回九牛二虎，就是不能把它们摆平……无数次伤心地问妈妈为什么，妈妈的回答总让我信心倍增："每个人的能力都是不一样的，这方面差，在另一方面总会得到补偿。大发明家爱迪生小时候的手工制作也很糟糕，甚至被称为笨孩子，可这一点也不影响他成为发明家。"是啊，我也有许多别人不及的优点：我会声情并茂地讲故事；还能搬很重的东西却坚持很长的时间……在妈妈的提醒下，我经常对自己有许多新的发现。

童年的时光是一列幸福快车，满载着了我的欢笑，也载满了父母对我的精心呵护——他们对我爱得多么小心翼翼，好像我是一个泥娃娃，不小心就会跌破一样。

别拿自己的缺点和别人的优点比

进入中学，苦恼多是来自那可憎的体育课。许多锻炼项目都折磨着我还不太成熟的内心，它们像班上那些喜欢嘲笑弱者的男孩，一遍遍地笑着胆怯的我："笨！笨！笨！"有一天那个黑脸的体育老师终于发怒了，因为我怎么也完成不了那个"前翻滚"，他生气地喝道："站一边看别人怎么做！"然后，在我低垂的眼帘下同学们一个接一个地轻松翻滚，像一只只快乐的小皮球，而我……我的脸羞愧得能滴出水来！

那一天是怎么回家的，已然不记得，脑海充斥着通天的绝望和自责。一见到爸爸，立即扑进了他的怀里。抹着我淌不完的泪水，爸爸的眼圈也红了，他翕动着大鼻孔向我道歉："都是爸爸不好，是爸爸把这些缺点遗传给你了……""遗传？"我已经顾不上流泪，"爸爸，你也这样吗？""是啊，不信，你瞧……"说着爸爸就做"前翻滚"的动作，笨拙得象只老乌龟四仰八叉着怎么也站不起来，我扑哧一声乐了，那么优秀的爸爸也有弱项！

第二天是妈妈陪我去的学校，她说要找教体育的马老师谈谈。

我害怕妈妈会责怪马老师："妈妈，不怪老师着急的，我太笨了。"妈妈笑了："我不是去责难老师的。我只想去告诉他，你某些动作比别的孩子稍差一点，你会慢慢赶上别人的，让他别着急。另外，你并不笨，不是说过吗，人总有优点和缺点，而你恰恰在拿自己的缺点和别人的优点比，当然会痛哭流涕了。"妈妈的一番话说得我不好意思起来。

从此，体育课上碰到我做不好的动作，马老师再也不强求，这让我又恢复了从前的快乐。

袁源是脑瘫

如果不是那次我突兀地闯进老师的办公室，也许我的生活会一直平静如水。

那天，我送迟交的作业本到办公室，走到门外，听见马老师提到了我的名字："袁源啊，你不知道吗？她小时候被诊断为脑瘫！""脑瘫不是一种很严重的智力疾病吗？我看她的智力还可以……"是语文老师的声音。"她是轻微的，主要表现为动作方面的缺陷，我原来不知，是听她妈妈讲的……"

一下子，眼前的一切全模糊了，林立的教学楼、精致的石雕、以及老师刀子一样咯吱吱的声音，它们缥缈得像阵烟雾若有若无，可是内心的剧痛却提醒着我一切都真实的存在！艰难地隐进那片小树林，我终于"哇"地哭出声来……

袁源——脑瘫！怎么也不知道这两个词发生着致命的关联，难怪家里有那么多那么多关于脑瘫的书！描绘在书里的是一些什么样的人啊，残疾、弱智甚至痴呆！幼稚的我还经常把它们拿出来翻翻，满足着一种事不关己的好奇，而现在才知，里面写得满满的，画得重重叠叠的——全是我！而我活在父母的谎言中，依然兴高采烈……难怪我总是比别人笨拙，难怪体育老师不再强求我完成动作，原来他们早就知道我是个低能儿！

一股蓄积已久的力量促使我狂奔起来。泪水纷飞中，我居然闯过了一路的红灯绿灯人流车流。我要远离学校，远离人群，远离这个嘲弄我的世界，我要钻进自己的房间，永远也不出来，永远！

要忽略自己的缺点

紧闭的房门拦截着外面惶惑的父母。我倔犟地躺在床上，听任他们千呼万唤。

最后爸爸撞开了房门，他恼怒地拉起床上的我："听着，源源，无论发生什么事，你也不要把父母拒之门外！""我是脑瘫患者，我做出什么事，你们也不要奇怪！"眼泪又一次像断了线的珠子，一颗接一颗地滚落，妈妈一把搂过我，惊恐万状："源源，你是听谁说的？""你们骗了我十五年，你们还想骗我多长时间？原来我是弱智，怪不得体育课我上得那么艰难……"伤心、绝望，像波涛一样在内心翻滚尔后"哗"地顶开了闸门，我伏在妈妈的怀里哭得天昏地暗："妈妈，为什么会这样？为什么？为什么？！"妈妈抱着颤抖的我哽咽着无言以对。

痛哭之后，我终于疲倦地睡着了。

睁开眼的时候，已经是一个清新明媚的早晨，妈妈坐在我的床边，爸爸在房间里踱着步……他们守了我一夜。

看到我醒来，妈妈扶起了我："源源，我们要振作起来，不能被自己打倒。孩子，去洗脸刷牙吧，把你的漂亮脸蛋收拾干净！"我一向是听话的孩子，于是顺从地走进洗漱间。收拾完毕，爸爸握住我的手："源源，你长大了，许多事应该告诉你了。"我看看妈妈，她也是一脸的庄重，"你是脑瘫。从小爸妈就带你四处求医，才解决了你走路的难题，但精细动作总不尽人意，但我和你妈妈都很满足了，因为和严重的患儿相比我们是多么幸运。为了保护你的自尊，为了不让你成为别人嘲笑的话题，我们一直保守着这个秘密……这样做是不想让病魔在你心里留下任何阴影。你的确如我们所期盼，活得很快乐……"

爸爸走到窗边深吸了一口气，然后猛地回过头来，像下了一个很大的决心："爸爸还要告诉你一个秘密，爸爸也是脑瘫！"他盯住我的无比惊讶，"也许你认为怎么这么凑巧？对，上天就安排得这么巧。爸爸之所以告诉你这个秘密，是想向你证明，脑瘫患者也可以活得很精彩。"是的，爸爸活得很精彩，在商场上叱咤风云，对一千多名员工指挥若定。可我对他的说法很怀疑，也许这只不过是美丽的谎言只是为了找回我的自信！妈妈看到了我眼里的疑惑："细细看你就会发现，爸爸走路脚是踮着的，为此他曾经很苦恼。""是的，我曾经很绝望，像你现在一样。后来我发现，当我忽略了自己的缺点，别人也就不会在意！"细看下来，爸爸确实踮着脚走路。乡下的奶奶也打来电话，说爸爸那时的症状比我严重得多……

像行走在小说里，一切都是那么曲折离奇，我不得不静下心来整理自己纷乱的思绪。那天我得出了这样的结论：扬长避短，我也会像爸爸那样成功；在奋斗面前，脑瘫也不过是只纸老虎！

经过这场风波的洗礼我一下子成熟了许多，生活的道路上我重拾起自己的自信艰难前行。然后摘取了一串串硕果：考上了理想中的大学；拿到了不少论文获讲证书；我的演讲总会引起小小的轰动……在父母的支撑下，我的人生不很顺利却很精彩。

谎言造就了我的自信

工作了，所在单位离姑妈家最近，所以那里成为我改善伙食的去所。

一次无事和姑妈闲聊，我谈到爸爸的脑瘫，她惊疑地笑了起来："你爸？什么病也没有，小时候可顽皮了！""那为什么爸爸走路总有点踮脚，那可是脑瘫的症状。""他踮脚吗？不可能！不过他学踮脚尖走路倒学得蛮像的，他那个模样最笑人了！"姑妈沉浸在往事里，而我却怔在姑妈的笑容中……

我终于体会到父母的良苦用心，他们用谎言的剪刀一次次地修剪掉我生命树上自卑的枝条，所以我的自信才得以在阳光下恣意伸展。感激父母，但我得发邮件儿给父亲，告诉他在下次见到我的时候不必再踮着脚走路……

每一块都重要

张小娴

以前被人问道:"爱情、事业、家庭、朋友,你会怎样排列?哪一样在你心中最重要?"这一类问题时,我很认真地想,我会把什么排在第一位。现在,再听到这一类的问题,只觉得没意思。

根本没有必要去排列先后次序。

有人把爱情排在第一位,当他没有爱情的时候,他才发觉,原来爱情不是那么重要,事业更重要。

有人把事业排在第一位,把家庭排在最后。可是,当他在事业高峰的时候,他却觉得孤独。宁愿用一切换回与家人相处的时光。

爱情、事业、家庭、朋友、理想、抱负、原则、尊严,每一样都重要,都不能缺少。你砌好一张两千张的拼图,最后竟然发现缺了一块,那一块是最重要的吗?也不是,那一块只是最大的遗憾。

人生总有些遗憾吧?时日过去,也就无法弥补,我们都有一张不完整的拼图。不要再问哪一块最重要,最重要的是你把图拼出来。

巴掌厚的腊肉和
巴掌大的蚊子

郁达夫

什么地方先不管它。炉火烧得正旺，清香的青杠木不断往炉膛里扔，撩得慢慢一锅青杠菌不停在滚水里翻腾，泛出一股张扬的奶香。奶娃子闻见，叫了一声，当娘的就抱歉地对客人说，不好意思啊，您得等等。说着，毫不避嫌，一把掏出肥白的大奶子，恨不能喷泉似地塞到娃娃嘴里。当家的男人在屋外劈柴。斧子雪亮，映出坪上几户人家很健壮的灯火，还有周围那几片翠绿得很不计后果的松林。这空山剔透的灵气，便张牙舞爪扑来，让人躲都躲不开。

山很远，又很近。就是说，面前是，远方也是山。山叠着山，宽广，辽阔，路却很细，很隐秘，也不知道这家子人出不出得去这个地方。莫关系。当家的放下斧子，披上一件辨不出颜色的衣服，踌躇满志地点上锅辛辣的叶子烟。这才看见，手很像四周那些在暮色中起伏的大山，都像，颜色，质地，筋络，还有形状。顺着两条古铜色的，强健的手臂，长出两座山，长在一个人身上，那是什么光景？

又黑又亮的山狗跑过来，眉宇之间真诚得好笑，跟外面的很是不同。当然，也许是猜测和主观。这似静非静的山间，什么都给净化了，都蒙上一层俯拾皆是的纯洁氛围。却愿意这样，愿意被它搞得莫名其妙，亦真亦幻，淡入也是那么顺畅，淡出也是那么意趣盎然。

进进出出间，火炉烧得更猛，青杠菌的异香扑鼻而来，让人醺然欲醉。米酒有点酸，还就得这么酸；饭很糙，还就得这么糙。不知名的人影在窗棂上，木屋顶棚上夸张地摆动，分不清谁是客人，谁又是主人。突然，一阵浓郁的肉香当头袭来，左看右看，不知道来源。当娘的妩媚一笑，烧得翻天掌的青杠菌旁边，一扇漆黑油亮的锅盖呼啦揭起来，大块大块红亮晶莹的转筋儿腊肉，厚实得就像当家的手掌，也就像山，像亲切的、闹热的山岭，马上就要起锅，盛满一个个粗瓷大土碗，端到浓烈的，别的记忆里。

洪椿坪绵雨淫淫，像同行两姐妹湿润的眼珠。猴子捣蛋得差不多，就不再没命地闹，而是找地方过年了。深秋了，都冷。花花彩彩的树林酷似些精致的照片，活了一样，在前后上下的山峦窜来窜去。峨嵋天下秀，这话实在准确。

玩了两三天了，姐累，妹也累，都想找地方休息。但风景实在美，奇，就有点收不住这双眼。蕨叶一铺开，就像一群四仰八叉的暗褐色小大人儿，又肥厚又甜美；随便钻出条蛇，吓一大跳，细看，却只是根大蚯蚓。听说这山以前与世隔绝，环境护着，所以保下许多东西。但这些也太怪了，姐姐对妹妹说。妹妹说，吓死我了耶。旁边男孩就笑：这么小的胆子，幸好有我。好，你行！妹妹就卸下旅行包，猛地压他肩上。男孩看姐姐，姐姐偷笑。男孩脸就红，没说什么，紧紧身手，快步朝前走。

前边有个旅店，看来干净。男孩冲进去，问：还有房间吗？说有，男孩急急冲出，把姐妹迎进，却是只有一间小房，一张小床，支着个又黄又朽的破旧蚊帐。男孩为难，说：不方便吧？姐姐就飞快白他一眼：你老实点不就行了？

三个人讪讪地歇下来。好舒服啊！妹妹扑到床上，欢叫。姐姐坐她边上，男孩站着，一看，开水也没有，茶也没有，就去要。还是没有，只有吃饭才有这些。男孩回来，说：算了，去别的地方吧。姐妹俩嚷嚷：我们都没说什么，你心怀鬼胎啊你？睡觉怎么办？男孩苦恼地说。有什么关系？挤一下就行，又不脱衣服，妹妹说。不脱衣服睡得不舒服，男孩说。你还真会享受，少爷，妹妹说：就这么追我姐姐？姐姐，我们不理他了！姐姐瞅男孩一眼，脸红了。妹妹一看，脸也红了。

吃饭，找水洗脸，洗脚。三个人突然话很少，像隔了层东西。灯光很暗。就开窗户，还好，月亮淡红淡红地升起来，总算有点看的了。三个人两个坐床，一个还是站着，愣愣地看，不说话。不能这样熬下去，男孩忧愁地想。突然响起来一阵窸窸窣窣的怪声。

你们在脱衣服？男孩唐突地问，问完就后悔。但是奇怪，姐妹俩都没吱声，而是四下里张望，很紧张，也不知道为什么。男孩也张望，只觉一些大蛾子飞来飞去，翅膀呼啦啦扇着，扇得灯光像蜡，摇摇晃晃起来。男孩看见俩姐妹慌张地支起蚊帐，往里面畏缩，就说：我打死它们。男孩找报纸，没有。正好，一个蛾子飞到他跟前。男孩一把抓住，还挣。男孩使劲一捏，不由叫了一下：皮肤像给什么尖锐的东西刺破了，生痛。

好大的一只蚊子。

我们计划分手时，季节很美好，跟事态鲜明地对比着。真要分了，当然，是姐妹中一个。我从城门洞那边去了北方，我去了就不想回来。她却定要留在家乡。另一个，是个好孩子，还想撮合，就哄我们，还想方设法把大家弄到山上。

没作用。她们回去了，结束了，但我的旅途并没完成。我从峨嵋出发，去黄龙，就是那个有更多山和腊肉的地方。两种心情都很浓，峨嵋，她们在身边，我神魂颠倒，不知所措；黄龙，没这些了，有什么空了，什么就试图填补，都是好东西，云山雾罩，一如很久以后，总有什么，不停地让我成长下去。

关于她，她们，不再说别的。一种东西一旦不能忘记，也就再不会被我提起。

无知的乐趣

[英] 罗伯特·林德

同一个普通城里人在乡下散步，而不对他的无知的领域像海洋那样宽阔感到惊讶是不可能的。成千上万的男女活着然后死去，一辈子也不知道山毛榉和榆树之间有什么区别，不知道乌鸫和画眉的啼鸣有什么不同。我们整整一生都有鸟生活在我们的周围，然而我们的观察力是如此微弱，以致我们中间许多人弄不清楚苍头燕雀是否会唱歌，说不出布谷鸟是什么颜色。我们像孩子似地争论布谷鸟是否飞的时候总是唱歌还是仅仅有时候在树枝上唱歌，争论查普曼（英国作家和翻译家）的下面两行诗是根据他的想象呢，还是根据他对大自然的认识写的：

当布谷鸟在翠绿的橡树怀中唱歌，
初次使人们在明媚春天心花怒放。

然而，这种无知并不完全是可悲的。从这种无知我们可以得到有所发现的乐趣。这种乐趣是经常的，只要我们足够无知。博物学家的幸福在某种程度上也依靠他的无知，无知给他留下这类新天地让他去征服。他可能在书本上已经达到了知识的顶峰本身，但，在他用自己的眼睛证实每一个光辉的细节之前，他仍然感到是半无知的。他希望亲眼看见雌布谷鸟一种罕见的情景——在地上下蛋然后用嘴把蛋叼到窝里（在这窝里注定要发生杀害幼鸟的事件）去。他将一天又一天地坐在那里，望远镜紧贴着眼睛，为的是亲自确认或驳斥这样的说法，说布谷鸟确实是在地上而不是在窝里下蛋的。如果他是十分有幸竟然发现了这种最遮遮掩掩的鸟在下蛋，那么也仍然有其他领域在等待他去征服,有一大堆有争论的问题等待他去解答。无疑,科学家们迄今没有理由为他们错过的无知而哭泣。要是他们似乎什么都懂,那么这仅仅是因为你我几乎什么都不懂。在他们发掘出的每一个事实下面总是有一笔无知的财富在等待着他们。

我曾经有一次听到一位聪明的太太问,新月是否总是在相同的星期几出现。她补充说也许最好是不知道,因为,如果人们事先不知道什么时候、在天上的哪个地方能够看见新月,那么它的出现总会给人带来意外的愉快。然而,我想,即使对那些熟悉新月的活动时间表的人们,新月也总是出乎意料地来到的。我们并不会因为我们对一年四季的职司有足够的知识,知道要在三月或四月,而不是在十月里,去找报春花,而在发现一株早开的报春花时就不那么高兴。我们也知道苹果树是在结果子之前而不是在结果子之后开花的,但当五月份我们到一家果园去度假日时,这并不会减少我们对假日之美妙所感到的惊讶。

一位当代的英国小说家曾经有一次被外国人问道:在英国,最重要的庄稼是什么。他毫不犹豫地回答:"黑麦。"像这样的完全的无知,在我看来似乎带有豪言壮语的味道;但是,即使是不识字的人的无知也是巨大的。使用电话机的普通人解释不了电话机是怎样工作的。他把电话、火车、铸造排字机、飞机视为理所当然的东西,正像我们的祖先把福音书中的奇迹视作理所当然的东西一样。对这些东西,他既不怀疑也不理解。我们每一个人好像只是调查了一个小圈子里面的事实并把这些事实变成了自己的。日常工作以外的知识被大多数人看做是华而不实的东西。然而我们还是经常对我们的无知作出反应,加以反对的。我们不时地唤起自己并思考。我们喜欢对什么事情都思考——思考死后的生活或思考那些像据说曾经使亚里士多德感到困惑的问题——"为什么从中午到子夜打喷嚏是好的,但从半夜到中午打喷嚏则是不吉利的"——人类感受过的最大欢乐之一是:迅速逃到无知中去追求知识。无知的巨大乐趣,归根结底,是提问题的乐趣。已经失去了这种乐趣的人或已经用这种乐趣去换取教条的乐趣(这就是回答问题的乐趣)的人,已经在开始僵化。人们羡慕像乔伊特那样爱一问到底的人,他在六十岁之后还坐下来学习生理学。我们中间的大多数人在到达他这个年龄以前很久就已经失去了无知感。我们甚至对我们像松鼠那样积攒的一点知识感到自负，并把不断增长的年龄本身看做是无所不知的源泉。我们忘记了苏格拉底之所以以智慧闻名于世并不是因为他无所不知而是因为他在七十岁的时候认识到他还什么都不知道。